脳の専門家が選んだ

# 「賢い子」を育てる100のものがたり


瀧 靖之 監修
東北大学 加齢医学研究所教授



宝島社

# はじめに

私《わたし》は、脳《のう》の専門家《せんもんか》として、子《こ》どもから高齢者《こうれいしゃ》まで、これまでに16万人《まんにん》以上《いじょう》もの人《ひと》の脳画像《のうがぞう》を解析《かいせき》してきました。その研究《けんきゅう》から、ある事実《じじつ》が見《み》えてきたのです。賢《かしこ》い子《こ》に育《そだ》てるには、子《こ》どもがもともと持《も》っている「好奇心《こうきしん》」を引《ひ》き出《だ》し、それを伸《の》ばすことが重要《じゅうよう》であることがわかりました。また、幼《おさな》いころの好奇心《こうきしん》の有無《うむ》が、生涯《しょうがい》にわたり脳《のう》の健康《けんこう》に影響《えいきょう》をあたえる可能性《かのうせい》があることも、明《あき》らかになっています。

この本《ほん》には、そんな子《こ》どもたちの好奇心《こうきしん》を刺激《しげき》する１００の物語《ものがたり》を集《あつ》めました。日本《にほん》や世界《せかい》の昔話《むかしばなし》、童話《どうわ》、神話《しんわ》、伝記《でんき》、落語《らくご》、有名《ゆうめい》作家《さっか》の名作《めいさく》など、子《こ》どもの好奇心《こうきしん》を育《そだ》て、将来《しょうらい》につながる普遍的《ふへんてき》な作品《さくひん》を網羅《もうら》しています。なかには昔《むかし》の言葉《ことば》や専門的《せんもんてき》な用語《ようご》もありますが、大人《おとな》が難《むずか》しいと思《おも》う言葉《ことば》でも、子《こ》どもは興味《きょうみ》を持《も》てばしぜんに覚《おぼ》えていくことが脳科学的《のうかがくてき》にもわかっています。

それぞれの物語《ものがたり》には、「賢《かしこ》い子《こ》を育《そだ》てるコツ」として、実用的《じつようてき》な情報《じょうほう》や豆知識《まめちしき》、読《よ》み方《かた》のポイントなども紹介《しょうかい》しています。ぜひ役立《やくだ》ててみてください。

親子《おやこ》の触《ふ》れ合《あ》いが子《こ》どもの学力《がくりょく》に直結《ちょっけつ》することも、脳《のう》の研究《けんきゅう》で判《はん》明《めい》しています。

この本《ほん》をきっかけに、親子《おやこ》で楽《たの》しみながら好奇心《こうきしん》を引《ひ》き出《だ》していただければ幸《さいわ》いです。

東北大学《とうほくだいがく》 加齢医学研究所教授《かれいいがくけんきゅうじょきょうじゅ》・医学博士《いがくはくし》
瀧《たき》 靖之《やすゆき》

# 世界最先端《せかいさいせんたん》の脳研究《のうけんきゅう》でわかった！「賢《かし》い子《こ》」を育《そだ》てるコツとは？


東北大学 加齢医学研究所
教授・医学博士

## 瀧 靖之
（たき・やすゆき）

1970年生まれ。医師、医学博士。東北大学大学院医学系研究科博士課程修了。東北大学加齢医学研究所機能画像医学研究分野教授。東日本大震災後、被災地の健康調査や医療支援を行うために設立された東北大学東北メディカル・メガバンク機構教授。脳の発達、加齢のメカニズムを明らかにする世界最先端の脳画像研究を行う。読影や解析をした脳MRIはこれまでに16万人にのぼる。


私《わたし》は、東北大学加齢医学研究所《とうほくだいがくかれいいがくけんきゅうじょ》で世界最先端《せかいさいせんたん》の脳研究《のうけんきゅう》を行《おこな》っています。16万人以上《まんにんいじょう》もの人《ひと》の脳画像《のうがぞう》とともに、成績《せいせき》、IQ《アイキュー》、遺伝《いでん》、環境《かんきょう》、生活習慣《せいかつしゅうかん》などのデータを蓄積《ちくせき》していったところ、「賢《かし》さ」や「頭《あたま》のよさ」について明《あき》らかになってきたことがあります。そして、「賢《かし》い子《こ》」を育《そだ》てるコツも見《み》えてきたのです。

ところで賢《かし》い子《こ》とは、どんな子《こ》だと思《おも》いますか。私《わたし》が考《かんが》える賢《かし》い子《こ》とは、知的好奇心《ちてきこうきしん》の高《たか》い子《こ》です。勉強《べんきょう》ができるかどうかではありません。

私《わたし》たちの脳《のう》は、みずからを成長《せいちょう》させる力《ちから》を持《も》っています。時間《じかん》を忘《わす》れて何《なに》かに取《と》り組《く》み、つきつめることができる子《こ》は、他《ほか》の分野《ぶんや》についても脳《のう》を成長《せいちょう》させやすくなる特徴《とくちょう》があり

ます。お絵《え》かきでもパズルでもなんでも、好奇心《こうきしん》を持《も》ち取《と》り組《く》めれば、脳《のう》の成長《せいちょう》にプラスとなります。

そうして幼《おさな》いうちに好奇心《こうきしん》を持《も》って何《なに》かを楽《たの》しんだ子《こ》は、成長《せいちょう》しても興味《きょうみ》が持《も》てれば何事《なにごと》にも取《と》り組《く》み、みずから本《ほん》や図鑑《ずかん》を読《よ》んで調《しら》べる力《ちから》を身《み》につけられます。すると勉強《べんきょう》も苦《く》にならず、しぜんと学力《がくりょく》も高《たか》くなるのです。

では、子《こ》どもの好奇心《こうきしん》は、どのように伸《の》ばしたらいいのでしょう。それは、親《おや》が楽《たの》しむ姿《すがた》を見《み》せればいいのです。子《こ》どもを本好《ほんず》きにしたかったら、まず親《おや》が楽《たの》しそうに本《ほん》を読《よ》むことです。子《こ》どもはその姿《すがた》を見《み》て、「おもしろそう！　本《ほん》を読《よ》んでみたいな。」と思《おも》うようになります。

何《なに》をしたらいいのかわからない方《かた》は、まずいろいろなものに触《ふ》れさせて、興味《きょうみ》の幅《はば》を広《ひろ》げてあげてください。本書《ほんしょ》には、日本《にほん》や世界《せかい》の昔話《むかしばなし》、名作《めいさく》、童話《どうわ》、神話《しんわ》、伝記《でんき》、落語《らくご》など、幅広《はばひろ》いジャンルの物語《ものがたり》がそろっています。1話《わ》ずつ読《よ》み聞《き》かせをするうちに、子《こ》どものなかで「これが好《す》き」「もっと知《し》りたい」と思《おも》えるものが見《み》つかるはずです。

# 喜《き》怒《ど》哀《あい》楽《らく》の感情《かんじょう》を知《し》り、実物《じつぶつ》を見《み》て子《こ》どもの好奇心《こうきしん》をさらに伸《の》ばす！

## 友情《ゆうじょう》や愛《あい》など説明《せつめい》が難《むずか》しい概念《がいねん》は登場人物《とうじょうじんぶつ》を通《とお》して理解《りかい》を深《ふか》める

この本《ほん》では、物語《ものがたり》を「正義《せいぎ》」「冒険《ぼうけん》」「友情《ゆうじょう》」「不思議《ふしぎ》」「思《おも》いやり」「悲《かな》しい」「ゆかい」「こわい」「愛《あい》」「善悪《ぜんあく》」「天才《てんさい》」「知恵《ちえ》」「努力《どりょく》」という13のテーマに分《わ》けています。これらの物語《ものがたり》を読《よ》むことで、友情《ゆうじょう》や愛《あい》などの説明《せつめい》が難《むずか》しい抽象的《ちゅうしょうてき》な概《がい》念《ねん》も、登場人物《とうじょうじんぶつ》を通《とお》してどういうものか理解《りかい》できるようになります。小《ちい》さいうちに喜怒哀楽《きどあいらく》をたくさん感《かん》じることが脳《のう》の発達《はったつ》にいい影響《えいきょう》をあたえることがわかっています。「うれしい」や「悲《かな》しい」とはどんな気持《きも》ちなのかなど、物語《ものがたり》を読《よ》んだあとにぜひ話《はな》し合《あ》ってみてください。

また、なかには子《こ》どもに難《むずか》しいと思《おも》える物語《ものがたり》もありますが、内容《ないよう》や知識《ちしき》を制限《せいげん》する必要《ひつよう》はありません。脳《のう》の観点《かんてん》からいうと、子《こ》どもは大人《おとな》よりもずっと知識《ちしき》を取《と》り入《い》れやすい時期《じき》にあります。幼《よう》児期《じき》のうちに触《ふ》れておくと教養《きょうよう》のベースになり、あとで本格的《ほんかくてき》に学《まな》ぶときに力《ちから》になっていくことが脳《のう》のしくみからも判明《はんめい》しています。

次《つぎ》に親《おや》がするのは、リアルな体験《たいけん》と結《むす》びつけることです。たとえば神話《しんわ》に出《で》てくる星座《せいざ》に興味《きょうみ》を持《も》ったら、星《ほし》の図鑑《ずかん》を見《み》たり、プラネタリウムに

行《い》ったり、星《ほし》がよく見《み》える場所《ばしょ》へ出《で》かけてみるといいでしょう。本《ほん》や図鑑《ずかん》で知《し》った星《ほし》を実際《じっさい》の星空《ほしぞら》で見《み》たときに、子《こ》どもの好奇心《こうきしん》はさらに刺激《しげき》されます。星《ほし》のことをもっと知《し》りたくなり、その子《こ》はみずから学《まな》ぶ力《ちから》を伸《の》ばせるようになるのです。

「うちの子《こ》は何《なに》に興味《きょうみ》があるのかわからない」という親御《おやご》さんは、とにかく幅広《はばひろ》いテーマの物語《ものがたり》を読《よ》んであげることです。悪者《わるもの》をやっつける英雄《えいゆう》、王子様《おうじさま》と結婚《けっこん》して幸《しあわ》せになるお姫様《ひめさま》、魔法使《まほうつか》いを探《さが》す冒険《ぼうけん》など、さまざまな物語《ものがたり》の世界《せかい》を知《し》ることで、何《なに》かピンとくるものが見《み》つかるはずです。

子《こ》どもはときどき、驚《おどろ》くほど鋭《するど》いことを言《い》います。答《こた》えるのが難《むずか》しい質問《しつもん》を投《な》げかけてきたら、「おもしろいことに気《き》づいたね！」とほめて、「いっしょに調《しら》べよう。」と誘《さそ》ってください。知《し》らないことをいっしょに調《しら》べるのは、とても楽《たの》しいことですし、絆《きずな》も深《ふか》まります。

# 脳《のう》の発《はっ》達《たつ》研《けん》究《きゅう》でお墨《すみ》付《つ》き！<br>1日《にち》1話《わ》の読《よ》み聞《き》かせで賢《かしこ》く育《そだ》つ！

## 自分《じぶん》で読《よ》めるようになっても読《よ》み聞《き》かせは続《つづ》けよう

子《こ》どもを賢《かしこ》く育《そだ》てるには、小《ちい》さいうちから読《よ》み聞《き》かせをするのがもっともいい方《ほう》法《ほう》であることは、脳《のう》の発《はっ》達《たつ》研《けん》究《きゅう》においても裏《うら》付《づ》けされています。

生《う》まれてすぐの赤《あか》ちゃんは、視《し》覚《かく》や聴《ちょう》覚《かく》がすさまじいスピードで発《はっ》達《たつ》します。最《さい》初《しょ》は聞《き》いているだけですが、しだいに絵《え》などを見《み》て、視《し》覚《かく》的《てき》な刺《し》激《げき》も受《う》けていきます。親《おや》のぬくもりを感《かん》じながら読《よ》み聞《き》かせをしてもらった子《こ》は、リラックスした状《じょう》態《たい》で頭《あたま》に入《はい》っていくので、言《こと》葉《ば》の発《はっ》達《たつ》が驚《おどろ》くほど早《はや》くなります。

脳《のう》の特《とく》性《せい》的《てき》にも、子《こ》どもが好《す》き、嫌《きら》いの判《はん》断《だん》を自《じ》分《ぶん》でするようになる前《まえ》に、いろいろな絵《え》本《ほん》や図《ず》鑑《かん》を見《み》せ、読《よ》み聞《き》かせをし、脳《のう》がたくさんの情《じょう》報《ほう》を受《う》け入《い》れられるように態《たい》勢《せい》を整《ととの》えることが大《たい》切《せつ》です。虫《むし》が苦《にが》手《て》だから虫《むし》の図《ず》鑑《かん》はいっしょに見《み》ない、というのはよくありません。乳《にゅう》幼《よう》児《じ》のころにさまざまなジャンルに触《ふ》れさせてあげることが、将《しょう》来《らい》の可《か》能《のう》性《せい》につながっていきます。

幼《よう》児《じ》期《き》を過《す》ぎて自《じ》分《ぶん》で文《も》字《じ》が読《よ》めるようになっても、子《こ》どもが望《のぞ》むかぎり、読《よ》み聞《き》かせは続《つづ》けてください。とくに寝《ね》る前《まえ》に本《ほん》を読《よ》んであげれば、それ

だけで安心《あんしん》して、ぐっすり眠《ねむ》ることができます。十《じゅう》分《ぶん》な睡眠《すいみん》も脳《のう》の成長《せいちょう》に欠《か》かせないものです。

子《こ》どもが何度《なんど》も同《おな》じ物語《ものがたり》を読《よ》みたがったら、がまん強《づよ》く読《よ》んであげてください。そのうち本《ほん》を丸《まる》暗記《あんき》するかもしれません。これは機械暗記《きかいあんき》といって特別《とくべつ》な意味《いみ》を持《も》つわけではないのですが、記憶《きおく》力《りょく》は使《つか》うと伸《の》びるので、将来的《しょうらいてき》にいろいろな能力《のうりょく》が引《ひ》き出《だ》される可能性《かのうせい》があります。

本書《ほんしょ》には、1日《にち》1話《わ》ずつ読《よ》み聞《き》かせをするのにちょうどいい分量《ぶんりょう》の物語《ものがたり》を100話《わ》掲載《けいさい》しています。1話《わ》につき、3分《ぶん》ほどで読《よ》めるようになっています。その日《ひ》の気分《きぶん》で読《よ》みたい物語《ものがたり》を選《えら》ぶといいでしょう。

くり返《かえ》しになりますが、賢《かしこ》い子《こ》を育《そだ》てるコツは、子《こ》どもに何《なに》かをやらせるのではなく、好奇心《こうきしん》を引《ひ》き出《だ》してあげることです。ぜひこの本《ほん》を活用《かつよう》して、親子《おやこ》で物語《ものがたり》の世界《せかい》を楽《たの》しんでください。

Contents

## この本《ほん》の使《つか》い方《かた》

ここに注目《ちゅうもく》！

9のジャンルに分《わ》け、それぞれマークで示《しめ》しています。おもしろそう！　と思《おも》ったものがたりから読《よ》みましょう。

…日本《にほん》の昔話《むかしばなし》
…日本《にほん》の名作《めいさく》
…日本《にほん》の神話《しんわ》
…落語《らくご》
…伝記《でんき》
…世界《せかい》の昔話《むかしばなし》
…世界《せかい》の名作《めいさく》
…世界《せかい》の童話《どうわ》
…世界《せかい》の神話《しんわ》

＊伝承による物語は、内容が諸説あり、同じ題名でも結末が異なる場合があります。また、物語の中には、一部、不適切と受け取られる可能性のある表現や表記がありますが、物語が書かれた時代背景を考慮したうえで使用しました。

## 冒険《ぼうけん》って？



## 友情《ゆうじょう》って？



## 不思議《ふしぎ》って？

## 思《おも》いやりって？



## 悲《かな》しいって？

## ゆかいって？

## こわいって？



## 愛《あい》って？

## 善悪《ぜんあく》って？



## 天才《てんさい》って？

## 知恵《ちえ》って?

## 努力《どりょく》って?

日本の昔話

# 1

## 正義《せいぎ》って？

# 桃太郎《ももたろう》

むかし、ある村《むら》で、おじいさんは山《やま》へ仕事《しごと》に出《で》かけ、おばあさんが、川《かわ》で洗濯《せんたく》をしていたときのことです。大《おお》きな桃《もも》が、おばあさんの目《め》の前《まえ》に流《なが》れてきました。おばあさんは、その桃《もも》を家《いえ》に持《も》ち帰《かえ》りました。

「これなら、ふたりで、おなかいっぱい食《た》べられる。」

おばあさんは、桃《もも》のてっぺんから、包丁《ほうちょう》を入《い》れました。すると、ぱっと割《わ》れて、中《なか》から小《ちい》さな男《おとこ》の子《こ》が飛《と》び出《だ》してきたのです。子《こ》どもが欲《ほ》しかったおじいさんとおばあさんは、大喜《おおよろこ》び。桃《もも》から生《う》まれたので「桃太郎《ももたろう》」と名《な》づけ、大事《だいじ》に育《そだ》てました。

こうして桃太郎《ももたろう》は元気《げんき》に成長《せいちょう》し、たくましい男《おとこ》の子《こ》になりました。そんなある日《ひ》、桃太郎《ももたろう》は鬼《おに》が島《しま》で鬼《おに》が暴《あば》れ、村《むら》の人《ひと》たちが困《こま》っているという話《はなし》を耳《みみ》にします。桃太郎《ももたろう》は、いてもたってもいられず、鬼退治《おにたいじ》に行《い》こうと決《き》めました。腰《こし》に

# 桃《もも》から生《う》まれた桃太郎《ももたろう》が仲間《なかま》と鬼《おに》を退治《たいじ》！

立派《りっぱ》に成長《せいちょう》した桃太郎《ももたろう》は、犬《いぬ》、きじ、さると力《ちから》を合《あ》わせ、暴《あば》れ者《もの》の鬼《おに》たちをやっつけました。

は立派《りっぱ》な刀《かたな》をさし、額《ひたい》にはちまき、背中《せなか》には大《おお》きなのぼり★1をかかげた桃太郎《ももたろう》は、堂々《どうどう》とした若武者《わかむしゃ》です。そして、おばあさんがつくってくれたきびだんごを腰《こし》にさげ、いせいよく出発《しゅっぱつ》しました。

しばらく行《い》くと、犬《いぬ》が近《ちか》づいてきました。

「桃太郎《ももたろう》さん。どちらへ？」

「鬼《おに》が島《しま》へ鬼退治《おにたいじ》に！」

「それなら、家来《けらい》になりましょう。腰《こし》につけたきびだんごを、ひとつください。」

犬《いぬ》を従《したが》えて桃太郎《ももたろう》が進《すす》んでいくと、今度《こんど》はきじがやってきました。きじも、きびだんごをもらって、家来《けらい》になりました。桃太郎《ももたろう》、犬《いぬ》、きじが勇《いさ》ましく歩《ある》いていくと、さるがやってきて、やはり家来《けらい》になりました。

そうして、桃太郎《ももたろう》たちは、鬼《おに》が島《しま》に到着《とうちゃく》しました。乱暴者《らんぼうもの》の鬼《おに》たちが、大《おお》きなこん棒《ぼう》を持《も》ってかかってきましたが、桃太郎《ももたろう》は勇《いさ》ましく立《た》ち向《む》かっていきました。犬《いぬ》は鬼《おに》にかみつき、きじは鬼《おに》をつっつき、さるは鬼《おに》をひっかきました。桃太《ももた》郎《ろう》たちはみんな、それぞれの力《ちから》を出《だ》しきりました。

「まいった、まいった。こりゃ、たまらん。」

とうとう、鬼《おに》たちは降参《こうさん》しました。村人《むらびと》から奪《うば》いとった宝物《たからもの》を桃太郎《ももたろう》に差《さ》し出《だ》すと、

「もう、こんりんざい★2、悪《わる》さはしません。」

とあやまりました。桃太郎《ももたろう》たちは、鬼《おに》から取《と》りもどした宝《たから》を持《も》って、意気揚々《いきようよう》★3と村《むら》へ帰《かえ》っていきました。

★1 細長《ほそなが》い布《ぬの》を竿《さお》につけ、目印《めじるし》などにしたもの

★2 今後《こんご》いっさい

★3 得意《とくい》げな様子《ようす》

## 瀧靖之先生の賢い子を育てるコツ

### 友達《ともだち》と力《ちから》を合《あ》わせる楽《たの》しさを体験《たいけん》させよう

桃太郎《ももたろう》は、ひとりの力《ちから》では鬼《おに》たちを退治《たいじ》できなかったはずです。この昔話《むかしばなし》のように、ひとりでは難《むずか》しいけれど、友達《ともだち》と力《ちから》を合《あ》わせて何《なに》かをなしとげる楽《たの》しさを体験《たいけん》させてあげてください。おもちゃの片《かた》づけなどなんでもOK《オーケー》です。

日本の昔話

# 2

## 正義《せいぎ》って？

# 一寸法師《いっすんぼうし》

むかしむかし、都《みやこ》からはるかはなれたある村《むら》に、おじいさんとおばあさんがおりました。ふたりには子《こ》どもがいないため、毎日神様《まいにちかみさま》をおがみ、子《こ》どもを授《さず》けてくれるよう、お願《ねが》いしていました。

そしてとうとう、小《ちい》さな小《ちい》さな男《おとこ》の子《こ》を授《さず》かりました。男《おとこ》の子《こ》は大人《おとな》の指先《ゆびさき》ほどの背《せ》たけだったので、一寸法師《いっすんぼうし》と名《な》づけ、大事《だいじ》に育《そだ》てました。

一寸法師《いっすんぼうし》は元気《げんき》に成長《せいちょう》しましたが、体《からだ》は小《ちい》さいまま。小《ちい》さくても、そろそろ家《いえ》を出《で》て、広《ひろ》い世界《せかい》を見《み》てみたいものだと思《おも》った一寸法師《いっすんぼうし》は、都《みやこ》に行《い》くことを決心《けっしん》しました。

おわんの船《ふね》に、箸《はし》のかい[★1]。腰《こし》には針《はり》の刀《かたな》をさして、川《かわ》を下《くだ》っていきました。しばらく行《い》くと、大《おお》きなお城《しろ》の前《まえ》に出《で》ました。

一寸法師《いっすんぼうし》はぜひ殿様《とのさま》に会《あ》って話《はなし》がしたいと、お城《しろ》の家来《けらい》にたのみました。指先《ゆびさき》

# 小《ちい》さいけれど、知恵《ちえ》と勇気《ゆうき》はだれにも負《ま》けない

おわんの船《ふね》に乗《の》ってきた、都《みやこ》へやってきた、小《ちい》さな一寸法師《いっすんぼうし》。荒《あら》くれ者《もの》の鬼《おに》の体《からだ》の中《なか》に入《はい》って針《はり》でつつき、見事《みごと》に退治《たいじ》！

ほどの男《おとこ》の子《こ》が会《あ》いにきたと聞《き》いた殿様《とのさま》は、

「それはめずらしい。ぜひ会《あ》ってみたいものだ。」

と、一寸法師《いっすんぼうし》を迎《むか》え入《い》れました。

一寸法師《いっすんぼうし》は、殿様《とのさま》のてのひらに乗《の》り、ていねいにあいさつをしました。殿様《とのさま》は一寸法師《いっすんぼうし》をたいそう気《き》に入《い》り、家来《けらい》にすることにしました。お姫様《ひめさま》が出《で》かけるときは、着物《きもの》のたもとに入《はい》っておともをすることもあったのです。

あるとき、荒《あら》くれ者《もの》の鬼《おに》がお姫様《ひめさま》をさらおうと、おそいかかってきました。一寸法師《いっすんぼうし》は、着物《きもの》のたもとからすばやく飛《と》び出《だ》し、鬼《おに》に立《た》ち向《む》かっていきました。しかし、鬼《おに》は一寸法師《いっすんぼうし》をひょいとつまむと、ぱくっと飲《の》みこんでしまいました。鬼《おに》の体《からだ》の中《なか》に入《はい》った一寸法師《いっすんぼうし》は針《はり》の刀《かたな》で、鬼《おに》の体《からだ》じゅうをつつきました。その痛《いた》みで、鬼《おに》は一寸法師《いっすんぼうし》をはき出《だ》したのです。

「まいった、まいった。」

逃《に》げるとき、鬼《おに》は打《う》ち出《で》の小《こ》づちを落《お》としていきました。

「これをふれば、どんな願《ねが》いもかなうはずです。」

お姫様《ひめさま》は、そう言《い》って、一寸法師《いっすんぼうし》の願《ねが》いをかなえてあげることにしました。

「それでは、わたしの背《せ》がのびるよう、お願《ねが》いしてください。」

「一寸法師《いっすんぼうし》よ、大《おお》きくな～れ。」

そう言《い》いながら、お姫様《ひめさま》が打《う》ち出《で》の小《こ》づちをふると、一寸法師《いっすんぼうし》の体《からだ》はしだいに大《おお》きくなりました。こうして、立派《りっぱ》な若者《わかもの》の姿《すがた》になった一寸法師《いっすんぼうし》は、お姫様《ひめさま》と結《けっ》婚《こん》しました。そして、村《むら》からおじいさんとおばあさんを都《みやこ》に呼《よ》び寄《よ》せ、みんなでお城《しろ》で幸《しあわ》せに暮《く》らしました。

★1 船《ふね》をこぐ道具《どうぐ》
★2 ふると願《ねが》いがかなう小《ちい》さなつち

## 瀧靖之先生の賢い子を育てるコツ

### 一寸法師《いっすんぼうし》って、どれぐらいの大《おお》きさなのかな？

一寸《いっすん》とは、今《いま》の3センチメートルほど。一寸法師《いっすんぼうし》は、大人《おとな》の小指《こゆび》よりも小《ちい》さかったのです。そして、打《う》ち出《で》の小《こ》づちによって背《せ》が6尺《しゃく》＝約《やく》182センチメートルにのびたのですから、ずいぶん立派《りっぱ》な体格《たいかく》になったのですね。

日本の昔話

# 3

## 正義《せいぎ》って？

# 金《きん》太《た》郎《ろう》

むかしむかし、足柄山《あしがらやま》の山奥《やまおく》に、まっかな腹《はら》がけをした元気《げんき》な男《おとこ》の子《こ》がおりました。名前《なまえ》は金太郎《きんたろう》。友達《ともだち》は、うさぎやたぬき、きつね、りすなどです。山《やま》の動《どう》物《ぶつ》たちみんなと、金太郎《きんたろう》は毎日《まいにち》、元気《げんき》に遊《あそ》んでいました。かけっこ、おすもう、何《なに》をしても金太郎《きんたろう》にかなう動物《どうぶつ》はいません。

いつものように動物《どうぶつ》たちと遊《あそ》んでいるところへ、金太郎《きんたろう》の何倍《なんばい》も大《おお》きいくまが現《あらわ》れました。いくら金太郎《きんたろう》が山《やま》の動物《どうぶつ》たちとなかよしだといっても、こんな大《おお》きなくまをまぢかで見《み》たのは、金太郎《きんたろう》ははじめてでした。でも、金太郎《きんたろう》は、くまを前《まえ》にしても、けっしてひるみません。くまは金太郎《きんたろう》と、腕試《うでだめ》しをしようとやってきたのです。

「おい、金太郎《きんたろう》。おいらとすもうをとろう。」

「望《のぞ》むところだ。」

# 赤《あか》い腹《はら》がけがトレードマーク 元気《げんき》いっぱいの金太郎《きんたろう》

金太郎《きんたろう》は、自分《じぶん》より大《おお》きいくまだって投《な》げ飛《と》ばせるほどの力持《ちからも》ち。でも、とてもやさしく、山《やま》の動物《どうぶつ》たちとなかよし。

金太郎《きんたろう》は、くまの挑戦《ちょうせん》を受《う》けてたちました。

「はっけよい、のこった。」

いい勝負《しょうぶ》です。なかなか決着《けっちゃく》がつきません。長《なが》いすもうになりましたが、勝負《しょうぶ》あり。金太郎《きんたろう》がくまを投《な》げ飛《と》ばしたのです。こうして、山《やま》に住《す》むだれもが、いちばんの力持《ちからも》ちは金太郎《きんたろう》だと、認《みと》めるようになりました。

そして、金太郎《きんたろう》が、たくさんの動物《どうぶつ》たちを家来《けらい》に従《したが》えて、森《もり》を散歩《さんぽ》していたある日《ひ》のことです。目《め》の前《まえ》に大《おお》きく深《ふか》い川《かわ》が広《ひろ》がる、がけに出《で》ました。川《かわ》をはさんで、向《む》こう側《がわ》とこちら側《がわ》で、動物《どうぶつ》たちが何《なに》かを言《い》いあっています。

「困《こま》った、困《こま》った。川《かわ》をわたろうにも、橋《はし》が流《なが》されてしまった。」

そこで金太郎《きんたろう》は、そばに生《は》えていた大《おお》きな木《き》に向《む》かって、すもうのてっぽう★1を始《はじ》めました。木《き》を押《お》したおし、橋《はし》をかけようと考《かんが》えたのです。けれども、いくら金太郎《きんたろう》が力持《ちからも》ちとはいっても、太《ふと》い立派《りっぱ》な幹《みき》の木《き》です。はじめは、びくともしません。

それでも金太郎《きんたろう》はあきらめず、全身《ぜんしん》の力《ちから》をこめます。とうとう木《き》はたおれ、橋《はし》をかけることができました。大喜《おおよろこ》びで橋《はし》をわたる動物《どうぶつ》たち。金太郎《きんたろう》もほこらしげです。

そんな金太郎《きんたろう》の評判《ひょうばん》は、いつしか都《みやこ》へも広《ひろ》まり、えらいおさむらいさんが、金《きん》太郎《たろう》を家来《けらい》にしたいと申《もう》し出《で》てきました。大人《おとな》になった金太郎《きんたろう》は、山《やま》をおり、坂《さか》田《た》金時《きんとき》と名前《なまえ》をあらためましたが、「気《き》はやさしくて、力持《ちからも》ちの金太郎《きんたろう》」の話《はなし》は、いつまでも語《かた》りつがれることとなったのです。

★1 すもうのけいこのひとつ。柱《はしら》を勢《いきお》いよく押《お》すこと

## 瀧靖之先生の賢い子を育てるコツ

### 金太郎《きんたろう》がかついでいる“まさかり”ってどんなもの？

「まさかり、かついだ金太《きんた》郎《ろう》、くまにまたがりお馬《うま》のけいこ♪」と、金太郎《きんたろう》の歌《うた》に出《で》てくる“まさかり”とはどんなものか知《し》っていますか？　まさかりとは、木《き》を切《き》る道具《どうぐ》です。おのに比《くら》べて、刃《は》の幅《はば》が長《なが》いのが特徴《とくちょう》です。

日本の昔話

# 4

## 正義《せいぎ》って？

# さるかに合戦《がっせん》

あるとき、かにのお母《かあ》さんは、おむすびをひとつ拾《ひろ》いました。そこへ、柿《かき》の種《たね》を拾《ひろ》ったさるがやってきて、柿《かき》の種《たね》とおむすびを取《と》りかえっこしようと言《い》いました。かには断《ことわ》りましたが、

「おむすびは食《た》べてしまえばなくなるが、柿《かき》の種《たね》は植《う》えて大事《だいじ》に育《そだ》てれば、おいしい実《み》をつけるよ。」

と、さるに言《い》われ、取《と》りかえっこしました。かには柿《かき》の種《たね》を植《う》え、

「早《はや》く芽《め》を出《だ》しますように。出《だ》さないと、種《たね》をほじくり出《だ》してしまいますよ。早《はや》く葉《は》っぱを出《だ》して、たくさんの実《み》をつけておくれ。さもないと、ちょんぎってしまいますよ。」

と、水《みず》をやり世話《せわ》をしました。かにの言葉《ことば》にびっくりして、柿《かき》はすぐさま、芽《め》を出《だ》し、おどろくほど早《はや》く、たくさんのおいしそうな実《み》をつけました。そこへ、

# みんなで力《ちから》を合《あ》わせて母《はは》がにのかたきうち！

焼《や》けた栗《くり》がさるをやけどさせ、はちがチクリとさし、うすが上《うえ》にのり、子《こ》がにがはさみでつつき、ずるいさるをこてんぱんにやっつけました。

さるがやってきてこう言《い》いました。

「かにさんのかわりに、ぼくが柿《かき》の実《み》をとってあげるよ。」

さるは木《き》にのぼると、実《み》をとってくれるどころか、むしゃむしゃ食《た》べはじめたのです。かにが木《き》の下《した》から声《こえ》をかけると、もともと自分《じぶん》が拾《ひろ》った柿《かき》の種《たね》ではないかと、いばっています。

「でも、私《わたし》が世話《せわ》をしたから、実《み》をつけたんですよ。」

と、かにが言《い》うと、

「そんなに欲《ほ》しけりゃ、くれてやる。」

と、柿《かき》の実《み》を投《な》げつけたので、かにはつぶれ、死《し》んでしまいました。

怒《おこ》ったかにの子《こ》どもたちは、母親《ははおや》のかたきうちをすることにしました。さるの家《いえ》をめざして進《すす》んでいくと、はちと栗《くり》もおうえんにやってきました。牛《うし》のふんも、力《ちから》を貸《か》そうと言《い》いました。さらに、うす★1も仲間《なかま》に加《くわ》わりました。みんな、さるに痛《いた》めつけられたことがあるのです。

さるの家《いえ》は留守《るす》だったので、それぞれが待《ま》ちぶせすることに。栗《くり》はいろりの火《ひ》のそばへ、はちは水《みず》がめのふちへ隠《かく》れました。牛《うし》のふんは玄関《げんかん》のわきにひそみ、うすは屋根《やね》で待《ま》ちました。

そのとき、さるが帰《かえ》ってきました。いろりにあたろうとすると、焼《や》けた栗《くり》がはじけて、さるをおそいました。やけどをしたさるが水《みず》がめに近《ちか》づくと、はちがチクリ。たまらず、家《いえ》の外《そと》へ逃《に》げようとしたさるは、牛《うし》のふんに足《あし》をとられ、すってんころりん。そこへうすがやってきて、さるをつぶしました。かにの子《こ》どもたちは動《うご》けなくなったさるをはさみでついて、母親《ははおや》のかたきをうったのでした。

★1 もちつきに使《つか》う道具《どうぐ》

瀧靖之先生の
賢い子を育てるコツ

### 動物《どうぶつ》のイメージについて話《はな》しあってみよう

昔話《むかしばなし》に登場《とうじょう》するさるは、なぜかずるい悪者《わるもの》が多《おお》いですね。きつねやたぬき、おおかみも悪者《わるもの》のイメージが強《つよ》いです。こんなふうに、親子《おやこ》でいろいろな動物《どうぶつ》について話《はな》してみると楽《たの》しいですよ。

日本の神話

5

正義《せいぎ》って？

# やまたのおろち

それはそれは、むかしむかしのお話《はなし》です。天《てん》の上《うえ》にある神様《かみさま》の国《くに》に、須佐之男命《すさのおのみこと》という、乱暴者《らんぼうもの》の神様《かみさま》がおりました。

ある日《ひ》、須佐之男命《すさのおのみこと》が地上《ちじょう》に降《お》りてみると、一軒《いっけん》の家《いえ》から悲《かな》しそうな声《こえ》がもれてきました。見《み》ると、ひとりの娘《むすめ》と、その両親《りょうしん》が泣《な》いているではありませんか。

わけを聞《き》くと、大蛇《だいじゃ》におびえていると言《い》うのです。

「もうすぐ大蛇《だいじゃ》がやってきて、この娘《むすめ》を食《た》べてしまうかもしれません。私《わたし》には、娘《むすめ》が八人《はちにん》おりましたが、毎年《まいとし》、ひとりずつ食《た》べられてしまい、とうとう、この娘《むすめ》だけとなってしまいました。どうかこの娘《むすめ》を大蛇《だいじゃ》から守《まも》ってください。」

娘《むすめ》の父親《ちちおや》からその話《はなし》を聞《き》いた須佐之男命《すさのおのみこと》は、大蛇《だいじゃ》を退治《たいじ》してやろうと考《かんが》え、父《ちち》親《おや》に聞《き》きました。

「その大蛇《だいじゃ》は、どんなふうだ？」

# やまたのおろちにひとりで立《た》ち向《む》かう須《す》佐《さ》之《の》男命《おのみこと》

須佐之男命《すさのおのみこと》は、八《やっ》つの頭《あたま》に分《わ》かれたやまたのおろちがそれぞれお酒《さけ》を飲《の》めるように八《やっ》つのかめを用意《ようい》し、酔《よ》わせて、見事《みごと》に退治《たいじ》しました。

「やまたのおろちと言《い》いまして、頭《あたま》と尾《お》が八《やっ》つにさけた化《ば》け物《もの》です。それはそれは大《おお》きく、八《やっ》つの谷《たに》と八《やっ》つの山《やま》をまたぐほどです。まっかに燃《も》える目《め》が、あやしい光《ひかり》を放《はな》ち、見《み》るもおそろしい姿《すがた》でございます。」

須佐之男命《すさのおのみこと》は、娘《むすめ》にふうっと息《いき》を吹《ふ》きかけると、小《ちい》さなくしにして、自分《じぶん》の髪《かみ》にさしました。これなら、娘《むすめ》がやまたのおろちに食《た》べられることもありません。

さらに娘《むすめ》の父親《ちちおや》には、できるだけ、強《つよ》いお酒《さけ》を用意《ようい》して、八《やっ》つの★1かめに酒《さけ》をみたし、八《やっ》つの門《もん》にそれぞれ置《お》くように言《い》いました。

しばらくすると、八《やっ》つのかめから放《はな》たれるお酒《さけ》のいいにおいに引《ひ》き寄《よ》せられて、やまたのおろちがその姿《すがた》を現《あらわ》しました。やまたのおろちは、かめに頭《あたま》をつっこみ、酒《さけ》をおいしそうに飲《の》んでいます。

強《つよ》いお酒《さけ》のため、たちまち酔《よ》いが体《からだ》じゅうにまわり、やまたのおろちは、ふらふらゆらゆらと、体《からだ》をくねらせ、横《よこ》たわったかと思《おも》うと、あっという間《ま》に、大《おお》いびきをかいて、ぐっすり寝《ね》てしまいました。「今《いま》だ！」

須佐之男命《すさのおのみこと》は、この機会《きかい》をのがすものかと、すかさず剣《けん》をふりかざし、おろちの頭《あたま》をばっさり切《き》って捨《す》てました。そして八《やっ》つの尾《お》も切《き》り捨《す》て、とどめをさしたのです。

須佐之男命《すさのおのみこと》は娘《むすめ》をもとの姿《すがた》にもどしました。

「ありがとうございます。」

娘《むすめ》と両親《りょうしん》は須佐之男命《すさのおのみこと》に何度《なんど》もお礼《れい》を言《い》いました。そして、娘《むすめ》の家族《かぞく》と須佐之男命《すさのおのみこと》はいつまでも平和《へいわ》に暮《く》らしたということです。

★1 広《ひろ》い口《くち》で、中《なか》が深《ふか》い陶器《とうき》でできた容器《ようき》

## 瀧靖之先生の賢い子を育てるコツ

### たくさんの頭《あたま》を持《も》つ怪物《かいぶつ》を探《さが》してみよう

やまたのおろちは漢字《かんじ》で「八岐大蛇《やまたのおろち》」と書《か》き、その名《な》のとおり八《やっ》つの頭《あたま》と尾《お》にさけた大《おお》きな蛇《へび》です。これは日本《にほん》の神話《しんわ》ですが、ギリシャ神話《しんわ》には九《ここの》つの頭《あたま》を持《も》つ蛇《へび》の怪物《かいぶつ》「ヒュドラー」が登場《とうじょう》するものがたりがあります。

世界の神話

# 6

## 正義《せいぎ》って？

# 勇者《ゆうしゃ》ペルセウス

むかしむかし、ケフェウスという王《おう》とカシオペアという王妃《おうひ》がいました。ふたりのあいだには、大変美《たいへんうつく》しい娘《むすめ》、アンドロメダがいました。

カシオペアがアンドロメダの美《うつく》しさを自慢《じまん》してばかりいたので、海《うみ》の神《かみ》ポセイドンの怒《いか》りをかってしまいました。そして、アンドロメダをお化《ば》けクジラのいけにえにするように命令《めいれい》しました。

王《おう》と王妃《おうひ》は嘆《なげ》きましたが、逆《さか》らうことができません。アンドロメダは岩《いわ》にしっかりと、くさりでつながれ、顔《かお》をまっさおにしてガタガタふるえながら、お化《ば》けクジラが現《あらわ》れるのを待《ま》ちました。

そのころ、勇者《ゆうしゃ》ペルセウスは、怪物《かいぶつ》を退治《たいじ》するため旅《たび》に出《で》ていました。無事《ぶじ》に退治《たいじ》し、天馬《てんま》ペガススに乗《の》って帰《かえ》るとちゅう、岩《いわ》にくさりでつながれた美《うつく》しい女性《じょせい》を見《み》つけたのでした。ペルセウスは、助《たす》けるために空《そら》から降《お》りてきました。

# 天馬《てんま》ペガススに乗《の》った勇者《ゆうしゃ》
# ペルセウスが助《たす》けに来《き》た！

ペルセウスはお化《ば》けクジラと戦《たたか》って、くさりでつながれ、いけにえにされそうだったアンドロメダ王女《おうじょ》を助《たす》けました。

岩《いわ》に降《お》りたペルセウスは、美《うつく》しいアンドロメダを見《み》ておどろきました。

「私《わたし》は大神《おおかみ》ゼウスの息子《むすこ》、ペルセウスです。なぜ、岩《いわ》につながれているのですか？」

アンドロメダはペルセウスに、自分《じぶん》がつながれたわけを話《はな》しました。

すると、ペルセウスは、お化《ば》けクジラを退治《たいじ》したら、アンドロメダと結婚《けっこん》したいと、ケフェウス王《おう》にたのみ、王《おう》は喜《よろこ》んでこれを承知《しょうち》しました。

ペルセウスは勇《いさ》ましくお化《ば》けクジラに戦《たたか》いを挑《いど》み、見事《みごと》に退治《たいじ》したのです。

アンドロメダは自分《じぶん》の命《いのち》を救《すく》ってくれたペルセウスに、感謝《かんしゃ》の気持《きも》ちと愛情《あいじょう》で胸《むね》がいっぱいになりました。王《おう》と王妃《おうひ》も涙《なみだ》を流《なが》しながら喜《よろこ》びあいました。

ペルセウスとアンドロメダの結婚式《けっこんしき》が始《はじ》まりました。

ところが、急《きゅう》に外《そと》からさわがしい声《こえ》が聞《き》こえてきました。ケフェウス王《おう》の弟《おとうと》、ピレネスです。ピレネスはアンドロメダと婚約《こんやく》していたのです。

「私《わたし》の婚約者《こんやくしゃ》を奪《うば》うものは許《ゆる》さない。」と言《い》って、ペルセウスに向《む》かって、やりを投《な》げました。しかしペルセウスは、手《て》でやりを見事《みごと》に受《う》けとめました。

「ピレネスよ、おまえにはアンドロメダを妻《つま》にする資格《しかく》はない。ペルセウスは自《じ》分《ぶん》の命《いのち》をかけてアンドロメダを守《まも》ったのに、おまえは助《たす》けようとはしなかったではないか。」

と、ケフェウス王《おう》はピレネスに向《む》かって言《い》いました。

ピレネスが、連《つ》れてきた兵士《へいし》に合図《あいず》を送《おく》ると、ペルセウスたちをおそってきました。ペルセウスは王《おう》と王妃《おうひ》、アンドロメダを守《まも》りながら戦《たたか》いに勝《か》ちました。

結婚式《けっこんしき》を終《お》えたふたりは、王《おう》と王妃《おうひ》に別《わか》れのあいさつをし、ペルセウスの母《はは》のもとへ旅立《たびだ》ちました。その後《ご》、ペルセウスとアンドロメダは、幸《しあわ》せに暮《く》らしたということです。

## 瀧靖之先生の賢い子を育てるコツ

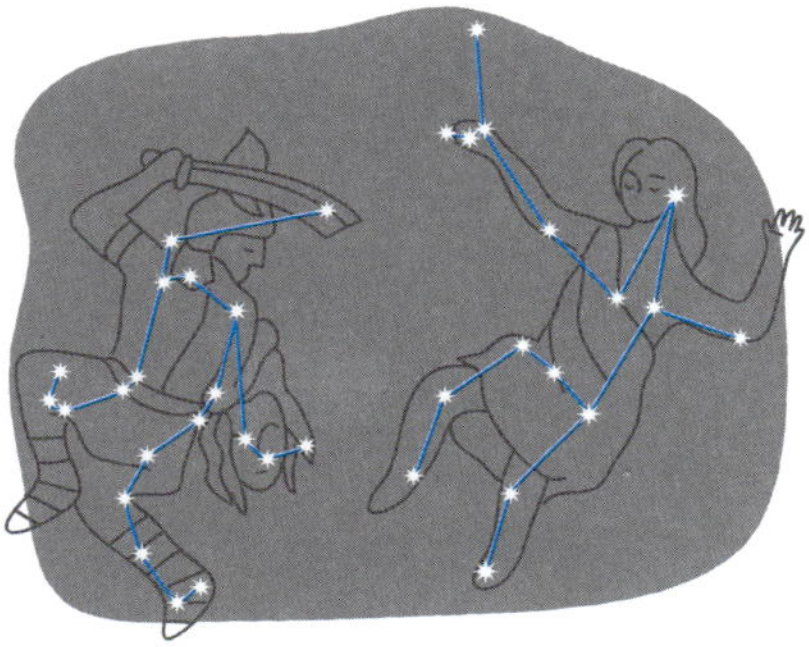

### ペルセウスの名《な》がついた流星群《りゅうせいぐん》や星座《せいざ》を見《み》よう

ペルセウス座流星群《ざりゅうせいぐん》は毎年《まいとし》7月《がつ》から8月《がつ》ごろに見《み》られます。また、秋《あき》の夜《よる》にはペルセウスとアンドロメダの星座《せいざ》を探《さが》してみましょう。その近《ちか》くには、アンドロメダの父《ちち》ケフェウスと母《はは》カシオペアの星座《せいざ》もありますよ。

世界の名作

# 7

冒険《ぼうけん》って？

## ピーター・パン

バリー

ピーター・パンはいつものように、妖精《ようせい》のティンカーベルといっしょに公園《こうえん》を飛《と》びまわっていました。

すると、うっかり、ダーリング家《け》に迷《まよ》いこんでしまい、自分《じぶん》の影《かげ》を置《お》いてきてしまいました。

ダーリング家《け》には、お父《とう》さんとお母《かあ》さん、ウエンディ、ジョン、マイケルの三《さん》人《にん》の子《こ》どもが住《す》んでいます。

両親《りょうしん》がパーティーに出《で》かけているあいだ、子《こ》どもたちは、影《かげ》の落《お》とし主《ぬし》を待《ま》っていました。そこへ、窓《まど》からピーター・パンが入《はい》ってきました。

ピーター・パンは自分《じぶん》の影《かげ》を見《み》つけ、くっつけようとしますが、なかなかくっつけることができません。かわいそうに思《おも》ったウエンディが、ピーター・パンの足《あし》に影《かげ》をぬってあげました。ピーター・パンは喜《よろこ》び、自分《じぶん》が住《す》むネバーランドに

# ピーター・パンと空《そら》を飛《と》び ネバーランドへ！

ウエンディと幼《おさな》い弟《おとうと》たちは、ピーター・パンやティンカーベルといっしょに夜空《よぞら》を飛《と》び、ネバーランドへ向《む》かいました。

三人《さんにん》を招待《しょうたい》すると言《い》いました。

ティンカーベルに妖精《ようせい》の粉《こな》をかけてもらうと、三人《さんにん》の体《からだ》はふわりと浮《う》かび、空《そら》を飛《と》ぶことができました。ピーター・パンのあとについて、ネバーランドへと向《む》かいました。

ネバーランドは、子《こ》どもや人魚《にんぎょ》、動物《どうぶつ》などが幸《しあわ》せに暮《く》らす、おとぎの国《くに》です。ここで、ウエンディは、子《こ》どもたちにお話《はなし》をしてあげたり、毎日楽《まいにちたの》しく過《す》ごしました。

しかし、ピーター・パンの宿敵《しゅくてき》である海賊《かいぞく》のフック船長《せんちょう》もいます。子《こ》どもたちをいじめるので、ピーター・パンはフックの右手《みぎて》を切《き》って、ワニにあげてしまいました。フックは、いつか仕返《しかえ》しをしたいと思《おも》っていました。

ウエンディは、ある夜《よる》、いつものように弟《おとうと》たちにお話《はなし》をしていると、お父《とう》さんとお母《かあ》さんのことを思《おも》い出《だ》し、会《あ》いたくなりました。

そして、ピーター・パンにお別《わか》れを言《い》うため出《で》かけようとしていたとき、フックにつかまってしまいました。

ピーター・パンが急《いそ》いでかけつけたとき、ウエンディたちは、ワニがいる海《うみ》に落《お》とされそうになっていました。危機《きき》一髪《いっぱつ》のところを、ピーター・パンが助《たす》けてくれたのです。ピーター・パンは見事《みごと》な剣《けん》さばきでフックを追《お》いつめます。フックはたまらず海《うみ》に飛《と》びこむしかありませんでした。

フックとの戦《たたか》いに勝利《しょうり》し、ウエンディたちは両親《りょうしん》が待《ま》つ家《いえ》へと無事《ぶじ》に帰《かえ》ることができました。

## 瀧靖之先生の 賢い子を育てるコツ

### ネバーランドって どんなところ？

ピーター・パンが暮《く》らすネバーランドでは、だれも年《とし》をとりません。だからピーター・パンも永遠《えいえん》に少年《しょうねん》なのです。みなさんはずっと子《こ》どものままでいたいですか？ それとも早《はや》く大人《おとな》になって、いろいろなことをしてみたいですか？

世界の名作

8

冒険《ぼうけん》って？

# トム・ソーヤーの冒険《ぼうけん》

トウェイン

トムという少年《しょうねん》と弟《おとうと》のシッドは、両親《りょうしん》を亡《な》くし、ポリーおばさんに預《あず》けられ、そこで暮《く》らしていました。

トムは、ポリーおばさんに言《い》われた仕事《しごと》をさぼり、学校《がっこう》の勉強《べんきょう》をなまけ、遊《あそ》んでばかり。冒険《ぼうけん》やいたずらが大好《だいす》きな、とてもやんちゃな少年《しょうねん》で、いつもポリーおばさんを困《こま》らせています。

ある日《ひ》、トムは友達《ともだち》のハックと夜中《よなか》にお墓《はか》へ出《で》かけました。そこで、荒《あら》くれ者《もの》のインジャン・ジョーがお医者《いしゃ》さんを殺《ころ》してしまうところを目撃《もくげき》してしまいました。インジャン・ジョーはその罪《つみ》をマフというおじいさんになすりつけ、マフはつかまってしまいました。

トムとハックは、「だれにも言《い》わないでおこう。しゃべったらおれたちも殺《ころ》される。」とちかいました。

# わんぱく少年《しょうねん》のトムは毎日《まいにち》が冒険《ぼうけん》の連続《れんぞく》！

トムとハックは、夜中《よなか》に出《で》かけた墓地《ぼち》でインジャン・ジョーがお医者《いしゃ》さんを殺《ころ》してしまうところを見《み》てしまいました。

しかし、ふたりはあまりにおそろしい光景《こうけい》を見《み》てしまったため、恐怖《きょうふ》と良心《りょうしん》で夜《よる》も眠《ねむ》れません。

マフの裁判《さいばん》の日《ひ》が近《ちか》づいてきました。トムはなやみました。

「このままでは、マフが犯人《はんにん》にされてしまう……。」

とうとう裁判《さいばん》の日《ひ》がきました。

本当《ほんとう》の犯人《はんにん》を知《し》っているトムは、勇気《ゆうき》を出《だ》して裁判《さいばん》で事件《じけん》のことを話《はな》し、マフを助《たす》けることができました。

しかし、インジャン・ジョーは逃《に》げてしまい、トムは復《ふく》しゅうにおびえながら過《す》ごしました。

そうこうしているうちに夏休《なつやす》みになり、ピクニックへ行《い》くことになりました。トムは友達《ともだち》のベッキーといっしょに洞窟探検《どうくつたんけん》をしていると、そこにインジャン・ジョーがいたのです。ふたりはつかまってしまいました。

そこへ、ふたりを探《さが》しにきた保安官《ほあんかん》がインジャン・ジョーを見《み》つけて、追《お》いかけていきました。すると、逃《に》げられなくなったインジャン・ジョーは、崖《がけ》から身《み》を投《な》げました。

それからしばらくして、トムとハックは、また洞窟《どうくつ》に行《い》き、探検《たんけん》しました。すると、インジャン・ジョーが隠《かく》していたたくさんの金貨《きんか》を見《み》つけたのです。トムとハックは、村《むら》で有名人《ゆうめいじん》になりました。

トムとハックはちゃんと学校《がっこう》へ行《い》くようになりましたが、いたずら好《ず》きは相変《あいか》わらずでした。

## 瀧靖之先生の賢い子を育てるコツ

### トムのように冒険《ぼうけん》をしてみたいかな？

『トム・ソーヤーの冒険《ぼうけん》』の大部分《だいぶぶん》は、作者《さくしゃ》のマーク・トウェイン自身《じしん》か友達《ともだち》の身《み》に実際《じっさい》に起《お》きた出来事《できごと》だそうです。みなさんは、トムのどんなところに共感《きょうかん》できますか？おうちの人《ひと》と話《はな》しあってみましょう。

世界の昔話

9

冒険《ぼうけん》って？

# ジャックと豆《まめ》の木《き》

むかしむかし、ジャックという男《おとこ》の子《こ》がお母《かあ》さんとふたりで暮《く》らしていました。あるとき、ジャックが牛《うし》を売《う》りに町《まち》まで歩《ある》いていると、不思議《ふしぎ》なおじいさんに出会《であ》いました。

「その牛《うし》を、この豆《まめ》と取《と》りかえんかね。」

「だめだよ。うちは貧《まず》しいんだ。お金《かね》にかえなきゃならないんだ。」

「これは魔法《まほう》の豆《まめ》じゃ。一晩《ひとばん》でつるが天《てん》までのびるのじゃ。」

ジャックは牛《うし》を豆《まめ》5つぶと交換《こうかん》して帰《かえ》りました。もちろん、お母《かあ》さんはかんかんです。豆《まめ》を庭《にわ》に放《ほう》りなげ、夕飯《ゆうはん》なしで寝《ね》ることになりました。

しかし、翌朝《よくあさ》、ジャックが起《お》きてみると、豆《まめ》の木《き》が天《てん》までのびていたのです。

さっそくジャックは、豆《まめ》の木《き》をずんずんのぼりはじめました。そして天《てん》に着《つ》くと、門《もん》のところに大《おお》きな女《おんな》の人《ひと》がいました。

# 天《てん》までのびた豆《まめ》の木《き》の先《さき》に大男《おおおとこ》が住《す》んでいました

宝物《たからもの》を盗《ぬす》まれて怒《おこ》った大男《おおおとこ》が豆《まめ》の木《き》から降《お》りてきました。ジャックは豆《まめ》の木《き》を切《き》りたおし、大男《おおおとこ》をやっつけます。

「おはようございます。ぼく、おなかがペコペコなので、何《なに》か食《た》べさせてください。」

「何《なに》を言《い》ってるんだね。おまえが食《た》べられないように気《き》をつけな。」

そこは、子《こ》どもを食《た》べるのが大好《だいす》きな大男《おおおとこ》の国《くに》だったのです。すると、どしん！ どしん！ と、ものすごく大《おお》きな足音《あしおと》が近《ちか》づいてきました。大女《おおおんな》はジャックに、かまどに隠《かく》れるよう言《い》いました。大男《おおおとこ》はたらふくごちそうを食《た》べると、大《おお》女《おんな》ににわとりを持《も》ってこさせました。

「産《う》め！」

大男《おおおとこ》が言《い》うと、にわとりは金《きん》の卵《たまご》をひとつ産《う》みました。おなかがいっぱいの大《おお》男《おとこ》はそのうち寝《ね》てしまったので、そのすきに、ジャックはにわとりを抱《かか》えて逃《に》げ出《だ》しました。もちろん、お母《かあ》さんは大喜《おおよろこ》びです。

しばらくして、ジャックはまた豆《まめ》の木《き》をのぼって天《てん》に行《い》きました。大女《おおおんな》に見《み》つからないように気《き》をつけて家《いえ》の中《なか》にしのびこむと、大男《おおおとこ》がごちそうを食《た》べていました。そして、今度《こんど》は、ハープを持《も》ってこさせました。ハープは勝手《かって》にすばらしい音色《ねいろ》で演奏《えんそう》をするのです。ジャックは、大男《おおおとこ》が寝《ね》ているすきにハープを抱《かか》えて逃《に》げ出《だ》しました。しかし、

「ご主人様《しゅじんさま》、ご主人様《しゅじんさま》。」

と、ハープがとつぜんしゃべりはじめたのです！　大男《おおおとこ》は目《め》を覚《さ》まして、追《お》いかけてきました。ジャックが大急《おおいそ》ぎで豆《まめ》の木《き》をおりて見《み》あげると、大男《おおおとこ》がとちゅうまで降《お》りてきているではありませんか！

ジャックはおのを持《も》ってきて、木《き》を切《き》りたおしました。大男《おおおとこ》は空《そら》から落《お》ちて死《し》んでしまいました。金《きん》の卵《たまご》を産《う》むにわとりと、魔法《まほう》のハープのおかげで、ジャックとお母《かあ》さんは幸《しあわ》せに暮《く》らしました。

## 瀧靖之先生の賢い子を育てるコツ

### ジャックはその後《ご》、どうなるのかな？

続《つづ》きの話《はなし》では、大男《おおおとこ》から奪《うば》ったにわとりは卵《たまご》を産《う》まなくなり、ハープも演奏《えんそう》しなくなってしまいます。そしてジャックは「奪《うば》った宝物《たからもの》で幸《しあわ》せをつかんでも長続《ながつづ》きしない。本当《ほんとう》の幸《しあわ》せは努力《どりょく》してつかむもの」とさとります。みなさんはどう思《おも》いますか？

世界の名作

# 10

冒険《ぼうけん》って？

# オズの魔法使《まほうつか》い

ボーム

ドロシーはおじさんとおばさん、愛犬《あいけん》のトトといっしょに、カンザスというところで暮《く》らしていました。あるとき、とつぜん大《おお》きな竜巻《たつまき》がきて、家《いえ》ごと吹《ふ》き飛《と》ばされてしまいました。

飛《と》ばされた家《いえ》は、東《ひがし》の悪《わる》い魔女《まじょ》の上《うえ》に落《お》ち、魔女《まじょ》をやっつけることができました。魔女《まじょ》にいじめられていた人々《ひとびと》は喜《よろこ》び、北《きた》のいい魔女《まじょ》は、「東《ひがし》の魔女《まじょ》をやっつけてくれてありがとう！」と、ドロシーに感謝《かんしゃ》しました。

ドロシーが北《きた》のいい魔女《まじょ》に、「カンザスに帰《かえ》りたい。」とお願《ねが》いすると、オズという魔法使《まほうつか》いがその願《ねが》いをかなえてくれるかもしれないと教《おし》えてくれました。

そして東《ひがし》の魔女《まじょ》がはいていた魔法《まほう》の靴《くつ》をはいて、トトといっしょに、オズが住《す》む場所《ばしょ》をめざすことにしました。

とちゅうで、知恵《ちえ》を欲《ほ》しがるかかしと、もともと人間《にんげん》でしたが東《ひがし》の悪《わる》い魔女《まじょ》に

# ドロシーはすてきな仲間《なかま》といっしょに旅《たび》をします

オズの魔法使《まほうつか》いを探《さが》して旅《たび》をするドロシー、犬《いぬ》のトト、ブリキのきこり、かかし、ライオン。みんなで協力《きょうりょく》して困難《こんなん》に立《た》ち向《む》かいます。

ブリキに変《か》えられてしまった、人《ひと》の心《こころ》を取《と》りもどしたいブリキのきこりと、勇気《ゆうき》を手《て》に入《い》れたいライオンが仲間《なかま》になり、いっしょにオズを探《さが》す旅《たび》をすることにしました。

やっとオズのいる場所《ばしょ》に着《つ》くと、西《にし》の悪《わる》い魔女《まじょ》をたおしたらみんなの望《のぞ》みをかなえるとオズは約束《やくそく》しました。

それを知《し》った西《にし》の魔女《まじょ》は怒《おこ》り、ドロシーたちに意地悪《いじわる》をしました。魔女《まじょ》の攻撃《こうげき》に知恵《ちえ》をしぼって立《た》ち向《む》かうかかし。ドロシーを思《おも》って涙《なみだ》を流《なが》すブリキ。勇気《ゆうき》を出《だ》してドロシーを助《たす》けるライオン。しかし、ドロシーはつかまってしまい、仲間《なかま》たちとはなればなれになってしまいました。

あるとき西《にし》の魔女《まじょ》はドロシーをころばせて、そのすきに魔法《まほう》の靴《くつ》をとろうとしました。これには、ドロシーも怒《おこ》り、魔女《まじょ》に水《みず》をかけました。

すると、魔女《まじょ》は水《みず》がきらいだったので、みるみるうちにとけて消《き》えてしまいました。

ドロシーは、オズのもとへもどり、西《にし》の魔女《まじょ》をやっつけたことを伝《つた》えました。
しかし、魔法使《まほうつか》いだと思《おも》っていたオズの正体《しょうたい》は、ふつうのおじいさんでした。機《き》械《かい》を動《うご》かして、魔法使《まほうつか》いのふりをしていたのです。

困《こま》っていたドロシーの前《まえ》に、南《みなみ》のいい魔女《まじょ》が現《あらわ》れ、魔法《まほう》の靴《くつ》の使《つか》い方《かた》を教《おし》えてくれました。

言《い》われたとおりにかかとを3回《かい》打《う》ち鳴《な》らすと、あら不思議《ふしぎ》。あっという間《ま》にカンザスの家族《かぞく》のもとへ帰《かえ》ることができました。

## 瀧靖之先生の賢い子を育てるコツ

### むかしの映画《えいが》を見《み》てみよう

『オズの魔法使《まほうつか》い』はアメリカで生《う》まれたもっとも人気《にんき》のあるおとぎ話《ばなし》で、映画《えいが》やミュージカルにもなっています。映画《えいが》に使《つか》われた曲《きょく》『オーバー・ザ・レインボー』も大《だい》ヒットしました。親子《おやこ》でぜひチェックしてみましょう。

世界の昔話

# 11

## 冒険《ぼうけん》って？

# 西遊記《さいゆうき》

はるか西《にし》のかなたにある、★1天竺《てんじく》をめざして、三蔵法師《さんぞうほうし》というおぼうさんが白《しろ》い馬《うま》に乗《の》って出発《しゅっぱつ》しました。

とある山《やま》にさしかかると、1匹《ぴき》のさるが、石《いし》に閉《と》じこめられていました。

「おぼうさん、助《たす》けてください。私《わたし》は、孫悟空《そんごくう》と言《い》います。ここから出《だ》していただければ、おともします。」

三蔵法師《さんぞうほうし》は悟空《ごくう》を助《たす》けて、いっしょに天竺《てんじく》をめざす旅《たび》をすることにしました。

森《もり》に入《はい》ると、山賊《さんぞく》たちが道《みち》をふさいで邪魔《じゃま》をするので、悟空《ごくう》は武器《ぶき》の如意棒《にょいぼう》をふりまわし、山賊《さんぞく》たちをやっつけました。

その様子《ようす》を見《み》ていた三蔵法師《さんぞうほうし》が、人《ひと》を殺《ころ》したことをとがめると、ふてくされた悟空《ごくう》は〝きんと雲《うん》〟という雲《くも》に乗《の》って、飛《と》んでいってしまいました。

三蔵法師《さんぞうほうし》がひとりで旅《たび》を続《つづ》けていると、不思議《ふしぎ》なおばあさんに出会《であ》いました。

# はるか西《にし》のかなたにある
# 天竺《てんじく》をめざして

三蔵法師《さんぞうほうし》は旅《たび》のとちゅうで、さるの孫悟空《そんごくう》、ぶたの猪八戒《ちょはっかい》、かっぱの沙悟浄《さごじょう》と出会《であ》い、いっしょに天竺《てんじく》をめざしました。

おばあさんに悟空《ごくう》の話《はなし》をすると、

「そのさるに、この着物《きもの》と帽子《ぼうし》をあたえなさい。困《こま》ったときは呪文《じゅもん》を唱《とな》えるのです。」

と言《い》って、着物《きもの》と帽子《ぼうし》をくれました。おばあさんは観音様《かんのんさま》だったのです。

やがて、悟空《ごくう》は反省《はんせい》してもどってきました。三蔵法師《さんぞうほうし》は、おばあさんにもらった着物《きもの》と帽子《ぼうし》を悟空《ごくう》にわたしました。

呪文《じゅもん》を唱《とな》えてみると、帽子《ぼうし》についている金《きん》の輪《わ》が悟空《ごくう》の頭《あたま》をぎりぎりとしめつけました。

「いててて……。」

帽子《ぼうし》をひきちぎっても、金《きん》の輪《わ》ははずれません。

「何《なに》かしたら、また呪文《じゅもん》を唱《とな》えますよ。」

悟空《ごくう》はすっかりおとなしくなりました。

その後《ご》、旅《たび》のとちゅうで出会《であ》った、ぶたの猪八戒《ちょはっかい》、かっぱの沙悟浄《さごじょう》もいっしょに、天竺《てんじく》をめざすことになりました。

天竺《てんじく》までの道《みち》のりは果《は》てしなく長《なが》いものでした。金角《きんかく》と銀角《ぎんかく》のきょうだいや、牛魔王《ぎゅうまおう》など、行《い》く手《て》をはばむ妖怪《ようかい》が次々《つぎつぎ》に現《あらわ》れます。

けれど、そのたびに、悟空《ごくう》と仲間《なかま》たちは力《ちから》を合《あ》わせて三蔵法師《さんぞうほうし》を守《まも》り、敵《てき》をたおし、きずなを深《ふか》めながら、旅《たび》を続《つづ》けるのでした。

そして、14年《ねん》。一行《いっこう》は無事《ぶじ》に天竺《てんじく》にたどり着《つ》き、長《なが》く苦《くる》しい旅《たび》が終《お》わりを告《つ》げたのです。

★1 むかし、日本《にほん》や中国《ちゅうごく》で、インドを指《さ》した言《い》い方《かた》

瀧靖之先生の
賢い子を育てるコツ

### みんなはどうして 天竺《てんじく》へ行《い》ったのかな？

三蔵法師《さんぞうほうし》や孫悟空《そんごくう》たちは、なぜ天竺《てんじく》をめざしたのでしょうか？ それは天竺《てんじく》にいるお釈迦様《しゃかさま》に会《あ》い、仏《ほとけ》の教《おし》えをまとめた経典《きょうてん》をもらうためでした。ちなみに、三蔵法師《さんぞうほうし》だけは実在《じつざい》の人物《じんぶつ》で、玄奘三蔵《げんじょうさんぞう》という唐《とう》の時代《じだい》の中国《ちゅうごく》の僧侶《そうりょ》がモデルとされています。

世界の名作

# 12

冒険《ぼうけん》って？

## 宝島《たからじま》

スティーブンソン

ジムという少年《しょうねん》は、みさきにある宿屋《やどや》で働《はたら》いていました。

そこへ、ひとりの老《お》いた船《ふな》のりがやってきました。

「おれは船長《せんちょう》だ。一本足《いっぽんあし》の船《ふな》のりを見《み》つけたら教《おし》えてくれ。」

船長《せんちょう》は何《なに》かにおびえているようでした。

ある日《ひ》、宿屋《やどや》にやってきた男《おとこ》が船長《せんちょう》に何《なに》かを手《て》わたすと、それを見《み》た船長《せんちょう》はまっさおになり、たおれて死《し》んでしまいました。

船長《せんちょう》のかばんには、小《ち》さな包《つつ》みがありました。包《つつ》みを持《も》って、医者《いしゃ》のリブジー先生《せんせい》を訪《たず》ね、中身《なかみ》を見《み》てみると、島《しま》の地図《ちず》が入《はい》っていました。地図《ちず》には☆印《じるし》がついています。

「これは宝島《たからじま》の地図《ちず》だ！」

さっそく船《ふね》で宝《たから》を探《さが》しに行《い》くことになり、船《ふな》のりを集《あつ》めました。そこにはシル

# 宝島《たからじま》の地図《ちず》を手《て》に入《い》れたジム《》は船《ふね》で宝探《たからさが》しに！

船長《せんちょう》が持《も》っていた地図《ちず》をたよりに宝《たから》を探《さが》す旅《たび》に出発《しゅっぱつ》したジム。はたしてどんな冒険《ぼうけん》が待《ま》ち受《う》けているのでしょうか？

バーという一本足《いっぽんあし》の男《おとこ》がいて、ジムはドキッとしました。

島《しま》をめざして出発《しゅっぱつ》したある日《ひ》、ジムは、シルバーが宝物《たからもの》を手《て》に入《い》れたら、ジムたちを殺《ころ》そうと相談《そうだん》しているのを聞《き》いてしまいました。シルバーは海賊《かいぞく》だったのです。このことを、リブジー先生《せんせい》たちに話《はな》し、みんなで戦《たたか》う決意《けつい》をしました。

「島《しま》が見《み》えたぞ！」

みんなは船《ふね》をおりました。するとシルバーは、自分《じぶん》に逆《さか》らった船《ふな》のりを殺《ころ》してしまったのです。ジムはこわくなり、山《やま》へ逃《に》げました。そこで、ひげがぼうぼうのベン・ガンという男《おとこ》に出会《であ》いました。ベン・ガンは、もともとはシルバーたちの仲間《なかま》でしたが、置《お》き去《ざ》りにされていたのです。ふたりは助《たす》けあおうとちかいました。

そのとき銃声《じゅうせい》が！　シルバーたち海賊《かいぞく》とリブジー先生《せんせい》たちの戦《たたか》いが始《はじ》まりました。ジムも向《む》かいましたが、海賊《かいぞく》につかまってしまいました。宝《たから》の地図《ちず》を奪《うば》われ、いっしょに☆印《じるし》の場所《ばしょ》に行《い》きましたが、そこにはありませんでした。あのベン・ガンが先《さき》に見《み》つけて運《はこ》び出《だ》していたのです。

ようやくベン・ガンを見《み》つけると、そこには金貨《きんか》などの宝物《たからもの》がたくさんありました。

宝物《たからもの》はみんなで分《わ》けあいました。シルバーは、わずかな宝物《たからもの》を持《も》って姿《すがた》を消《け》してしまいました。ベン・ガンにも分《わ》けられました。

ジムはお金《かね》持《も》ちになりましたが、おそろしかった宝島《たからじま》の出来事《できごと》が夢《ゆめ》に出《で》てくるのでした。

## 瀧靖之先生の 賢い子を育てるコツ

### 宝探《たからさが》しゲームをしてみよう

「宝《たから》」を隠《かく》し、地図《ちず》を見《み》ながら探《さが》すゲームをしてジムの気《き》分《ぶん》を体験《たいけん》しましょう。宝《たから》はなんでもいいですし、場所《ばしょ》は家《いえ》の中《なか》や公園《こうえん》など、どこでもOK《オーケー》です。宝《たから》を隠《かく》して地図《ちず》を用意《ようい》する係《かかり》と、宝《たから》を探《さが》す係《かかり》、それぞれ交代《こうたい》しながらやると楽《たの》しいですよ。

伝記

# 13

## 冒険《ぼうけん》って？

# 未《み》知《ち》の世《せ》界《かい》に挑《ちょう》戦《せん》した冒《ぼう》険《けん》家《か》 ——植《うえ》村《むら》直《なお》己《み》（1941〜1984年《ねん》）

植村直己《うえむらなおみ》は日本《にほん》が生《う》んだ世界《せかい》にほこる冒険家《ぼうけんか》です。1941年《ねん》、兵庫県豊岡市《ひょうごけんとよおかし》日高町《ひだかちょう》の農家《のうか》に、七人《しちにん》きょうだいの末《すえ》っ子《こ》として生《う》まれ、自然《しぜん》に親《した》しみ野山《のやま》をかけまわりのびのび育《そだ》ちました。直己《なおみ》が登山《とざん》を始《はじ》めたのは、明治大学《めいじだいがく》に入学《にゅうがく》して山《さん》岳部《がくぶ》に入《はい》ってからです。体《からだ》が小《ちい》さく、最初《さいしょ》はけわしい山《やま》に登《のぼ》るのはとても大変《たいへん》でした。しかし、だれにも負《ま》けないほど努力《どりょく》して日本《にほん》じゅうの山《やま》に登《のぼ》り、頂上《ちょうじょう》から雄大《ゆうだい》で美《うつく》しい風景《ふうけい》をながめ、目標《もくひょう》に向《む》かってやりとげることのすばらしさを感《かん》じ、登山《とざん》や冒険《ぼうけん》が大好《だいす》きになったのです。

　大学《だいがく》を卒業《そつぎょう》すると、直己《なおみ》は冒険《ぼうけん》のために外国《がいこく》に飛《と》び出《だ》しました。お金《かね》はほんの少《すこ》ししかありませんでしたが、冒険心《ぼうけんしん》があふれ出《で》て出《で》かけずにはいられなかったのです。まずアメリカにわたり、次《つぎ》にヨーロッパ大陸《たいりく》で一番高《いちばんたか》い山《やま》モンブラン、アフリカ大陸《たいりく》で一番高《いちばんたか》い山《やま》キリマンジャロに登《のぼ》りました。それから南《みなみ》アメリカで

# 世界《せかい》ではじめてひとりで犬《いぬ》ぞりに乗《の》って北極点《ほっきょくてん》へ

直己《なおみ》は、グリーンランドの小《ちい》さな町《まち》でエスキモーの人《ひと》たちといっしょに生活《せいかつ》し、犬《いぬ》ぞりの操縦方法《そうじゅうほうほう》を身《み》につけました。

一番高《いちばんたか》い山《やま》アコンカグアに登《のぼ》ったあと、自分《じぶん》でつくった、いかだ「アナ・マリア号《ごう》」に乗《の》って、人食《ひとく》いワニやピラニア、毒蛇《どくへび》がうようよしているアマゾン川《がわ》を６０００キロメートルも下《くだ》りました。どれも命《いのち》がけの冒険《ぼうけん》でしたが、直己《なおみ》はすべてたったひとりでやりきったのです。

１９７０年《ねん》には29才《さい》で山岳会《さんがくかい》の登山隊《とざんたい》に選《えら》ばれ、アジア大陸《たいりく》のネパールとチベットにまたがる世界《せかい》で一番高《いちばんたか》い山《やま》チョモランマ（エベレスト）の頂上《ちょうじょう》に、日本人《にほんじん》としてはじめて立《た》ちました。そのすぐあとには、北《きた》アメリカ大陸《たいりく》で一番高《いちばんたか》い山《やま》マッキンリーにひとりで登《のぼ》ることに成功《せいこう》。これで直己《なおみ》は、地球上《ちきゅうじょう》にある５つの大陸《たいりく》それぞれの一番高《いちばんたか》い山《やま》のすべてに登《のぼ》ったことになりました。これは世界初《せかいはつ》の偉業《いぎょう》で、直己《なおみ》の名前《なまえ》は勇《ゆう》かんな冒険家《ぼうけんか》として世界《せかい》じゅうに知《し》られるようになりました。

それからも直己《なおみ》は冒険《ぼうけん》に挑戦《ちょうせん》しました。１９７８年《ねん》、世界《せかい》ではじめて、たったひとりで犬《いぬ》ぞりに乗《の》って北極点《ほっきょくてん》に行《い》きました。さらに１９８４年《ねん》、氷点下《ひょうてんか》50度《ど》の冬《ふゆ》のマッキンリーの頂上《ちょうじょう》にひとりで登《のぼ》りました。しかし、その下山《げざん》とちゅう、荒《あ》れくるうふぶきの中《なか》で姿《すがた》が見《み》えなくなり、二度《にど》と帰《かえ》ってくることはありませんでした。

最後《さいご》の冒険《ぼうけん》に出《で》かける少《すこ》し前《まえ》、直己《なおみ》はこんなふうに語《かた》ったそうです。

「みんな、それぞれが、何《なに》か新《あたら》しいことをやる。それはすべて冒険《ぼうけん》だと、ぼくは思《おも》うんです。」

直己《なおみ》が亡《な》くなったあと、偉大《いだい》な冒険《ぼうけん》をたたえられ「国民栄誉賞《こくみんえいよしょう》」が贈《おく》られました。また直己《なおみ》が世界《せかい》ではじめてなしとげたグリーンランド縦断《じゅうだん》を歴史《れきし》に刻《きざ》むため、ゴールにしていた山《やま》を「ヌナタック・ウエムラ峰《ほう》」と呼《よ》ぶとデンマーク政府《せいふ》が決《き》めました。直己《なおみ》の名前《なまえ》は、世界地図《せかいちず》に記《しる》されることになったのです。

## 瀧靖之先生の賢い子を育てるコツ

### 展示品《てんじひん》を見《み》て冒険《ぼうけん》を実感《じっかん》しよう

東京都板橋区《とうきょうといたばしく》にある「植村《うえむら》冒険館《ぼうけんかん》」、兵庫県豊岡市《ひょうごけんとよおかし》にある「植村直己冒険館《うえむらなおみぼうけんかん》」には直己《なおみ》が使《つか》った装備品《そうびひん》や遺品《いひん》、記録《きろく》などが展示《てんじ》されています。これらを見《み》ると冒険《ぼうけん》の過酷《かこく》さや、人《ひと》となりが実感《じっかん》できます。ぜひ足《あし》を運《はこ》んでみましょう。

伝記

# 14

## 冒険《ぼうけん》って？

# 人類初《じんるいはつ》の宇宙飛行《うちゅうひこう》に成功《せいこう》 ――ガガーリン（1934〜1968年《ねん》）

ユーリイ・ガガーリンは1934年《ねん》、現在《げんざい》のロシア（ソビエト社会主義共和国連邦《しゃかいしゅぎきょうわこくれんぽう》）に四人《よにん》きょうだいの3番目《ばんめ》として生《う》まれました。両親《りょうしん》は農民《のうみん》でした。少年時代《しょうねんじだい》のガガーリンは第二次世界大戦《だいにじせかいたいせん》を経験《けいけん》して苦《くる》しい体験《たいけん》をしましたが、まじめで勉強熱心《べんきょうねっしん》な子《こ》どもでした。

1945年《ねん》に戦争《せんそう》が終《お》わると、職業学校《しょくぎょうがっこう》に行《い》き、金属工場《きんぞくこうじょう》で働《はたら》きはじめました。優秀《ゆうしゅう》だった彼《かれ》は技術専門学校《ぎじゅつせんもんがっこう》へと進《すす》み、その専門学校《せんもんがっこう》で、航空《こうくう》クラブに入《はい》って軽飛行機《けいひこうき》で空《そら》を飛《と》ぶようになりました。ガガーリンはここで空《そら》を飛《と》ぶことの楽《たの》しさを知《し》り、パイロットをめざしはじめたのです。

その数年後《すうねんご》、航空士官学校《こうくうしかんがっこう》を卒業《そつぎょう》すると、ソ連空軍《れんくうぐん》のパイロットとして北極圏《ほっきょくけん》にある基地《きち》の任務《にんむ》につきました。

1960年代《ねんだい》に入《はい》り宇宙開発《うちゅうかいはつ》が本格的《ほんかくてき》に始《はじ》まると、ガガーリンは宇宙飛行士《うちゅうひこうし》の

# みんなの夢《ゆめ》をのせ はじめて宇宙《うちゅう》へ飛《と》び立《た》つ！

飛行機《ひこうき》で空《そら》を飛《と》ぶことの楽《たの》しさを知《し》ったガガーリン。そして、人類《じんるい》ではじめての宇宙飛行《うちゅうひこう》に成功《せいこう》しました。

候補《こうほ》に選《えら》ばれました。そしてだれにも知《し》られないように、宇宙飛行《うちゅうひこう》にたえるための厳《きび》しい訓練《くんれん》を受《う》けました。

それから間《ま》もなく、ついに世界初《せかいはつ》の有人宇宙飛行《ゆうじんうちゅうひこう》が行《おこな》われることが決《き》まりました。でも当時《とうじ》の宇宙船内《うちゅうせんない》はせまくてひとりしか乗《の》れません。

ガガーリンは最終選考《さいしゅうせんこう》を勝《か》ち抜《ぬ》き、最初《さいしょ》の宇宙飛行士《うちゅうひこうし》に選《えら》ばれました。その理由《りゆう》は、とてもおだやかな性格《せいかく》で、頭《あたま》の回転《かいてん》がよく、小柄《こがら》な体格《たいかく》だったからなどと言《い》われています。記録《きろく》によるとガガーリンの身長《しんちょう》は158センチメートルでした。

1961年《ねん》4月《がつ》12日《にち》午前《ごぜん》9時《じ》7分《ふん》。

「さあ、行《い》こう!」

ガガーリンを乗《の》せた宇宙船《うちゅうせん》ボストーク1号《ごう》はごう音《おん》をひびかせて宇宙《うちゅう》へ飛《と》び立《た》ちました。そして打《う》ち上《あ》げから1時間《じかん》48分後《ふんご》、地球《ちきゅう》を1周《しゅう》して無事《ぶじ》にもどってきました。

ガガーリンは人類史上《じんるいしじょう》、はじめて有人宇宙飛行《ゆうじんうちゅうひこう》に成功《せいこう》したのです。

彼《かれ》は宇宙《うちゅう》から、自分《じぶん》の体調《たいちょう》や窓《まど》から見《み》える地球《ちきゅう》の様子《ようす》などを無線《むせん》で伝《つた》えました。

それからのガガーリンは、ソ連《れん》の宇宙計画《うちゅうけいかく》の親善大使《しんぜんたいし》として世界《せかい》のあちこちを飛《と》びまわりました。1962年《ねん》には日本《にほん》にも来《き》ています。

そして、再《ふたた》び宇宙《うちゅう》に行《い》きたいという思《おも》いを胸《むね》に飛行訓練《ひこうくんれん》をしていましたが、その訓練中《くんれんちゅう》、墜落《ついらく》して亡《な》くなってしまいました。34才《さい》という若《わか》さでした。

なお、「地球《ちきゅう》は青《あお》かった。」というガガーリンの有名《ゆうめい》な言葉《ことば》がありますが、本当《ほんとう》はちょっとちがいました。「空《そら》は非常《ひじょう》に暗《くら》かった。一方《いっぽう》、地球《ちきゅう》は青《あお》みがかっていた。」と言《い》ったことがもとになっているようです。

瀧靖之先生の賢い子を育てるコツ

## 宇宙《うちゅう》をテーマにした博物館《はくぶつかん》に出《で》かけよう

このお話《はなし》に興味《きょうみ》を持《も》ったら宇宙《うちゅう》がテーマの博物館《はくぶつかん》で知識《ちしき》の充実《じゅうじつ》をはかりましょう。本格的《かくてき》な施設《しせつ》の筑波宇宙《つくばうちゅう》センター（茨城県《いばらきけん》）や種子島宇宙《たねがしまうちゅう》センター（鹿児島県《かごしまけん》）ほか、日本科《にほんか》学未来館《がくみらいかん》（東京都《とうきょうと》）なども楽《たの》しく学《まな》べる人気《にんき》スポットです。

日本の名作

# 15

友情《ゆうじょう》って？

# 走《はし》れメロス

太宰治《だざいおさむ》

メロスは、結婚《けっこん》する妹《いもうと》のために、花嫁衣装《はなよめいしょう》や祝《いわ》いのときに出《だ》すごちそうを買《か》おうと、シラクスという町《まち》へとやってきました。

シラクスは、以前《いぜん》、訪《おとず》れたときとは変《か》わってしまい、にぎやかさがなく、ひっそりとしていました。

それは、シラクスを支配《しはい》する王《おう》が、人《ひと》を信《しん》じられないという理由《りゆう》から、目《め》をつけた人《ひと》を殺《ころ》してしまうからだと知《し》りました。

そんなシラクスの現状《げんじょう》を知《し》ったメロスは、王《おう》のもとへ行《い》こうとしますが、刀《かたな》を持《も》っていたことから、王《おう》を殺《ころ》しに来《き》たと疑《うたが》われ、つかまってしまいました。王《おう》の前《まえ》へと連《つ》れていかれたメロスは言《い》いました。

「妹《いもうと》の結婚式《けっこんしき》があるので、3日《みっか》だけ処刑《しょけい》するのを待《ま》ってください。」

王《おう》はその言葉《ことば》を信《しん》じませんでしたが、メロスの親友《しんゆう》であるセリヌンティウスを

# 約束《やくそく》を守《まも》るために
# 命《いのち》をかけて走《はし》るメロス

自分《じぶん》のために人質《ひとじち》になっている親友《しんゆう》のことを思《おも》いながら、昼《ひる》も夜《よる》もメロスはいっしょうけんめいに走《はし》りました。

人質《ひとじち》にするなら3日《みっか》だけ処刑《しょけい》を待《ま》つと約束《やくそく》しました。

メロスは急《いそ》いで村《むら》へもどりました。

無事《ぶじ》に妹《いもうと》の結婚式《けっこんしき》が終《お》わり、メロスはシラクスへ向《む》かって走《はし》りはじめますが、とちゅうで疲《つか》れはててしまいました。

「約束《やくそく》の時刻《じこく》までにもどれなくてもしかたがない。」

そんな気持《きも》ちから挫折《ざせつ》しそうになりました。

しかし、メロスは少《すこ》し休《やす》むと体力《たいりょく》も回復《かいふく》し、人質《ひとじち》となっているセリヌンティウスを助《たす》けるため、そして王《おう》に、信《しん》じることのできる人《ひと》もいるのだと思《おも》い知《し》らせるため、再《ふたた》び全力《ぜんりょく》でシラクスへと走《はし》り出《だ》しました。

そして、処刑《しょけい》の日《ひ》。

群衆《ぐんしゅう》をかきわけ、約束《やくそく》の時刻《じこく》までになんとかたどり着《つ》くことができました。

メロスは、再会《さいかい》したセリヌンティウスに自分《じぶん》を「なぐれ。」と言《い》いました。一《いち》度《ど》だけ、あきらめてしまったのだと自分《じぶん》を恥《は》じました。

セリヌンティウスは思《おも》いきりメロスをなぐりました。

セリヌンティウスも自分《じぶん》を「なぐれ。」と言《い》いました。

一度《いちど》だけ、メロスを疑《うたが》ったことがあったのだと言《い》って、メロスもセリヌンティウスをなぐりました。

そして、ふたりは抱《だ》きあい、泣《な》きました。

ふたりの友情《ゆうじょう》を見《み》た王《おう》は、人《ひと》を信《しん》じる心《こころ》を取《と》りもどし、メロスの処刑《しょけい》をやめ、町《まち》の群衆《ぐんしゅう》からは大《おお》きな歓声《かんせい》がわきおこりました。

## 瀧靖之先生の 賢い子を育てるコツ

### “友達《ともだち》”について考《かんが》えてみよう

『走《はし》れメロス』は、古代《こだい》ギリシャの伝承《でんしょう》などをもとに、太宰治《だざいおさむ》が創作《そうさく》した小説《しょうせつ》です。西洋《せいよう》の古典《こてん》では、デイモンとピシアスの友情《ゆうじょう》の話《はなし》として伝《つた》わっています。友情《ゆうじょう》をテーマにしたほかの作品《さくひん》も読《よ》んで、“友達《ともだち》”について考《かんが》えてみましょう。

世界の童話

# 16

友情《ゆうじょう》って？

# ブレーメンの音楽隊《おんがくたい》

グリム

むかし、あるところに、年《とし》をとって働《はたら》けなくなったろばがいました。

毎日《まいにち》、ご主人《しゅじん》ががみがみ怒《おこ》るので、ついにろばは家《いえ》を出《で》ました。

「もう畑仕事《はたけしごと》は無理《むり》だ。ブレーメンに行《い》って、町《まち》の音楽隊《おんがくたい》にやとってもらおう。」

ろばが歩《ある》いていると、道《みち》ばたで犬《いぬ》が泣《な》いていました。

「年《とし》をとって猟《りょう》ができなくなったんだ。それで、主人《しゅじん》に鉄砲《てっぽう》でうたれそうになったんだ。」

「いっしょにブレーメンへ行《い》って音楽隊《おんがくたい》に入《はい》ろうよ。」

ろばと犬《いぬ》が連《つ》れだって歩《ある》いていると、塀《へい》の上《うえ》で猫《ねこ》が言《い》いました。

「年《とし》をとったらねずみもとれない。役立《やくた》たずって追《お》い出《だ》されたのさ。」

「では、いっしょにブレーメンに行《い》こう。」

ろばと犬《いぬ》と猫《ねこ》が歩《ある》いていると、おんどりがやってきました。

# 年老《としお》いた動物《どうぶつ》たちが行《い》き着《つ》いた先《さき》は……

ろば、犬《いぬ》、猫《ねこ》、おんどりの重《かさ》なった影《かげ》がお化《ば》けのように見《み》え、どろぼうたちはびっくりして逃《に》げ出《だ》しました。

「年《とし》をとったからスープにするって言《い》うんだ。逃《に》げ出《だ》してきたよ。」

こうして、ろばと犬《いぬ》と猫《ねこ》とおんどりはブレーメンをめざして歩《ある》きました。森《もり》に着《つ》いたときには、すでに夜《よる》になっていたので、おなかはペコペコだし、疲《つか》れて休《やす》みたくなりました。すると、森《もり》の中《なか》で、こうこうと明《あ》かりのついた一軒家《いっけんや》を見《み》つけたのです。

ろばがそろそろと近《ちか》づいて窓《まど》からのぞいて見《み》ると、そこはどろぼうの隠《かく》れ家《が》でした。盗《ぬす》んだ宝物《たからもの》がどっさりあり、どろぼうたちはお酒《さけ》を飲《の》み、ごちそうを食《た》べて上機嫌《じょうきげん》でした。4匹《ひき》はどろぼうを追《お》い出《だ》そうと考《かんが》えました。まずろばが、窓《まど》に前足《まえあし》をかけました。その背中《せなか》に犬《いぬ》が乗《の》り、犬《いぬ》の上《うえ》に猫《ねこ》が乗《の》り、猫《ねこ》の上《うえ》におんどりが乗《の》りました。

家《いえ》の中《なか》から見《み》ると、4匹《ひき》が重《かさ》なった影《かげ》は、まるで夜《よる》の森《もり》から現《あらわ》れたお化《ば》けのようだったのです。4匹《ひき》は、いっせいに鳴《な》きました。

「ヒヒーン、ワンワン、ニャンニャン、コケコッコー!」

どろぼうたちは、もうびっくり!

「うひゃー、大変《たいへん》だー、森《もり》のお化《ば》けが出《で》たぞー!」

一目散《いちもくさん》で逃《に》げ出《だ》しました。４匹《ひき》はたらふくごちそうを食《た》べて、おなかがいっぱいになると、すやすや眠《ねむ》りました。そこへ、どろぼうたちがもどってきて、ランプの明《あ》かりをつけようと、まちがって猫《ねこ》を持《も》ち上《あ》げたから、さあ大変《たいへん》。目《め》を覚《さ》ました猫《ねこ》がひっかき、犬《いぬ》がかみつき、おんどりがつつき、ろばが蹴《け》り上《あ》げて遠《とお》くへ飛《と》ばしてしまいました。どろぼうたちは、もう二度《にど》ともどってきません。４匹《ひき》はその家《いえ》でずっと楽《たの》しく暮《く》らしました。

### 瀧靖之先生の賢い子を育てるコツ

## ４匹《ひき》は音楽隊《おんがくたい》で何《なに》をしようとしていた？

　動物《どうぶつ》たちはブレーメンに行《い》って音楽隊《おんがくたい》に入《はい》ろうとしていましたが、それぞれ、どんな楽器《がっき》を演奏《えんそう》したかったのでしょうか？　ろばはリュート、犬《いぬ》がティンパニー、猫《ねこ》とおんどりは楽器《がっき》ではなくボーカルだったようです。

世界の名作

# 17

友情《ゆうじょう》って？

# アルプスの少女《しょうじょ》ハイジ

シュピリ

ハイジは両親《りょうしん》を亡《な》くし、デーテおばさんと暮《く》らしていましたが、おばさんの都合《つごう》で、５才《さい》のときにアルムという村《むら》に住《す》むおじいさんに預《あず》けられました。気難《きむずか》しいおじいさんは村《むら》の人《ひと》からこわがられていましたが、ひとなつっこいハイジと話《はな》していると、楽《たの》しくて明《あか》るくなっていきました。

朝《あさ》になると、ペーターが口笛《くちぶえ》を吹《ふ》きながらやぎを連《つ》れてやってきます。ペーターはヤギの名前《なまえ》を教《おし》えてくれたりして、ふたりはなかよく遊《あそ》びました。

８才《さい》になったある日《ひ》、とつぜんデーテおばさんがやってきて、ハイジはフランクフルトのゼーゼマン家《け》というお屋敷《やしき》に連《つ》れていかれました。この家《いえ》には、足《あし》の不自由《ふじゆう》なひとり娘《むすめ》のクララとロッテンマイヤーというこわそうなおばさんがいました。

ハイジの役目《やくめ》はクララの話《はな》し相手《あいて》になることでした。

# アルプスのさわやかな風景《ふうけい》を想像《そうぞう》してみよう

アルプスの山《やま》のふもとで、ハイジは友達《ともだち》のペーターといっしょにいつも元気《げんき》に走《はし》りまわっていました。

ふたりはすぐになかよくなりました。

いっしょに勉強《べんきょう》することになりましたが、勉強《べんきょう》をしたことがないハイジは退屈《たいくつ》でなりません。

ハイジはアルムでの生活《せいかつ》、おじいさんやペーターの話《はなし》をしてクララを楽《たの》しませました。本当《ほんとう》はアルムの山《やま》に帰《かえ》りたいのです。

しかし、帰《かえ》ることもできず、だれにも相談《そうだん》できないままハイジは元気《げんき》をなくしてしまいました。

お医者《いしゃ》さんは、ハイジをアルムへ帰《かえ》さないと病気《びょうき》はよくならないと言《い》いました。

そして、とうとうハイジを帰《かえ》すことにしました。

アルムにもどり、おじいさんやペーターと再会《さいかい》し、ハイジは元気《げんき》を取《と》りもどしました。

しばらくすると、クララが村《むら》にやってきました。

「会《あ》いたかったわ、ハイジ。とってもいいところね。」

クララも村《むら》でいっしょに生活《せいかつ》することになりました。

村《むら》で子《こ》どもたちが元気《げんき》にかけまわっている姿《すがた》を見《み》て、クララは、自分《じぶん》も立《た》って走《はし》りまわりたいと思《おも》いました。

しかし、クララには立《た》てる自信《じしん》がありません。

「心《こころ》から立《た》ちたい、歩《ある》きたいと思《おも》って努力《どりょく》すれば、足《あし》は治《なお》る。今《いま》のクララに必要《ひつよう》なのは、がんばることだよ。」

と、おじいさんはクララをはげましました。

次《つぎ》の日《ひ》からクララの立《た》つ練習《れんしゅう》が始《はじ》まりました。

瀧靖之先生の
賢い子を育てるコツ

### ハイジとおじいさんが暮《く》らしたアルムとは？

アルムは架空《かくう》の村《むら》で、スイスのマイエンフェルトに近《ちか》いオーバーロッフェル村《むら》とイエニンス村《むら》がモデルとされています。今《いま》はハイジゆかりの村《むら》「ハイジドルフ」と名《な》づけられ、人気《にんき》の観光地《かんこうち》になっています。

世界の名作

# 18

## 友情《ゆうじょう》って？

# 赤《あか》毛《げ》のアン

モンゴメリ

カナダの小《ちい》さな村《むら》に住《す》むマシューとマリラという年老《としお》いたきょうだいは、農作《のうさ》業《ぎょう》の手伝《てつだ》いをしてもらいたいと思《おも》い、男《おとこ》の子《こ》をひきとることにしました。ところが、駅《えき》に迎《むか》えに行《い》くと、男《おとこ》の子《こ》ではなく、赤《あか》い髪《かみ》をした女《おんな》の子《こ》が待《ま》っていました。その子《こ》の名前《なまえ》はアン。

本当《ほんとう》は男《おとこ》の子《こ》をひきとりたかったことを知《し》ってしまったアンは、悲《かな》しくなりました。

でも、やさしいマシューは、最初《さいしょ》からアンを気《き》に入《い》っていました。厳《きび》しいマリラも、だんだんアンが好《す》きになってきて、「アン。あなたをこの家《いえ》におくことにしたよ。いい子《こ》でいるならね。」と、家族《かぞく》の一員《いちいん》になりました。

おしゃべりで元気《げんき》なアンは、学校《がっこう》でもすぐに人気者《にんきもの》になりました。となりの農《のう》場《じょう》に住《す》むダイアナとなかよくなり、友達《ともだち》もできました。

# アンは自分《じぶん》の赤《あか》い髪《かみ》が大《だい》きらいでした

学校《がっこう》でギルバートに赤《あか》い髪《かみ》を「にんじん！」とからかわれ、怒《おこ》ったアンは頭《あたま》を石盤《せきばん》でたたきました。それ以来《いらい》、ふたりは長《なが》いあいだ口《くち》をききませんでした。

ある日《ひ》、学校《がっこう》でギルバートに赤《あか》い髪《かみ》を「にんじん!」とからかわれ、怒《おこ》ったアンはギルバートの頭《あたま》★1を石盤《せきばん》でたたきました。ギルバートがどんなにあやまっても、アンは許《ゆる》しませんでした。

夏休《なつやす》みになり、アンはダイアナたちと湖《みずうみ》に行《い》きました。アンがボートに乗《の》っていると、だんだん水《みず》が入《はい》ってきて、ボートがしずみそうになりました。アンが大声《おおごえ》で助《たす》けを呼《よ》ぶと、つりをしていたギルバートが助《たす》けに来《き》てくれました。

ギルバートは、アンの髪《かみ》をからかったことをあやまり、なかなおりしようと言《い》いました。

アンは、本当《ほんとう》はうれしかったのに、「あなたとはなかよくなれないわ。それになかよくなりたいとも思《おも》っていないの。」と、言《い》ってしまいました。するとギルバートも、「わかったよ、アン。もう二度《にど》となかなおりしようと言《い》わないよ。」と、去《さ》っていきました。

季節《きせつ》はめぐり、アンは優秀《ゆうしゅう》な成績《せいせき》で学校《がっこう》を卒業《そつぎょう》しました。

ところが、とつぜん、不幸《ふこう》が訪《おとず》れます。マシューが心臓発作《しんぞうほっさ》で亡《な》くなったのです。

マリラをひとりにできないと思《おも》ったアンは、遠《とお》くの大学《だいがく》に行《い》かずに地元《じもと》の学校《がっこう》の先生《せんせい》になることを決心《けっしん》しました。

ギルバートも先生《せんせい》をめざしていたのですが、それを知《し》り、いちばん近《ちか》い学校《がっこう》の先生《せんせい》の仕事《しごと》をアンにゆずってくれました。ふたりは、あのときのけんかのなかなおりを、やっとすることができました。

★1 むかしの学習用具《がくしゅうどうぐ》。石筆《せきひつ》で文字《もじ》などを書《か》き、消《け》すことができる

## 瀧靖之先生の賢い子を育てるコツ

### アンはどんな女性《じょせい》に成長《せいちょう》するのかな？

『赤毛《あかげ》のアン』の舞台《ぶたい》は、作者《さくしゃ》のモンゴメリの故郷《こきょう》、カナダのプリンスエドワード島《とう》です。このお話《はなし》はアンがお母《かあ》さんになったあとも続《つづ》きます。さて、アンはだれと結婚《けっこん》するのでしょう？　気《き》になる人《ひと》は続《つづ》きを読《よ》んでくださいね。

世界の童話

# 19

## 友情《ゆうじょう》って？

# 雪《ゆき》の女王《じょおう》

アンデルセン

むかし、悪魔《あくま》が、美《うつく》しいものはみにくく、悪《わる》いものばかり見《み》える鏡《かがみ》をつくりました。

悪魔《あくま》は天使《てんし》に鏡《かがみ》を見《み》せようと、天《てん》に向《む》かうとちゅう、手《て》をすべらせて鏡《かがみ》を落《お》としてしまいました。鏡《かがみ》は地上《ちじょう》に落《お》ち、ばらばらにくだけ、飛《と》びちりました。

そして、飛《と》びちった鏡《かがみ》のかけらが、地上《ちじょう》にいたカイという男《おとこ》の子《こ》の目《め》に入《はい》ってしまったのです。

そのときから、カイは笑《わら》わなくなり、幼《おさな》なじみでなかよしだった女《おんな》の子《こ》、ゲルダにも意地悪《いじわる》をするようになりました。

雪《ゆき》の降《ふ》るある日《ひ》、カイは雪《ゆき》の女王《じょおう》といっしょに、白《しろ》いそりに乗《の》って町《まち》を出《で》ていってしまいました。雪《ゆき》の女王《じょおう》が、寒《さむ》くてふるえるカイにキスをすると、カイは、寒《さむ》さもゲルダのことも忘《わす》れてしまったのでした。

# ふたりの友情《ゆうじょう》が奇跡《きせき》を起《お》こします！

雪《ゆき》の女王《じょおう》の城《しろ》で、ゲルダはずっと探《さが》しつづけたカイに会《あ》うことができました。すると、奇跡《きせき》が起《お》こったのです。

いなくなったカイのことが心配《しんぱい》でたまらないゲルダは、カイを探《さが》しに旅《たび》に出《で》ました。

行《い》く先々《さきざき》で出会《であ》う人《ひと》にカイのことをたずねますが、だれもわかりません。暗《くら》い森《もり》を歩《ある》いているとき、ゲルダは山賊《さんぞく》につかまってしまいました。山賊《さんぞく》の娘《むすめ》にカイの話《はなし》をすると、娘《むすめ》が飼《か》っているはとが、「その男《おとこ》の子《こ》は雪《ゆき》の女王《じょおう》といっしょに、女王《じょおう》のお城《しろ》にいるよ。」と教《おし》えてくれました。

ゲルダに同情《どうじょう》した山賊《さんぞく》の娘《むすめ》は、ゲルダをトナカイに乗《の》せて、逃《に》がしてくれました。

トナカイは、雪《ゆき》の女王《じょおう》のお城《しろ》をめざしてどんどん走《はし》り、とうとうお城《しろ》の入《い》り口《ぐち》に到着《とうちゃく》。とちゅうで靴《くつ》や手袋《てぶくろ》をなくしたゲルダは、はだしで氷《こおり》の上《うえ》を歩《ある》いて、お城《しろ》に入《はい》っていきました。

雪《ゆき》の女王《じょおう》は留守《るす》で、カイがひとりでいました。

「きみは、だれ？」

「ゲルダ。なかよしのゲルダよ。」

ゲルダの目《め》から涙《なみだ》があふれて、カイのまぶたをぬらしました。

すると、その涙《なみだ》が、カイの目《め》から、悪魔《あくま》の鏡《かがみ》のかけらを洗《あら》い落《お》としたのです。

そして、ゲルダのことを思《おも》い出《だ》しました。

「ああ、ゲルダ。ぼくはここで、何《なに》をしていたんだろう。」

ふたりは手《て》をつないで、雪《ゆき》のお城《しろ》から出《で》ていきました。そして、なつかしい町《まち》にもどりました。

瀧靖之先生の
賢い子を育てるコツ

## 『アナと雪《ゆき》の女王《じょおう》』とのちがいを楽《たの》しもう

　ディズニーの映画《えいが》『アナと雪《ゆき》の女王《じょおう》』を見《み》た人《ひと》はずいぶん話《はなし》がちがうと思《おも》ったことでしょう。元祖《がんそ》は、こちらのものがたりなのです。登場人物《とうじょうじんぶつ》も姉《あね》と妹《いもうと》ではなく、男《おとこ》の子《こ》と女《おんな》の子《こ》の友情《ゆうじょう》の話《はなし》です。ちがいを楽《たの》しんでください。

日本の名作

# 20

## 友情《ゆうじょう》って？

# セロ弾《ひ》きのゴーシュ

宮沢賢治《みやざわけんじ》

ゴーシュは音楽団《おんがくだん》でセロを弾《ひ》く係《かかり》でした。しかし、セロを弾《ひ》くのがうまくなかったので、楽長《がくちょう》によく怒《おこ》られていました。けれども、ゴーシュは落《お》ちこむことなく、家《いえ》に帰《かえ》るといっしょうけんめいに練《れん》習《しゅう》しました。

そこへ、猫《ねこ》がやってきました。猫《ねこ》は、「シューマンのトロメライを弾《ひ》いてごらんなさい。聴《き》いてあげますから。」と言《い》いました。すると、ゴーシュは、『インドの虎狩《とらが》り』というおそろしそうな曲《きょく》を弾《ひ》き、猫《ねこ》を追《お》い出《だ》しました。

今度《こんど》は鳥《とり》がやってきました。鳥《とり》は、「ドレミファを教《おし》えてください。私《わたし》はついて歌《うた》いますから。」と言《い》いました。

面倒《めんどう》だと思《おも》いつつ、鳥《とり》の鳴《な》き声《ごえ》に合《あ》わせて弾《ひ》いていると、鳥《とり》の声《こえ》のほうが自分《じぶん》

# 動物《どうぶつ》がやってきて ゴーシュにアドバイス

ゴーシュの家《いえ》には、さまざまな動物《どうぶつ》が訪《おとず》れます。最初《さいしょ》は面《めん》倒《どう》だと思《おも》っていましたが、たぬきの子《こ》と合奏《がっそう》していくうちに楽《たの》しくなってきました。

の演奏《えんそう》よりいいような気《き》がしてきました。そして、ぴたりと演奏《えんそう》をやめて、鳥《とり》も部屋《へや》から追《お》い出《だ》してしまいました。

次《つぎ》の日《ひ》もゴーシュは、いっしょうけんめいに練習《れんしゅう》しました。そこへ今度《こんど》は、たぬきの子《こ》がやってきました。

ゴーシュは追《お》い出《だ》そうとしましたが、「ぼくのお父《とう》さんが、ゴーシュさんはとてもいい人《ひと》でこわくないから、習《なら》っておいでと言《い》ってたよ。」と、言《い》うので、ゴーシュは思《おも》わず笑《わら》ってしまいました。

そして、たぬきの子《こ》が小太鼓《こだいこ》をたたき、いっしょに、『ゆかいな馬車屋《ばしゃや》』という曲《きょく》を演奏《えんそう》しました。なかなかうまいので、弾《ひ》いているうちにゴーシュは楽《たの》しくなりました。

すると、たぬきの子《こ》は首《くび》をかしげて、「ゴーシュさんは2番目《ばんめ》の糸《いと》を弾《ひ》くときにおくれる。」と、ゴーシュの悪《わる》いところを教《おし》えてくれました。

次《つぎ》の日《ひ》には、野《の》ねずみが来《き》て、ペコリと頭《あたま》を下《さ》げ、「先生《せんせい》、うちの子《こ》の具合《ぐあい》が悪《わる》いのでみてほしい。」と言《い》いました。ゴーシュのセロを聴《き》くと元気《げんき》になると言《い》うので、ゴーシュはごうごうセロを弾《ひ》きました。するとほんとに、野《の》ねずみの子《こ》は元気《げんき》になりました。ゴーシュは、ひと切《き》れのパンをその親子《おやこ》にやり、疲《つか》れてぐうぐうと寝《ね》てしまいました。

それから6日《むいか》たち、ついに演奏会《えんそうかい》の日《ひ》が来《き》ました。演奏会《えんそうかい》は大成功《だいせいこう》。拍手《はくしゅ》が鳴《な》りやまず、楽長《がくちょう》はゴーシュに、アンコールにこたえて1曲《きょく》弾《ひ》くように言《い》いました。すると、楽長《がくちょう》も仲間《なかま》も、その演奏《えんそう》がすばらしかったとほめてくれました。

## 瀧靖之先生の賢い子を育てるコツ

### セロってどんな楽器《がっき》なのかな？

セロはチェロとも言《い》い、バイオリンより大《おお》きい弦楽器《げんがっき》で、合奏《がっそう》では低音部《ていおんぶ》を受《う》け持《も》ちます。どんな楽器《がっき》でもいいので、3～5才《さい》ごろ、楽器《がっき》に触《ふ》れさせることは、賢《かしこ》い子《こ》に育《そだ》てるためにとても効果《こうか》があります。

# 21

## 不思議《ふしぎ》って？

# かぐや姫《ひめ》

むかしむかし、都《みやこ》からはなれた静《しず》かな里《さと》に、おじいさんとおばあさんが暮《く》らしておりました。

ある日《ひ》のこと、おじいさんが山《やま》へ竹《たけ》とりに行《い》くと、一本《いっぽん》の竹《たけ》の根元《ねもと》が光《ひか》り輝《かが》やいていました。

おじいさんが、その竹《たけ》を割《わ》ると、竹《たけ》の中《なか》に、生《う》まれて間《ま》もない赤《あか》ちゃんがいるではありませんか。美《うつく》しく輝《かがや》く女《おんな》の子《こ》でした。おじいさんはそっと抱《だ》きあげ、家《いえ》に連《つ》れて帰《かえ》ると、おばあさんも大喜《おおよろこ》びでした。

こうしておじいさんとおばあさんに大切《たいせつ》に育《そだ》てられ、女《おんな》の子《こ》はすこやかに成長《せいちょう》しました。美《うつく》しく輝《かがや》く娘《むすめ》を、人々《ひとびと》は、「かぐや姫《ひめ》」と呼《よ》びました。そして、かぐや姫《ひめ》の評判《ひょうばん》は都《みやこ》じゅうに広《ひろ》がり、たくさんの若者《わかもの》が結婚《けっこん》を申《もう》し込《こ》みました。

かぐや姫《ひめ》はどんな申《もう》し出《で》も断《ことわ》りつづけましたが、往生際《おうじょうぎわ》の悪《わる》い者《もの》もいました。

# 美《うつく》しく成長《せいちょう》したかぐや姫《ひめ》は月《つき》に帰《かえ》る運命《うんめい》でした

竹《たけ》の中《なか》から生《う》まれたかぐや姫《ひめ》は、月《つき》の国《くに》の人《ひと》でした。そして秋《あき》の十五夜《じゅうごや》の日《ひ》、お迎《むか》えが来《き》て月《つき》に帰《かえ》ってしまいました。

そこでかぐや姫《ひめ》は、その男《おとこ》たちに次《つぎ》のような条件《じょうけん》を出《だ》しました。

「私《わたし》の望《のぞ》むものを持《も》ってきてくださった方《かた》のもとへ、お嫁《よめ》に行《い》きましょう。」

かぐや姫《ひめ》が望《のぞ》んだものは、金《きん》の枝《えだ》や金《きん》の毛皮《けがわ》、竜《りゅう》の光《ひか》る目玉《めだま》、といった不思議《ふしぎ》なものでした。およそ、この世《よ》にはありそうもないものばかりです。

いずれの男《おとこ》も、にせものをそれらしく見《み》せ、次々《つぎつぎ》に持《も》ってきました。にせものでしたが、それらは金色《きんいろ》に光《ひか》っています。けれども、かぐや姫《ひめ》の前《まえ》では、輝《かがや》きを失《うしな》いました。

そんなさわぎが過《す》ぎると、いつしか秋《あき》になりました。日《ひ》ごとに大《おお》きくなる月《つき》を見上《みあ》げて、かぐや姫《ひめ》は悲《かな》しげです。わけを聞《き》くと、かぐや姫《ひめ》は涙《なみだ》を浮《う》かべながら、そっと答《こた》えました。

「じつは、私《わたし》は月《つき》の国《くに》の者《もの》なのです。いつかは月《つき》にもどらなければなりません。その迎《むか》えが来《く》るのが、秋《あき》の十五夜《じゅうごや》なのです。」

それを知《し》ったおじいさんとおばあさんは、なんとかかぐや姫《ひめ》を引《ひ》き止《と》めようと、おさむらいさんたちにたのみました。

いよいよ十五夜《じゅうごや》の日《ひ》。おじいさんの家《いえ》では、弓矢《ゆみや》を持《も》ったおさむらいたちが待《ま》ちかまえます。ところが、月《つき》や、迎《むか》えの者《もの》たちのまばゆさに目《め》がくらみ、何《なに》もできません。

「おじいさん、おばあさん、ありがとうございました。このご恩《おん》は忘《わす》れることはないでしょう。」

かぐや姫《ひめ》は、こう言《い》い残《のこ》し、月《つき》の光《ひかり》の中《なか》に消《き》えていってしまったのでした。

**瀧靖之先生の**
**賢い子を育てるコツ**

## お月見《つきみ》をしながら かぐや姫《ひめ》のことを話《はな》そう

かぐや姫《ひめ》は十五夜《じゅうごや》の晩《ばん》に天《てん》に帰《かえ》っていきました。十五《じゅうご》夜《や》といえばお月見《つきみ》、すすきを飾《かざ》ったりおだんごをお供《そな》えしたりする「中秋《ちゅうしゅう》の名月《めいげつ》」が有《ゆう》名《めい》です。これは旧暦《きゅうれき》8月《がつ》15日《にち》のことで、この時期《じき》の月《つき》はとても美《うつく》しく、月《つき》をながめるのに最適《さいてき》だと言《い》われています。

日本の昔話

# 22

不思議《ふしぎ》って？

# 浦島太郎《うらしまたろう》

むかし、ある海辺《うみべ》に、浦島太郎《うらしまたろう》という若《わか》い漁師《りょうし》がおりました。あるとき、砂浜《すなはま》を歩《ある》いていると、子《こ》どもたちが1匹《ぴき》のかめを、やいやいといじめているではありませんか。それを見《み》た浦島太郎《うらしまたろう》は、かめをあわれに思《おも》い、助《たす》けてあげました。

それからいく日《にち》かたち、浦島太郎《うらしまたろう》が岩場《いわば》でつりをしているときのことです。海《うみ》の向《む》こうから1匹《ぴき》のかめが泳《およ》いできました。

「助《たす》けていただいたかめです。お礼《れい》に竜宮城《りゅうぐうじょう》へご案内《あんない》しましょう。」

そう言《い》うと、かめは背中《せなか》に浦島太郎《うらしまたろう》を乗《の》せ、海《うみ》の中《なか》、深《ふか》くへぐんぐんもぐっていきます。しばらく行《い》くと、きれいな貝《かい》がらでつくった竜宮城《りゅうぐうじょう》が見《み》えてきました。

「ようこそいらっしゃいました。どうぞごゆっくりしてください。お好《す》きなだけ、いつまでもここにおとまりください。」と、★1みめうるわしい乙姫様《おとひめさま》が出迎《でむか》えてくれました。浦島太郎《うらしまたろう》の目《め》の前《まえ》には、たくさんのごちそうが並《なら》べられ、色《いろ》とり

# 浦島太郎《うらしまたろう》は助《たす》けたかめに竜宮城《りゅうぐうじょう》へ案内《あんない》されました

浦島太郎《うらしまたろう》は、助《たす》けたかめに乗《の》って竜宮城《りゅうぐうじょう》へ行《い》きました。乙《おと》姫様《ひめさま》に玉手箱《たまてばこ》をもらい家《いえ》にもどりますが……。

どりの魚《さかな》たちが次《つぎ》から次《つぎ》へと舞《ま》いを舞《ま》っています。

そうして3日《みっか》がたちました。浦島太郎《うらしまたろう》は、家《いえ》にいる年老《としお》いた母親《ははおや》のことが気《き》になってしかたありません。竜宮城《りゅうぐうじょう》を去《さ》るのはなごりおしかったのですが、家《いえ》にもどることにしました。乙姫様《おとひめさま》は残念《ざんねん》そうな顔《かお》をしながら、おみやげに、美《うつく》しい飾《かざ》りをほどこした、見事《みごと》な箱《はこ》を差《さ》し出《だ》しました。

「これは玉手箱《たまてばこ》です。どんなことがあっても開《あ》けてはいけません。」

浦島太郎《うらしまたろう》は玉手箱《たまてばこ》を抱《かか》え、来《き》たときと同《おな》じように、かめの背中《せなか》に乗《の》って、家《いえ》のある浜辺《はまべ》へもどってきました。

ところが陸《りく》へあがって見《み》わたすと、景色《けしき》がどうもちがいます。自分《じぶん》の家《いえ》のほうへ帰《かえ》ろうとしても、景色《けしき》がまるで変《か》わっていて、たどり着《つ》けません。浦島太郎《うらしまたろう》は、通《とお》りすがりの人《ひと》にたずねました。

「このあたりに、浦島《うらしま》という漁師《りょうし》の家《いえ》があったはずなのですが、ご存《ぞん》じありませんか。」

「浦島太郎《うらしまたろう》のことかな？　その漁師《りょうし》なら、むかし、海《うみ》へ出《で》かけたきり、姿《すがた》を消《け》してしまったという言《い》い伝《つた》えがあるよ。」

どうやら、浦島太郎《うらしまたろう》が竜宮城《りゅうぐうじょう》にいたあいだに、陸《りく》では、長《なが》い年月《ねんげつ》がたってしまったようなのです。

今《いま》や、残《のこ》っているのは、乙姫様《おとひめさま》にもらった玉手箱《たまてばこ》だけ。浦島太郎《うらしまたろう》は、乙姫様《おとひめさま》の言葉《ことば》を忘《わす》れ、玉手箱《たまてばこ》を開《あ》けてしまいました。すると、箱《はこ》から白《しろ》い煙《けむり》がたちのぼり、浦島太郎《うらしまたろう》は、あっという間《ま》に、白髪頭《しらがあたま》でしわだらけのおじいさんになってしまったのでした。

★1 姿《すがた》が大変《たいへん》美《うつく》しいこと

## 瀧靖之先生の賢い子を育てるコツ

### かめの種類《しゅるい》を調《しら》べよう

浦島太郎《うらしまたろう》に助《たす》けられたかめは、どんなかめだったと思《おも》いますか？　人間《にんげん》を背中《せなか》に乗《の》せて竜宮城《りゅうぐうじょう》へ連《つ》れていったことから、きっと大《おお》きなかめだったのでしょう。かめの種類《しゅるい》を図鑑《ずかん》で調《しら》べたり、水族館《すいぞくかん》に行《い》って実際《じっさい》に観察《かんさつ》してみてもおもしろいですね。

日本の昔話

23

不思議《ふしぎ》って？

# 鶴《つる》の恩返《おんがえ》し

むかし、ある村《むら》に、貧《まず》しいきこりの若者《わかもの》がおりました。

ある日《ひ》、若者《わかもの》の目《め》の前《まえ》に、大《おお》きな矢《や》がささった鶴《つる》が落《お》ちてきました。若者《わかもの》はやさしく矢《や》を抜《ぬ》き、傷口《きずぐち》を手当《てあ》てしてあげました。鶴《つる》は、はばたくことができるようになり、空《そら》へ飛《と》び立《た》っていきました。

それから数日《すうじつ》が過《す》ぎたある晩《ばん》のこと、若者《わかもの》の家《いえ》へ、ひとりの美《うつく》しい娘《むすめ》がたずねてきて、こう言《い》いました。

「私《わたし》を、あなたのお嫁《よめ》さんにしていただきたいのです。」

若者《わかもの》は断《ことわ》りましたが、娘《むすめ》はひきさがらずに、何度《なんど》もたのみます。とうとう、若《わか》者《もの》は、その娘《むすめ》を嫁《よめ》にすることにしました。

ある日《ひ》、嫁《よめ》は、はたを織《お》りたいと、若者《わかもの》に言《い》いました。そこで、若者《わかもの》は小屋《こや》をこしらえ、そこをはた場《ば》にしました。嫁《よめ》は、

# 若者《わかもの》が見《み》たのは はたを織《お》る鶴《つる》でした

見《み》てはいけないと言《い》われていたのに、若者《わかもの》はどうしても気《き》になり小屋《こや》をのぞくと、1羽《わ》の鶴《つる》がはたを織《お》っていました。

「私《わたし》がはたを織《お》るところを、けっして見《み》てはなりません。」

と言《い》い残《のこ》して、夜《よる》になると、小屋《こや》に入《はい》っていくのです。嫁《よめ》が小屋《こや》から出《で》てきたのは、あくる日《ひ》の朝《あさ》でした。その嫁《よめ》の手《て》には、見《み》たこともないほど美《うつく》しい布《ぬの》がありました。若者《わかもの》は布《ぬの》を受《う》けとると、さっそく町《まち》へ出《で》かけていきました。布《ぬの》は、たいそう高《たか》い値《ね》で売《う》れました。喜《よろこ》んで帰《かえ》った若者《わかもの》を見《み》て、嫁《よめ》はまた、はたを織《お》りました。

若者《わかもの》は嫁《よめ》のことを不思議《ふしぎ》に思《おも》いました。はたを織《お》るたび、嫁《よめ》はどんどんやせ細《ほそ》っていくのです。それでも、若者《わかもの》は、布《ぬの》を織《お》ってほしいとたのみました。そのあいだ、若者《わかもの》は嫁《よめ》との約束《やくそく》を守《まも》り、けっして、小屋《こや》をのぞくことはありませんでした。

そんなある晩《ばん》、嫁《よめ》がはたを織《お》っているところを、一目《ひとめ》見《み》てみたいと思《おも》い、とうとう若者《わかもの》は嫁《よめ》との約束《やくそく》をやぶってしまいました。若者《わかもの》は小屋《こや》の中《なか》を見《み》て、びっくりぎょうてん。はたの前《まえ》に嫁《よめ》はおらず、1羽《わ》の鶴《つる》が、体《からだ》から羽《はね》を抜《ぬ》いて、布《ぬの》を織《お》っているではありませんか。しかも、鶴《つる》の体《からだ》には、もうわずかの羽《はね》しか残《のこ》っていません。

朝《あさ》になり、小屋《こや》から出《で》てきたのは、やつれた嫁《よめ》でした。

「これが、最後《さいご》の布《ぬの》です。あなたは、私《わたし》との約束《やくそく》をやぶってしまいました。」

いつしか、嫁《よめ》の姿《すがた》はあのときの鶴《つる》になっていました。

「私《わたし》は、いつぞや、あなたに助《たす》けていただいた鶴《つる》です。そのときのご恩《おん》をお返《かえ》しするために参《まい》りました。しかし、鶴《つる》になった姿《すがた》を見《み》られてしまったので、もうお別《わか》れしなければなりません。」

そう言《い》うと、鶴《つる》は、残《のこ》りわずかな羽《はね》をめいっぱい広《ひろ》げ、空高《そらたか》く舞《ま》いのぼり、かなたのほうへ消《き》えてしまいました。

## 瀧靖之先生の賢い子を育てるコツ

### 約束《やくそく》をやぶってしまうお話《はなし》を探《さが》してみよう

若者《わかもの》は嫁《よめ》と「小屋《こや》の中《なか》をけっして見《み》ない」と約束《やくそく》したのに、気《き》になるあまりに約束《やくそく》をやぶってしまいました。そして悲《かな》しい別《わか》れが訪《おとず》れました。約束《やくそく》をやぶってしまう昔話《むかしばなし》は、ほかにどんなものがあるか探《さが》してみましょう。

世界の名作

# 24

不思議《ふしぎ》って？

# 不《ふ》思《し》議《ぎ》の国《くに》のアリス

キャロル

ある日《ひ》、アリスはお姉《ねえ》さんといっしょに本《ほん》を読《よ》んでいました。するとそこに、服《ふく》を着《き》たうさぎがあわてて走《はし》ってきました。

「大変《たいへん》だ！　おくれてしまう！」

アリスは、そのうさぎを追《お》いかけ、地面《じめん》にあいた穴《あな》の中《なか》に飛《と》びこみました。

そこは洞窟《どうくつ》のような場所《ばしょ》でした。天井《てんじょう》の低《ひく》い部屋《へや》にたどり着《つ》きましたが、とびらにはかぎがかかっていて入《はい》れません。やっとのことでテーブルの上《うえ》にかぎがあるのを見《み》つけ、とびらを開《あ》けることができました。

しかし今度《こんど》は、とびらがとても小さく、彼女《かのじょ》の体《からだ》では通《とお》り抜《ぬ》けることができません。がっかりしていると、テーブルの上《うえ》にさっきはなかったビンを見《み》つけました。ビンには、「どうぞ私《わたし》を飲《の》んでください。」と、書《か》いてあったので、飲《の》んでみたら、アリスの体《からだ》はみるみるうちに小《ちい》さくなっていきました。

# うさぎを追《お》いかけ アリスは穴《あな》の中《なか》へ

アリスはうさぎを追《お》いかけ、地面《じめん》にあいた穴《あな》の中《なか》に飛《と》びこみました。そしてまっさかさまに落《お》ちていきました。

体《からだ》が小《ちい》さくなったので、さっきは通《とお》れなかったとびらを通《とお》ることができました。

しかし、かぎをテーブルの上《うえ》に置《お》いてしまったことを思《おも》い出《だ》し、取《と》りにもどろうと思《おも》いましたが、今度《こんど》は小《ちい》さくなってしまったので、かぎを取《と》ることができません。

困《こま》っていると、テーブルの下《した》に箱《はこ》を見《み》つけました。箱《はこ》の中《なか》のケーキには、「どうぞ私《わたし》を食《た》べてください。」と、書《か》いてあったので、食《た》べてみると、今度《こんど》は体《からだ》がどんどん大《おお》きくなり、アリスは泣《な》き出《だ》し、その涙《なみだ》で池《いけ》ができました。

そのとき、うさぎがやってきて、大《おお》きくなったアリスにおどろきました。うさぎが持《も》っていた扇子《せんす》であおいでみると、今度《こんど》はまた小《ちい》さくなりました。小《ちい》さくなったアリスはすべって、涙《なみだ》の池《いけ》に落《お》ちてしまいました。

そのあとも次々《つぎつぎ》と不思議《ふしぎ》な動物《どうぶつ》や人《ひと》と出会《であ》ったアリスは、なんとかもとどおりの体《からだ》の大《おお》きさにもどることができました。

すると今度《こんど》は、猫《ねこ》が現《あらわ》れ、ハートの女王《じょおう》がいるトランプの国《くに》に案内《あんない》してくれました。女王《じょおう》は赤《あか》いバラが好《す》きなのですが、まちがえて白《しろ》いバラを植《う》えてしまったトランプ兵《へい》たちが白《しろ》いバラに赤《あか》いペンキをぬっていたので、アリスも手伝《てつだ》うことにしました。

そのことを知《し》った女王《じょおう》は、怒《おこ》ってアリスを裁判《さいばん》にかけると言《い》いました。アリスは困《こま》って逃《に》げると、ハートの女王《じょおう》たちが追《お》いかけてきました。

逃《に》げるうちに最初《さいしょ》のとびらにたどり着《つ》きました。かぎ穴《あな》をのぞくと、そこには寝《ね》ている自分《じぶん》がいます。アリスの名前《なまえ》を呼《よ》ぶお姉《ねえ》さんの声《こえ》を聞《き》いて、ようやく目《め》が覚《さ》めました。

「私《わたし》は夢《ゆめ》を見《み》ていたの？　でも、不思議《ふしぎ》で楽《たの》しい夢《ゆめ》だったわ。」

## 瀧靖之先生の賢い子を育てるコツ

### うさぎが出《で》てくるものがたりを探《さが》そう

これはアリスが見《み》た不思議《ふしぎ》な夢《ゆめ》のものがたりです。不思《ふし》議《ぎ》の国《くに》への案内役《あんないやく》として服《ふく》を着《き》たうさぎが出《で》てきますが、同《おな》じようにうさぎが出《で》てくるお話《はなし》にはどんなものがあるのか探《さが》してみましょう。意外《いがい》とたくさんありますよ。

日本の昔話

# 25

## 不思議《ふしぎ》って？

# こぶとりじいさん

むかしむかし、ほっぺたに大《おお》きなこぶのあるおじいさんがいました。ある日《ひ》、森《もり》へ出《で》かけて、とつぜんの大雨《おおあめ》にあったおじいさんは、大《おお》きな木《き》のうろ★1で雨《あま》やどりをしていて、いつの間《ま》にか、うとうと眠《ねむ》ってしまいました。

おじいさんは、どこからともなく聞《き》こえてくる太鼓《たいこ》や笛《ふえ》の音《ね》で、目《め》を覚《さ》ましました。うろから顔《かお》を出《だ》して見《み》てみると、音《おと》の正体《しょうたい》は、鬼《おに》たちの宴会《えんかい》でした。

大《おお》きな鬼《おに》たちが、たき火《び》を囲《かこ》んで、飲《の》めや歌《うた》えの大《おお》さわぎです。すっかり暗《くら》くなった森《もり》の中《なか》で、そこだけがたいそう明《あか》るく、おじいさんは、陽気《ようき》な気分《きぶん》になってきました。

気《き》がつくと、鬼《おに》たちの輪《わ》に入《はい》って、おじいさんはおどり出《だ》していました。楽《たの》しそうにおどるおじいさんの姿《すがた》に、鬼《おに》たちも大喜《おおよろこ》びです。

「おい、じいさんや。ゆかいなおどりだなあ。どうだ、ついでに歌《うた》を歌《うた》ってくれ

# 楽《たの》しそうにおどる おじいさんに鬼《おに》も大喜《おおよろこ》び

ほっぺたにこぶのあるおじいさんはおどりや歌《うた》が大好《だいす》き。気《き》がつくと鬼《おに》たちの輪《わ》に入《はい》りおどり出《だ》していました。

ないか。」

おじいさんの歌《うた》を聞《き》いて、鬼《おに》たちはいっそう喜《よろこ》びました。あっという間《ま》に時《とき》が過《す》ぎ、しらじらと夜《よ》も明《あ》け、そろそろ祭《まつり》もおひらきです。なごりおしい鬼《おに》たちは、おじいさんにまた来《き》てもらおうと、こぶを預《あず》かっておくことを思《おも》いつきました。

鬼《おに》が、ひょいっと、おじいさんのこぶをひねると、ぽろりっとこぶはとれ、おじいさんのほっぺたは、何《なに》もなかったようにつるりんとなりました。ほっぺたのこぶに困《こま》っていたおじいさんは、こぶがなくなったので、とてもうれしくなりました。

さて、家《いえ》に帰《かえ》ったおじいさんは、こぶのなくなったいきさつを、こぶ持《も》ちの、となりのおじいさんに話《はな》しました。

「そりゃ、ありがたい話《はなし》じゃな。ひとつ、こよいは、わしが出《で》かけていくとしよう。」

森《もり》では鬼《おに》の宴会《えんかい》が始《はじ》まっていました。となりのおじいさんも歌《うた》いおどりましたが、鬼《おに》たちは、こぶをとってくれるどころか、怒《おこ》り出《だ》す始末《しまつ》です。なぜなら、となりのおじいさんは歌《うた》もおどりも、へたくそだったのです。

「これじゃ、酒《さけ》がまずくなる。」

がっかりした鬼《おに》は、

「もう、来《こ》なくていいぞ。」

と、預《あず》かっておいたこぶを、ぐいっと力任《ちからまか》せにくっつけてしまいました。両方《りょうほう》のほっぺたにこぶをぶらさげながら、となりのおじいさんは、泣《な》く泣《な》く山《やま》をおりていきました。

★1 内部《ないぶ》が空洞《くうどう》になっているところ

## 瀧靖之先生の賢い子を育てるコツ

### 「ことわざ」を覚《おぼ》えていこう

ことわざは、むかしから伝《つた》わる、生活《せいかつ》の知恵《ちえ》や教《おし》えをわかりやすく言《い》い表《あらわ》した言葉《ことば》のことです。こぶがとれたおじいさんは、「芸《げい》は身《み》を助《たす》ける」ということわざのとおり、おどりがうまかったからよかったのですね。「芸《げい》は身《み》の仇《あだ》」ということわざもあります。

世界の童話

26

不思議《ふしぎ》って？

# おやゆび姫《ひめ》

アンデルセン

むかしむかし、あるところに、子《こ》どもを欲《ほ》しがっている女《おんな》の人《ひと》がいました。ある日《ひ》、魔女《まじょ》からもらった不思議《ふしぎ》な種《たね》を土《つち》にまいてみると、みるみるくきがのびて、葉《は》を出《だ》し、つぼみをつけました。そして花《はな》が開《ひら》くと、そこに親指《おやゆび》ほどの大《おお》きさの女《おんな》の子《こ》が座《すわ》っていたのです。女《おんな》の子《こ》は「おやゆび姫《ひめ》」と呼《よ》ばれて、かわいがられました。

ある夜《よる》、おやゆび姫《ひめ》がくるみのベッドで眠《ねむ》っていると、ひきがえるが入《はい》ってきました。

「おやおや、なんてかわいい女《おんな》の子《こ》だろう。息子《むすこ》の嫁《よめ》にしてやろう。」

そう言《い》って、さらっていきました。次《つぎ》の日《ひ》の朝《あさ》、おやゆび姫《ひめ》が目覚《めざ》めると、すいれんの葉《は》の上《うえ》にいたのでびっくりしました。ひきがえるのお嫁《よめ》さんになるのがいやで泣《な》いていると、魚《さかな》たちがすいれんの葉《は》のくきを食《く》いちぎってくれました。

# 花《はな》から生《う》まれた小《ちい》さな女《おんな》の子《こ》の大冒険《だいぼうけん》

かえるやもぐらと結婚《けっこん》したくなかったおやゆび姫《ひめ》は、つばめの背中《せなか》に乗《の》って花《はな》の国《くに》へ行《い》きました。

そこへ、ちょうちょうが飛《と》んできたので、おやゆび姫《ひめ》はリボンの帯《おび》をほどいてちょうちょうに結《むす》び、もう一方《いっぽう》をすいれんの葉《は》に結《むす》び、すいすい川《かわ》を下《くだ》りました。ところが、こがねむしが飛《と》んできて、おやゆび姫《ひめ》を林《はやし》に連《つ》れ去《さ》ってしまったのです。

「この子《こ》は羽根《はね》がないし、足《あし》だって2本《ほん》しかない。へんな子《こ》だね。」

仲間《なかま》たちが悪口《わるぐち》を言《い》うので、こがねむしはおやゆび姫《ひめ》を林《はやし》の奥《おく》に捨《す》ててしまいました。ひとりぼっちになったおやゆび姫《ひめ》は、花《はな》のみつを食《た》べ、葉《は》にたまったつゆを飲《の》んで過《す》ごしました。しかし冬《ふゆ》が来《く》ると、何《なに》も食《た》べるものがありません。おやゆび姫《ひめ》は野《の》ねずみの家《いえ》を見《み》つけました。

「お願《ねが》いです。食《た》べものを少《すこ》し分《わ》けてください。」

「まあまあ、かわいそうに。早《はや》く家《いえ》にお入《はい》りなさい。」

親切《しんせつ》な野《の》ねずみのおばあさんは、おやゆび姫《ひめ》と暮《く》らすことにしました。ある日《ひ》、となりに住《す》んでいるお金持《かねも》ちのもぐらが遊《あそ》びに来《き》ました。もぐらはおやゆび姫《ひめ》をとても気《き》に入《い》り、野《の》ねずみの家《いえ》まで道《みち》をつくって、毎日遊《まいにちあそ》びに来《く》るようになりました。おやゆび姫《ひめ》はその道《みち》ばたに、つばめがたおれているのを見《み》つけ、いっしょうけんめい看病《かんびょう》しました。春《はる》になると、元気《げんき》になったつばめは空《そら》へ飛《と》んでいきました。

夏《なつ》のある日《ひ》、もぐらがおやゆび姫《ひめ》に結婚《けっこん》を申《もう》し込《こ》みました。でも、おやゆび姫《ひめ》は一生《いっしょう》、土《つち》の中《なか》で暮《く》らしたくはありません。ひとりで泣《な》いていると、あのつばめが飛《と》んできました。

「私《わたし》といっしょに花《はな》の国《くに》に行《い》きましょう。」

つばめはおやゆび姫《ひめ》を背中《せなか》に乗《の》せて、花《はな》の国《くに》へ行《い》きました。そこには花《はな》の王子《おうじ》がいて、おやゆび姫《ひめ》は幸《しあわ》せに暮《く》らしました。

## 瀧靖之先生の賢い子を育てるコツ

### アンデルセンの作品《さくひん》を読《よ》み比《くら》べてみよう

『おやゆび姫《ひめ》』はデンマークの童話作家《どうわさっか》、アンデルセンの代表作《だいひょうさく》のひとつです。アンデルセンは70才《さい》で亡《な》くなるまで、150あまりの童話《どうわ》をつくりました。ほかにどんなお話《はなし》があるのか調《しら》べて、読《よ》み比《くら》べてみましょう。

世界の昔話

# 27

## 不思議《ふしぎ》って？

# アラジンと魔法《まほう》のランプ

アラジンという貧《まず》しい青年《せいねん》がいました。ある日《ひ》、悪《わる》い魔法使《まほうつか》いがやってきて、アラジンをある場所《ばしょ》に連《つ》れていき言《い》いました。

「おまえには大切《たいせつ》な役目《やくめ》がある。穴《あな》の奥《おく》にある、ランプを取《と》ってくるのだ。」

呪文《じゅもん》を唱《とな》えると地面《じめん》がグラグラゆれ出《だ》し、大《おお》きな穴《あな》があきました。

魔法使《まほうつか》いは、アラジンにお守《まも》りとして指輪《ゆびわ》をはめました。アラジンが穴《あな》に入《はい》っていくと、そこには美《うつく》しい庭園《ていえん》があり、ランプはすぐに見《み》つかりました。アラジンはランプを大切《たいせつ》にしまいました。穴《あな》の入《い》り口《ぐち》では、魔法使《まほうつか》いが待《ま》っています。

「アラジン、よくやったぞ。早《はや》くランプをこっちにわたせ。」

アラジンがランプをわたさないでいると、魔法使《まほうつか》いは怒《おこ》って、出口《でぐち》をふさいでしまいました。

暗《くら》やみにとり残《のこ》されてしまったアラジンが、いのるように手《て》を合《あ》わせ指輪《ゆびわ》をこ

# どんな願《ねが》いもかなうランプあったらいいな！

アラジンがランプをみがいていたら、大《おお》きな魔人《まじん》が現《あらわ》れました。この魔人《まじん》は願《ねが》いをなんでもかなえてくれるのです。

すると、目《め》の前《まえ》に大《おお》きな魔人《まじん》が現《あらわ》れました。

「私《わたし》は指輪《ゆびわ》の魔人《まじん》です。ご主人様《しゅじんさま》の、望《のぞ》みはなんでもかなえます。」

アラジンは「ここから出《だ》して、家《いえ》に帰《かえ》してほしい。」とお願《ねが》いしました。すると、次《つぎ》の瞬間《しゅんかん》、家《いえ》に帰《かえ》ることができました。

家《いえ》には食《た》べるものがありませんでした。そこでアラジンはランプを売《う》ることにして、きれいにみがきはじめると……。

「ご主人様《しゅじんさま》、何《なに》かご用《よう》でしょうか？」

指輪《ゆびわ》の魔人《まじん》よりも大《おお》きな魔人《まじん》が現《あらわ》れました。ランプの魔人《まじん》は、アラジンの願《ねが》いをなんでもかなえてくれました。

アラジンは町《まち》で見《み》かけたお姫様《ひめさま》に一目《ひとめ》ぼれして、結婚《けっこん》。ふたりは宮殿《きゅうでん》で幸《しあわ》せに暮《く》らしていました。そんなある日《ひ》のこと、あの魔法使《まほうつか》いがランプ売《う》りに化《ば》けて、アラジンのランプを持《も》っていってしまったのです。魔法使《まほうつか》いは、さっそくランプをこすり、魔人《まじん》を呼《よ》び出《だ》して、姫《ひめ》を遠《とお》い国《くに》に連《つ》れていってしまいました。

アラジンは悲《かな》しみにくれ、手《て》を合《あ》わせていのりました。指輪《ゆびわ》をこすると、「ご主人様《しゅじんさま》、何《なに》かご用《よう》ですか。」それは指輪《ゆびわ》の魔人《まじん》でした。

お姫様《ひめさま》がいるところまで連《つ》れていってもらい、ある晩《ばん》、魔法使《まほうつか》いが酔《よ》っぱらっているすきにランプを取《と》り返《かえ》すことができました。アラジンはランプをこすりました。

「宮殿《きゅうでん》と、私《わたし》と姫《ひめ》を、もとの場所《ばしょ》まで連《つ》れていってくれ。」

こうしてアラジンは、お姫様《ひめさま》と幸《しあわ》せに暮《く》らしました。

## 瀧靖之先生の賢い子を育てるコツ

### 本《ほん》や映画《えいが》でちがいを比《くら》べてみよう

このものがたりはディズニーの映画《えいが》にもなっていて有《ゆう》名《めい》なのですが、原典《げんてん》がはっきりしていません。願《ねが》いが何度《なんど》でもかなう話《はなし》もあれば、「願《ねが》いは3つ」とされている話《はなし》もあります。本《ほん》や映画《えいが》でちがいを比《くら》べてみましょう。

世界の名作

# 28

## 不思議《ふしぎ》って？

# くるみ割《わ》り人形《にんぎょう》

ホフマン

クリスマスイブの夜《よる》、マリーはちょっと不格好《ぶかっこう》なくるみ割《わ》り人形《にんぎょう》をもらいました。

寝《ね》ていると、ベッドの下《した》から音《おと》がするので、マリーはおどろいて目《め》を覚《さ》ましました。そこにはたくさんのねずみがいて、マリーにおそいかかろうとしていました。

すると、くるみ割《わ》り人形《にんぎょう》が「みんなで戦《たたか》おう！」とさけびました。おもちゃの兵隊《へいたい》たちも動《うご》き出《だ》し、ねずみとの戦《たたか》いが始《はじ》まりました。マリーは大事《だいじ》な人形《にんぎょう》を守《まも》り、気《き》を失《うしな》ってしまいました。

目《め》を覚《さ》ましたマリーは、夜《よる》にあったことを話《はな》しましたが、みんなは夢《ゆめ》だと笑《わら》いました。しかし、ドロッセルマイヤーおじさんだけは笑《わら》わず、昔話《むかしばなし》をしてくれました。

# マリーがもらった<br>不思議《ふしぎ》な人形《にんぎょう》とは？

くるみ割《わ》り人形《にんぎょう》やおもちゃの兵隊《へいたい》がねずみたちと戦《たたか》いをしていて、マリーはびっくり。みんなは夢《ゆめ》だと笑《わら》いますが……。

「ある国《くに》のお姫様《ひめさま》が、ねずみの呪《のろ》いでみにくい姿《すがた》にされてしまいました。呪《のろ》いをとくには世界一《せかいいち》かたいくるみを歯《は》で割《わ》って食《た》べさせることができるものだけ。王《おう》様《さま》に選《えら》ばれた王子様《おうじさま》はお姫様《ひめさま》を呪《のろ》いから救《すく》うことができました。しかし、ねずみをふんでしまった王子様《おうじさま》は呪《のろ》いでくるみ割《わ》り人形《にんぎょう》にされてしまいました……。」

マリーはその話《はなし》に夢中《むちゅう》になり、この人形《にんぎょう》が王子様《おうじさま》だと信《しん》じました。

その夜《よる》、ねずみがまた現《あらわ》れました。お気《き》に入《い》りのお菓子《かし》やおもちゃをわたさないと、くるみ割《わ》り人形《にんぎょう》をやっつけると言《い》いました。マリーはくるみ割《わ》り人形《にんぎょう》に剣《けん》を授《さず》けると、人形《にんぎょう》は勇敢《ゆうかん》に戦《たたか》い、ねずみをやっつけてしまいました。そして、そこにはくるみ割《わ》り人形《にんぎょう》の姿《すがた》はなく、呪《のろ》いがとけた王子様《おうじさま》が立《た》っていました。王子《おうじ》様《さま》は助《たす》けてくれたマリーを自分《じぶん》の国《くに》へと招待《しょうたい》しました。

お菓子《かし》やお花《はな》のいい香《かお》りがする森《もり》や村《むら》を通《とお》り、くるみ割《わ》り人形《にんぎょう》に連《つ》れられてマリーは人形《にんぎょう》の国《くに》へやってきました。そこには、ありとあらゆる人形《にんぎょう》がにぎやかに暮《く》らしていました。

くるみ割《わ》り人形《にんぎょう》はマリーを自分《じぶん》のお城《しろ》であるマジパン[★1]のお城《しろ》に案内《あんない》しました。

マリーはそこでくるみ割《わ》り人形《にんぎょう》たちの歓迎《かんげい》を受《う》け、楽《たの》しい時《とき》を過《す》ごしました。するとマリーはふわりと浮《う》き、その後《ご》、ドスーンと落《お》ちて気《き》を失《うしな》ってしまいました。

気《き》がつくとマリーはベッドの上《うえ》にいました。みんなに人形《にんぎょう》の国《くに》の話《はなし》をしましたが、まただれも信《しん》じてくれませんでした。

すると、王子様《おうじさま》が現《あらわ》れました。マリーに結婚《けっこん》を申《もう》し込《こ》み、マリーは人形《にんぎょう》の国《くに》の王妃《おうひ》としてマジパン城《じょう》の主《あるじ》となりました。

★1 粉末《ふんまつ》のアーモンドと砂糖《さとう》でつくったもの。洋菓子《ようがし》の装飾《そうしょく》に用《もち》いる

## 瀧靖之先生の賢い子を育てるコツ

### バレエ作品《さくひん》と名曲《めいきょく》もチェックしてみよう

このものがたりはバレエの演目《えんもく》としてもおなじみです。ロシアの作曲家《さっきょくか》、チャイコフスキーの三大《さんだい》バレエのひとつとして、初演《しょえん》から100年以上《ねんいじょう》もの歴史《れきし》があります。曲《きょく》も有名《ゆうめい》なので、ぜひ聴《き》いてみましょう。

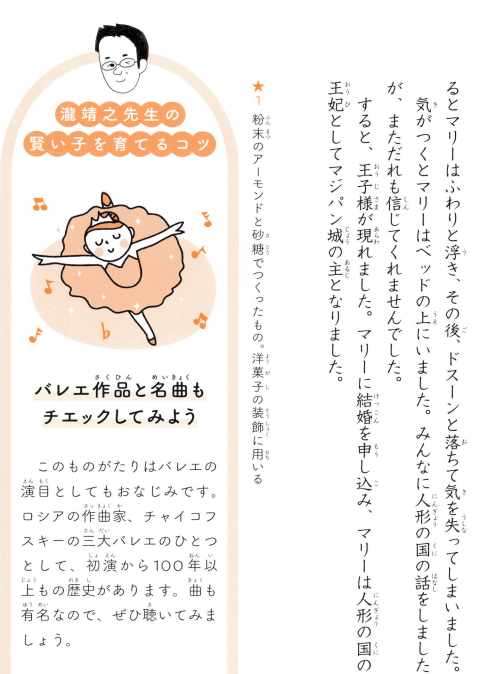

世界の名作

# 29

## 不思議《ふしぎ》って？

# 青《あお》い鳥《とり》

メーテルリンク

むかし、あるところに、チルチルとミチルというきょうだいがいました。ふたりは貧《まず》しいきこりの家《いえ》の子《こ》どもで、クリスマスイブだというのに、ツリーもごちそうもありません。窓《まど》からとなりの家《いえ》をうらやましそうに見《み》ていると、近所《きんじょ》のベルおばあさんがやってきました。

「うちの子《こ》の病気《びょうき》を治《なお》すのに、青《あお》い鳥《とり》が必要《ひつよう》なんじゃ。チルチルとミチル、探《さが》してきてくれんかのう。」

ふたりがうなずくと、おばあさんはダイヤのついた魔法《まほう》の帽子《ぼうし》をチルチルにかぶせました。チルチルがダイヤを回《まわ》すと、ランプの中《なか》から光《ひかり》の精《せい》が現《あらわ》れ、犬《いぬ》や猫《ねこ》は服《ふく》を着《き》て、しゃべり出《だ》しました。

「さあ、みんなで青《あお》い鳥《とり》を探《さが》してきておくれ。」

おばあさんに見送《みおく》られ、まず「思《おも》い出《で》の国《くに》」へ行《い》きました。そこには、亡《な》く

# 幸《しあわ》せにしてくれる「青《あお》い鳥《とり》」を探《さが》して

チルチルとミチルは、幸《しあわ》せにしてくれるという「青《あお》い鳥《とり》」を探《さが》して旅《たび》に出《で》ます。はたして見《み》つけられるのでしょうか？

なったおじいさんとおばあさんがいて、帰《かえ》りに青《あお》い鳥《とり》をくれましたが、家《いえ》に着《つ》くと黒《くろ》い鳥《とり》に変《か》わっていました。

次《つぎ》に「夜《よる》の国《くに》」に向《む》かいました。

「夜《よる》の女王様《じょおうさま》。ここに青《あお》い鳥《とり》はいますか？」

夜《よる》の女王《じょおう》は追《お》い返《かえ》そうとしますが、三人《さんにん》はお城《しろ》の中《なか》を探《さが》しまわり、青《あお》い鳥《とり》を見《み》つけました。でも、つかまえてかごの中《なか》に入《い》れると死《し》んでしまうのです。

次《つぎ》に「森《もり》の国《くに》」に向《む》かいました。木《き》を切《き》りたおすきこりがきらいな木《き》の王様《おうさま》は三人《さんにん》を追《お》い返《かえ》そうとします。森《もり》じゅうが嵐《あらし》のようなさわぎになって、青《あお》い鳥《とり》はどこかへ逃《に》げ去《さ》ってしまいました。

次《つぎ》に、光《ひかり》の精《せい》は「幸《しあわ》せの国《くに》」に案内《あんない》しました。ここには幸《しあわ》せの天使《てんし》がいっぱいいます。なんと、ふたりのお母《かあ》さんもいて、きれいな服《ふく》を着《き》ています。

「うちでは、おまえたちのために、ぼろを着《き》て働《はたら》いているんだよ。」

そう言《い》って消《き》えてしまいました。青《あお》い鳥《とり》はどこにもいません。

次《つぎ》に「未来《みらい》の国《くに》」に向《む》かいました。ここには、これから赤《あか》ちゃんとして生《う》まれる子《こ》どもたちがいっぱいいます。光《ひかり》の精《せい》は、いつの間《ま》にか青《あお》い鳥《とり》を持《も》っています。でも、帰《かえ》ろうとしたとたん、青《あお》い鳥《とり》は赤《あか》い鳥《とり》に変《か》わり、ふたりは雲《くも》のあいだから落《お》ちてしまいました。

ふたりは家《いえ》のベッドの中《なか》で目《め》を覚《さ》ましました。まくらもとには青《あお》い鳥《とり》がいます。それは、お父《とう》さんとお母《かあ》さんからのクリスマスプレゼントでした。ベルおばあさんにあげると、娘《むすめ》さんの病気《びょうき》がよくなりました。幸《しあわ》せは、案外《あんがい》、身近《みぢか》なところにあるものです。

瀧靖之先生の
賢い子を育てるコツ

### ノーベル賞《しょう》の種類《しゅるい》を調《しら》べてみよう

『青《あお》い鳥《とり》』の作者《さくしゃ》、メーテルリンクはベルギー出身《しゅっしん》でノーベル文学賞《ぶんがくしょう》を受賞《じゅしょう》しています。ノーベル賞《しょう》とはダイナマイトを発明《はつめい》したノーベルの遺言《ゆいごん》により設立《せつりつ》された世界的《せかいてき》な賞《しょう》です。どんな賞《しょう》があるのか調《しら》べてみましょう。

日本の昔話

# 30

## 不思議《ふしぎ》って？

# きつねの嫁入《よめい》り

むかしむかし、炭焼《すみや》きのおじいさんがいました。

ある日《ひ》、おじいさんは村《むら》に炭《すみ》を売《う》りに行《い》きました。

用事《ようじ》をすませ、暗《くら》い山道《やまみち》を歩《ある》いて帰《かえ》っていると、動物《どうぶつ》の鳴《な》き声《ごえ》や草木《くさき》の音《おと》が聞《き》こえてきました。

さらにのぼっていくと、ゆらゆらと明《あ》かりが見《み》えました。

「★1ちょうちんの明《あ》かりだ。道《みち》が暗《くら》いので助《たす》かった。あのあとについていこう。」

ちょうちんを持《も》つのは着物《きもの》を着《き》た女《おんな》の人《ひと》でした。

ふと見《み》ると、女《おんな》のおしりが何《なに》かでゆれていました。それはしっぽでした。

おじいさんは、きつねが化《ば》けていると思《おも》い、しっぽをつかみました。すると、女《おんな》の姿《すがた》からきつねにもどり、逃《に》げていきました。

道《みち》にはちょうちんが残《のこ》されていました。おじいさんはそのちょうちんの明《あ》かり

# 満月《まんげつ》が輝《かがや》き小雨《こさめ》が降《ふ》る
# 不思議《ふしぎ》な夜《よる》でした

満月《まんげつ》が出《で》ているのに小雨《こさめ》が降《ふ》るなか、ちょうちんを落《お》としたきつねの娘《むすめ》の嫁入《よめい》り行列《ぎょうれつ》がしずしずと行《おこな》われました。

で家《いえ》まで帰《かえ》りました。

次《つぎ》の日《ひ》の晩《ばん》、おじいさんの家《いえ》の戸《と》をたたく音《おと》がしました。おじいさんが戸《と》を開《あ》けると、そこには美《うつく》しい女《おんな》が立《た》っていました。

それは、夕《ゆう》べのきつねでした。

「ちょうちんを返《かえ》してください。」

おじいさんは、ちょうちんが気《き》に入《い》ったので返《かえ》したくありません。

「今夜《こんや》、娘《むすめ》を嫁《よめ》に出《だ》すので、ちょうちんがないと困《こま》るんです。」

女《おんな》は返《かえ》してほしいと何度《なんど》もお願《ねが》いしました。

「子《こ》を思《おも》う気持《きも》ちはきつねもいっしょだな。」と思《おも》い、ちょうちんを返《かえ》すことにしました。

次《つぎ》の日《ひ》の晩《ばん》、おじいさんが炭《すみ》を売《う》って帰《かえ》るとちゅう、山道《やまみち》で明《あ》かりを見《み》つけました。

着物姿《きものすがた》の花嫁《はなよめ》と、ちょうちんを持《も》ったきつねたちがぞろぞろと歩《ある》いていました。

おじいさんが見《み》とれていると、行列《ぎょうれつ》の中《なか》にあのときの、きつねの女《おんな》がいて、おじいさんにおじぎをしました。

そのとき、雨《あめ》が降《ふ》りはじめました。満月《まんげつ》の日《ひ》で雲《くも》もないのに、不思議《ふしぎ》だとおじいさんは思《おも》いました。

雨《あめ》であたりがかすむなか、行列《ぎょうれつ》がだんだん見《み》えなくなってしまいました。

「きっと、ちょうちんのお礼《れい》に花嫁行列《はなよめぎょうれつ》を見《み》せてくれたのだろう。」

雨《あめ》はあがり、おじいさんは家《いえ》へ帰《かえ》っていきました。

★1 竹《たけ》でつくった骨組《ほねぐ》みに紙《かみ》を張《は》り、中《なか》にろうそくをともして明《あ》かりにしたもの

瀧靖之先生の賢い子を育てるコツ

### 天気雨《てんきあめ》をなぜ「きつねの嫁入《よめい》り」と言《い》うの？

それは、晴《は》れているのに雨《あめ》が降《ふ》るという状況《じょうきょう》がきつねに化《ば》かされているようだからとか、きつねの嫁入《よめい》りの行列《ぎょうれつ》を人目《ひとめ》につかせないように雨《あめ》でかすませるためなど、地方《ちほう》によっていろいろな言《い》い伝《つた》えがあります。

日本の名作

31

不思議《ふしぎ》って?

# 注文《ちゅうもん》の多《おお》い料理店《りょうりてん》

宮沢賢治《みやざわけんじ》

鉄砲《てっぽう》をかついだふたりの若《わか》くて太《ふと》った紳士《しんし》と、大《おお》きな白《しろ》くまのような犬《いぬ》2匹《ひき》が、山奥《やまおく》を歩《ある》いていました。

ふたりは狩《か》りに来《き》たものの獲物《えもの》が見《み》つからず、長《なが》いあいだ歩《ある》いているうちに、道《みち》に迷《まよ》ってしまいました。山《やま》のあまりのけわしさに、2匹《ひき》の犬《いぬ》は泡《あわ》を吹《ふ》いてたおれてしまいました。

こわくなったふたりは、帰《かえ》りたくても、道《みち》がわかりません。歩《ある》きつづけたふたりは、おなかもペコペコです。

そんなとき、立派《りっぱ》な建物《たてもの》の「西洋料理店《せいようりょうりてん》 山猫軒《やまねこけん》」というレストランにたどり着《つ》きました。

ドアには、「どなたもお入《はい》りください。けっして遠慮《えんりょ》はいりません。」と書《か》いてありました。中《なか》に入《はい》ると、「太《ふと》った方《かた》、若《わか》い方《かた》は大歓迎《だいかんげい》します。」と書《か》いてあった

# 山奥《やまおく》に立派《りっぱ》な建物《たてもの》の
# レストランがありました

狩《か》りに来《き》たふたりの若者《わかもの》は山奥《やまおく》で道《みち》に迷《まよ》ってしまいました。
歩《ある》きつづけて１軒《けん》のレストランを見《み》つけますが……。

ので、ふたりは大喜《おおよろこ》び。

また奥《おく》の部屋《へや》へ進《すす》むと、水色《みずいろ》のドアがあり、そこには「当店《とうてん》は注文《ちゅうもん》の多《おお》い料理《りょうり》店《てん》です。」と書《か》いてありました。

さらに進《すす》むと、「髪《かみ》を整《ととの》えて、靴《くつ》の泥《どろ》を落《お》としてください。」と書《か》いてあり、ふたりはきれいに髪《かみ》を整《ととの》え、靴《くつ》の泥《どろ》を落《お》としました。

すると、置《お》いたブラシが消《き》えたので、ふたりはびっくり。

「鉄砲《てっぽう》と弾丸《だんがん》を置《お》いてください。」

「帽子《ぼうし》と靴《くつ》を脱《ぬ》いでください。」

「クリームを体《からだ》にぬってください。」と、いろんな注文《ちゅうもん》をされるので、ふたりはだんだんへんだなと思《おも》いました。そして、最後《さいご》に、「塩《しお》をよく体《からだ》にもみこんでください。」という文字《もじ》を見《み》て、ふたりは、

「これは、ぼくらが……。」

自分《じぶん》たちが食《た》べられることに気《き》づき、がたがたふるえ出《だ》しました。

奥《おく》のドアのかぎ穴《あな》を見《み》ると、青《あお》い目玉《めだま》が2つ、こちらをのぞいています。ふたりはこわくなり、泣《な》き出《だ》してしまいました。中《なか》からは、「早《はや》くいらっしゃい。」と

声《こえ》が聞《き》こえます。

そこへ、あの白《しろ》くまのような2匹《ひき》の犬《いぬ》が、部屋《へや》に飛《と》びこんでいきました。すると、レストランは煙《けむり》のように消《き》え、ふたりは、草《くさ》の中《なか》に立《た》っているのでした。

無事《ぶじ》に帰《かえ》ることができたふたりでしたが、くしゃくしゃの紙《かみ》くずのようになった顔《かお》だけはもとにもどることはありませんでした。

瀧靖之先生の
賢い子を育てるコツ

## 宮沢賢治《みやざわけんじ》の作品《さくひん》を読《よ》んでみよう

作者《さくしゃ》・宮沢賢治《みやざわけんじ》の代表的《だいひょうてき》な作品《さくひん》です。独特《どくとく》の美《うつく》しい言《い》い回《まわ》しがおもしろく、賢治《けんじ》の世界《せかい》にどんどん引《ひ》きこまれていきます。ほかにも、大人《おとな》も子《こ》どもも楽《たの》しめる作品《さくひん》がたくさんあるので、本屋《ほんや》さんや図書館《としょかん》で探《さが》してみてくださいね。

日本の昔話

# 32

不思議《ふしぎ》って？

# ひなの夜《よ》囃子《ばやし》

むかし、修善寺《しゅぜんじ》という場所《ばしょ》で戦《たたか》いがあったときのことです。ある村《むら》に、深《ふか》い傷《きず》を負《お》ったひとりのおじいさんがよろよろとやってきました。おじいさんは、あるお屋敷《やしき》の前《まえ》で、その家《いえ》に住《す》むおばあさんに助《たす》けられました。

おばあさんは★1蔵座敷《くらざしき》に運《はこ》び入《い》れ、おじいさんを手厚《てあつ》く看病《かんびょう》しました。そのかいあって、おじいさんは毎日《まいにち》少《すこ》しずつ元気《げんき》になっていきました。

ある日《ひ》のことです。おじいさんは布団《ふとん》から起《お》きあがり、何《なに》やらノミでけんめいに木《き》を彫《ほ》っています。

できあがったものは、気品《きひん》にあふれた美《うつく》しい男《お》びなと女《め》びなでした。そして、助《たす》けてくれたお礼《れい》にこのひな人形《にんぎょう》をおばあさんにわたすと、いつの間《ま》にかどこかへ去《さ》っていってしまいました。

それからというもの、おばあさんは毎年《まいとし》、桃《もも》の節句《せっく》にひな人形《にんぎょう》を飾《かざ》るようにな

# 男《お》びなと女《め》びなを、おどりと演奏《えんそう》でなぐさめる五人囃子《ごにんばやし》

桃《もも》の節句《せっく》の日《ひ》、蔵《くら》から出《だ》してもらえなかった男《お》びなと女《め》びなをなぐさめようと、五人囃子《ごにんばやし》がおどりながら演奏《えんそう》していました。

りました。

でも、ある年、体調《たいちょう》をくずして寝《ね》こんでしまったときのことです。

蔵《くら》の奥《おく》からヒソヒソと声《こえ》が聞《き》こえてきます。

「今日《きょう》は桃《もも》の節句《せっく》だというのに、おばあさんはまだひな人形《にんぎょう》を出《だ》していない。」

「忘《わす》れてしまったのかもしれない。」

「殿《との》と姫《ひめ》をお囃子《はやし》★2でおなぐさめしよう。」

五人囃子《ごにんばやし》は口々《くちぐち》にそう言《い》うと、にぎやかにお囃子《はやし》を始《はじ》めました。

寝《ね》こんでいたおばあさんの耳《みみ》もとにも、お囃子《はやし》が聞《き》こえてきました。夢《ゆめ》のなかで、おばあさんもお囃子《はやし》に合《あ》わせて琴《こと》を弾《ひ》いていました。

翌朝《よくあさ》になり、おばあさんが起《お》きてみると、蔵《くら》の奥《おく》にしまってあるひな人形《にんぎょう》の箱《はこ》がめちゃくちゃになっていました。

この様子《ようす》を見《み》たおばあさんは、あのおじいさんがつくったひな人形《にんぎょう》は特別《とくべつ》なものだったのだと思《おも》いました。

そしてひな人形《にんぎょう》を飾《かざ》りました。

「今日《きょう》はひな人形《にんぎょう》を出《だ》しましょう。年《ねん》に一度《いちど》は出《だ》さないと、おひな様《さま》が泣《な》いてしまうから。」

それからというもの、この地方《ちほう》では年《ねん》に一度《いちど》ひな人形《にんぎょう》を出《だ》さないと、その年《とし》はよくないことが起《お》こると言《い》われています。

おじいさんがつくったひな人形《にんぎょう》は、男《お》びなは源頼家公《みなもとのよりいえこう》に、女《め》びなは頼家公《よりいえこう》にゆかりのある女性《じょせい》にそっくりだったということです。

★1 蔵《くら》の中《なか》にある部屋《へや》

★2 笛《ふえ》や太鼓《たいこ》を使《つか》ってお祭《まつ》りに演奏《えんそう》される音楽《おんがく》

## 瀧靖之先生の賢い子を育てるコツ

### ひな祭《まつ》りについて調《しら》べてみよう

年《ねん》に一度《いちど》のひな祭《まつ》りは女《おんな》の子《こ》のすこやかな成長《せいちょう》を願《ねが》うお祭《まつ》りです。関東《かんとう》と関西《かんさい》の飾《かざ》り方《かた》のちがいや、おひな様《さま》に桃《もも》の花《はな》を飾《かざ》ったり、甘酒《あまざけ》やひしもち、ひなあられをお供《そな》えしたりする理由《りゆう》を調《しら》べてみるとおもしろいですよ。

世界の昔話

# 33

不思議《ふしぎ》って？

# キリストの誕生《たんじょう》

むかしむかしのことです。イスラエルという国《くに》のナザレに住《す》んでいたマリアは、ある日、天使《てんし》のガブリエルから予告《よこく》を受《う》けました。

「神《かみ》の子《こ》を授《さず》かるでしょう。」

マリアは天使《てんし》の予告《よこく》どおりに、赤《あか》ちゃんを身《み》ごもりました。

それからしばらくたって、ローマ皇帝《こうてい》の命令《めいれい》でマリアは夫《おっと》のヨセフとともに故《こ》郷《きょう》のベツレヘムへ帰《かえ》らなければならなくなりました。

おなかの大《おお》きくなったマリアをろばに乗《の》せて、ヨセフは歩《ある》きつづけます。

ふたりはおたがいにはげましあいながら、やっとの思《おも》いでベツレヘムに着《つ》きました。でも、とまるところがなかなか見《み》つかりません。

ようやく見《み》つけたのが、馬小屋《うまごや》でした。

そしてその夜《よる》、マリアは馬小屋《うまごや》で赤《あか》ちゃんを産《う》みました。その赤《あか》ちゃんこそ

# のちに神《かみ》となるイエス・キリストは馬小屋《うまごや》で誕生《たんじょう》

馬小屋《うまごや》でお母《かあ》さんのマリアに抱《だ》かれるイエス・キリスト。馬小屋《うまごや》の上《うえ》にはキリストが誕生《たんじょう》した場所《ばしょ》を知《し》らせる星《ほし》が輝《かがや》いていました。

が、神《かみ》の子《こ》＝イエス・キリストです。

　マリアは赤《あか》ちゃんを馬小屋《うまごや》にあった★1飼《か》い葉《ば》おけに入《い》れて寝《ね》かせました。

　キリストが生《う》まれたちょうどそのころ、丘《おか》の上《うえ》で羊《ひつじ》の番《ばん》をしていた羊飼《ひつじか》いのもとへ天使《てんし》ガブリエルが現《あらわ》れました。

「今晩《こんばん》、ひとりの赤《あか》ちゃんが生《う》まれました。みんなに幸《しあわ》せを運《はこ》んでくれる神様《かみさま》の子《こ》どもです。」

　羊飼《ひつじか》いは羊《ひつじ》たちを連《つ》れて、ひときわ明《あか》るく輝《かがや》く星《ほし》に導《みちび》かれるように歩《ある》きはじめました。

　そして赤《あか》ちゃんのもとを訪《おとず》れ、キリストの誕生《たんじょう》を祝福《しゅくふく》しました。

　さて、同《おな》じころ、東方《とうほう》にいた三人《さんにん》の博士《はかせ》たちも占《うらな》いでキリストが生《う》まれたことを知《し》りました。

　博士《はかせ》たちはそれぞれに贈《おく》りものを持《も》って、らくだにゆられてベツレヘムへ急《いそ》ぎます。博士《はかせ》たちもまた、ひときわ明《あか》るく輝《かがや》く星《ほし》に導《みちび》かれるように馬小屋《うまごや》をめざしました。

　キリストのもとへたどり着《つ》いた博士《はかせ》たちは、それぞれが大切《たいせつ》にしていた宝物《たからもの》のお香《こう》、薬《くすり》、金《きん》を差《さ》し上《あ》げ、神《かみ》の子《こ》の誕生《たんじょう》をお祝《いわ》いしました。

これがイエス・キリストの誕生《たんじょう》をお祝《いわ》いした最初《さいしょ》のお話《はなし》です。そしてキリストの誕生日《たんじょうび》はクリスマスとして今《いま》に受《う》けつがれています。

クリスマスツリーのてっぺんに輝《かがや》く星《ほし》は、羊飼《ひつじか》いや東方《とうほう》の三人《さんにん》の博士《はかせ》たちにキリストの居場所《いばしょ》を知《し》らせた星《ほし》を意味《いみ》しているんですよ。

★1 牛《うし》や馬《うま》が食《た》べるわらなどを入《い》れる容器《ようき》

## 瀧靖之先生の賢い子を育てるコツ

### 世界《せかい》のクリスマスを調《しら》べてみよう

日本《にほん》のクリスマスはにぎやかですが、ヨーロッパのように家族《かぞく》で静《しず》かに過《す》ごすところもあります。クリスマスに興《きょう》味《み》を持《も》ったら世界《せかい》のクリスマスを調《しら》べてみましょう。日本《にほん》とのちがいがいろいろ見《み》えてきて視野《しや》が広《ひろ》がります。

世界の童話

# 34

## 不思議《ふしぎ》って？

# みにくいあひるの子《こ》

アンデルセン

ある夏《なつ》の朝《あさ》、お母《かあ》さんあひるがあたためていた卵《たまご》が次々《つぎつぎ》に割《わ》れて、子《こ》どもたちが誕生《たんじょう》しました。でも、ひとつだけ大《おお》きな卵《たまご》が残《のこ》っています。お母《かあ》さんあひるがあきらめずにあたためていると、ようやく卵《たまご》が割《わ》れて、灰色《はいいろ》をした大《おお》きな体《からだ》の子《こ》どもが出《で》てきました。

「あらまあ、みっともない。この子《こ》は、あひるの子《こ》なのかしら。」

お母《かあ》さんは子《こ》どもたちを連《つ》れて、池《いけ》に行《い》きました。みんな、ポチャン、ポチャンと飛《と》びこんで上手《じょうず》に泳《およ》ぎます。みにくいあひるの子《こ》も上手《じょうず》に泳《およ》げました。

「よかったわ。やっぱり私《わたし》の子《こ》ね。」

お母《かあ》さんはほっとしました。でも、仲間《なかま》のあひるや、きょうだいのあひるまでもがいじめるようになったので、お母《かあ》さんあひるは、かばいきれなくなってしまいました。

# みにくいと言《い》われていた子《こ》が美《うつく》しい白鳥《はくちょう》に変身《へんしん》！

白《しろ》いあひるの子《こ》にまじって１羽《わ》だけ灰色《はいいろ》の子《こ》がいました。でも、その子《こ》は成長《せいちょう》して白鳥《はくちょう》だったことがわかったのです。

ついに、みにくいあひるの子《こ》は、家《いえ》を出《で》ました。池《いけ》のほとりをとぼとぼ歩《ある》いていると、大《おお》きな犬《いぬ》が目《め》の前《まえ》に現《あらわ》れました。みにくいあひるの子《こ》はおびえましたが、犬《いぬ》はじっと見《み》ただけで行《い》ってしまいました。

「ふう、助《たす》かった。でも、ぼくがみにくいから食《た》べないんだろうか。」

みにくいあひるの子《こ》は悲《かな》しい気持《きも》ちになって、野原《のはら》を歩《ある》きました。野原《のはら》のはずれに、おばあさんと、猫《ねこ》と、にわとりが住《す》む家《いえ》がありました。おばあさんはみにくいあひるの子《こ》を家《いえ》に入《い》れてくれましたが、猫《ねこ》とにわとりが意地悪《いじわる》をします。

「やい、おまえは、のどをごろごろ鳴《な》らせるかい?」

「やいやい、卵《たまご》を産《う》めるのかい?」

みにくいあひるの子《こ》は家《いえ》を出《で》て、いく日《にち》も歩《ある》きつづけ、ようやく沼《ぬま》にたどり着《つ》きました。すると、今《いま》までに見《み》たこともない美《うつく》しい真《ま》っ白《しろ》な鳥《とり》が、秋《あき》の夕日《ゆうひ》を浴《あ》びて、大空《おおぞら》に飛《と》び立《た》っていきました。

「なんて、きれいなんだろう。」

みにくいあひるの子《こ》は、うっとりとながめました。

やがて冬《ふゆ》になると、みにくいあひるの子《こ》はひとりぼっちで寒《さむ》さをがまんし、沼《ぬま》のほとりで過《す》ごしました。そして、春《はる》になると、あの美《うつく》しい鳥《とり》が何羽《なんば》も舞《ま》い降《お》りてきたのです。みにくいあひるの子《こ》は、いじめられてもいいと思《おも》って、近《ちか》づきました。

しかし、水《みず》に映《うつ》った自分《じぶん》の姿《すがた》は、灰色《はいいろ》ではなく、真《ま》っ白《しろ》でした。みにくいあひるの子《こ》は、本当《ほんとう》は白鳥《はくちょう》だったのです。それからは仲間《なかま》たちといっしょに幸《しあわ》せに暮《く》らしました。

## 瀧靖之先生の賢い子を育てるコツ

### 自分《じぶん》の個性《こせい》を考《かんが》えてみよう

このものがたりは、「自分《じぶん》は自分《じぶん》。人《ひと》とちがっていても気《き》にしないでいい」と教《おし》えてくれています。ほかとちがっている点《てん》は個性《こせい》として受《う》けとめ、夢《ゆめ》に向《む》かい挑戦《ちょうせん》しつづけることが大事《だいじ》です。自分《じぶん》の個性《こせい》は何《なに》か考《かんが》えてみましょう。

世界の名作

# 35

思《おも》いやりって？

# 幸《しあわ》せな王子《おうじ》

ワイルド

ある町《まち》に、「幸《しあわ》せな王子《おうじ》」という美《うつく》しい像《ぞう》がありました。像《ぞう》の体《からだ》は金色《きんいろ》で、青《あお》いひとみは★1サファイア、腰《こし》の剣《けん》には大《おお》きな★2ルビーがついていました。

冬《ふゆ》が近《ちか》づいてきた、ある寒《さむ》い日《ひ》に、1羽《わ》のつばめが飛《と》んできました。つばめは、幸《しあわ》せな王子《おうじ》の足《あし》もとにとまり、そこで眠《ねむ》ろうとしました。

するとポツポツと、しずくが落《お》ちてきました。

「こうして高《たか》いところにいると、町《まち》じゅうの悲《かな》しい出来事《できごと》が見《み》えるんだ。でも、ぼくには、どうすることもできないから泣《な》いているんだよ。」

と、像《ぞう》の王子《おうじ》が泣《な》いていました。

「つばめくん、お願《ねが》いだ。ぼくの剣《けん》のルビーをあそこの病気《びょうき》の子《こ》に運《はこ》んでおくれ。」

つばめは王子《おうじ》の腰《こし》の剣《けん》のルビーをはずして、熱《ねつ》で苦《くる》しんでいる子《こ》のまくらもと

# 思《おも》いやりにあふれる
# 王子《おうじ》とつばめの行《おこな》い

つばめは王子《おうじ》にたのまれて、王子《おうじ》の像《ぞう》についているルビーやサファイアを困《こま》っている人《ひと》たちに届《とど》けました。

に置《お》きました。つばめは翼《つばさ》で、男《おとこ》の子《こ》をそっとあおいで帰《かえ》ってきました。

次《つぎ》の日《ひ》は、貧《まず》しい若者《わかもの》に目《め》のサファイアを。また次《つぎ》の日《ひ》は、泣《な》いている女《おんな》の子《こ》にもうひとつの目《め》のサファイアをわたすように、つばめにたのみました。

人《ひと》の幸《しあわ》せのために自分《じぶん》の目《め》をなくした王子《おうじ》を見《み》て、つばめは決心《けっしん》しました。

「ぼくはずっと王子様《おうじさま》のそばにいて、王子様《おうじさま》の目《め》のかわりをします。」

それからつばめは町《まち》じゅうを飛《と》びまわり、貧《まず》しい人《ひと》たちの暮《く》らしを見《み》ては王子《おうじ》に話《はな》し、言《い》われたとおりに王子《おうじ》の体《からだ》から金《きん》ぱくをはがすと、貧《まず》しい人《ひと》たちに届《とど》けました。

やがて、冬《ふゆ》になり、寒《さむ》さに弱《よわ》いつばめは、こごえて動《うご》けなくなりました。

「王子様《おうじさま》、さようなら。よいことをして、ぼくは幸《しあわ》せでした。」

つばめは、そのまま力《ちから》つきて死《し》んでしまいました。

そのとき、王子《おうじ》の心臓《しんぞう》が悲《かな》しみにたえかねて、はじけてしまいました。

次《つぎ》の日《ひ》の朝《あさ》、町《まち》の人《ひと》たちは、美《うつく》しくなくなった王子《おうじ》の像《ぞう》をとかしてしまいました。ところが不思議《ふしぎ》なことに、心臓《しんぞう》だけはとかすことができませんでした。王子《おうじ》の心臓《しんぞう》は、そばで死《し》んでいたつばめといっしょに捨《す》てられました。

そのころ、神様《かみさま》と天使《てんし》がこの町《まち》へやってきました。天使《てんし》は神様《かみさま》にこの町《まち》でいちばん美《うつく》しいものを持《も》ってくるように言《い》われ、王子《おうじ》の心臓《しんぞう》とつばめをわたしました。

それを見《み》て、神様《かみさま》はうなずきました。

「これこそが、この町《まち》でいちばん美《うつく》しいものだ。天国《てんごく》に連《つ》れていこう。」

こうして人々《ひとびと》を助《たす》けた王子《おうじ》とつばめは、天国《てんごく》で幸《しあわ》せに暮《く》らしたのでした。

★1 すきとおった青《あお》い色《いろ》の宝石《ほうせき》

★2 赤《あか》い色《いろ》の宝石《ほうせき》

瀧靖之先生の
賢い子を育てるコツ

## 幸運《こううん》を招《まね》くつばめ その理由《りゆう》を調《しら》べてみよう

王子《おうじ》の手足《てあし》となってけんめいに働《はたら》いたつばめは、困《こま》っている人《ひと》たちにとって幸運《こううん》の使者《ししゃ》だったにちがいありません。日本《にほん》でもむかしから、つばめが巣《す》をつくる家《いえ》には幸運《こううん》が訪《おとず》れるなど、縁起《えんぎ》がよいと喜《よろこ》ばれてきました。その理由《りゆう》をぜひ調《しら》べてみましょう。

世界の童話

# 36

思《おも》いやりって？

# 白鳥《はくちょう》の王子《おうじ》

アンデルセン

むかし、ある国《くに》に、11人《にん》の王子《おうじ》と妹《いもうと》の王女《おうじょ》エリサが楽《たの》しく暮《く》らしていました。あるとき、お母《かあ》さんが病気《びょうき》で亡《な》くなり、新《あたら》しいお妃《きさき》がやってきました。このお妃《きさき》は意地悪《いじわる》な魔女《まじょ》だったのです。エリサを病気《びょうき》といつわっていなかに追《お》いやり、王《おう》子《じ》たちを11羽《わ》の白鳥《はくちょう》に変《か》えて、お城《しろ》から追《お》い出《だ》してしまいました。

エリサは15才《さい》になるとお城《しろ》にもどってきましたが、お妃《きさき》はまたうそをついて追《お》い出《だ》しました。エリサが歩《ある》き疲《つか》れて森《もり》でたおれていると、女《おんな》の人《ひと》がやってきて、いちごをくれました。

「ありがとう。このあたりで11人《にん》の王子《おうじ》を見《み》かけませんでしたか。」

「王子《おうじ》は見《み》ないけれど、11羽《わ》の白鳥《はくちょう》なら海岸《かいがん》にいたわ。」

エリサが海岸《かいがん》に行《い》くと、11羽《わ》の白鳥《はくちょう》が飛《と》んできて、日暮《ひぐ》れとともに王子《おうじ》に変身《へんしん》しました。夜《よる》のあいだだけもとの姿《すがた》にもどれるのです。次《つぎ》の日《ひ》の夜《よる》、王子《おうじ》たちは

# 白鳥《はくちょう》に変《か》えられた兄《あに》たちを助《たす》けるために

白鳥《はくちょう》に変《か》えられた兄《あに》たちのために、いら草《くさ》で服《ふく》を編《あ》むエリサ。いら草《くさ》にはとげがあるので指《ゆび》は血《ち》だらけになりました。

草《くさ》や木《き》で大《おお》きなかごをつくり、翌朝《よくあさ》、エリサをそれに乗《の》せて、魔女《まじょ》の力《ちから》がおよばない遠《とお》くの国《くに》へと旅立《たびだ》ちました。ようやく陸地《りくち》を見《み》つけて、ほら穴《あな》で休《やす》むことにしました。その夜《よる》、エリサがいのっていると、女神《めがみ》が現《あらわ》れて言《い》いました。

「王子《おうじ》たちを助《たす》けたいなら、いら草《くさ》で11枚《まい》の服《ふく》を編《あ》んで着《き》せなさい。ただし、服《ふく》を編《あ》みおわるまで、一言《ひとこと》も口《くち》をきいてはなりません。」

翌朝《よくあさ》、エリサはとげだらけのいら草《くさ》をつんでくると、指《ゆび》から血《ち》を流《なが》しながら編《あ》みはじめました。11羽《わ》の白鳥《はくちょう》たちは見守《みまも》るしかありません。

ある日《ひ》の朝《あさ》、いつものようにエリサがほら穴《あな》でいら草《くさ》を編《あ》んでいると、狩《か》りに来《き》ていた、この国《くに》の若《わか》い王様《おうさま》が現《あらわ》れました。

「こんなに美《うつく》しい人《ひと》が、どうして、こんなところにいるのですか？」

しかし、エリサは答《こた》えられません。王様《おうさま》はエリサをお城《しろ》に連《つ》れて帰《かえ》り、結婚《けっこん》しました。それでも、エリサは毎日《まいにち》いら草《くさ》を編《あ》みつづけました。

しかし、いら草《くさ》がなくなってしまうと、魔女《まじょ》のいるお墓《はか》につみに行《い》かなければなりません。エリサがお城《しろ》を抜《ぬ》け出《だ》してお墓《はか》に行《い》くのを見《み》ていた意地悪《いじわる》な僧侶《そうりょ》が王様《おうさま》に言《い》いました。

「王様《おうさま》、あの女《おんな》はやはり魔女《まじょ》だったんですよ。」

こうして、エリサは火《ひ》あぶりの刑《けい》に処《しょ》せられることになりました。

それでもエリサは服《ふく》を編《あ》みつづけ、刑場《けいじょう》へ向《む》かう馬車《ばしゃ》の上《うえ》でも編《あ》んでいました。そこへ11羽《わ》の白鳥《はくちょう》が飛《と》んできました。ようやく最後《さいご》の1枚《まい》を編《あ》みおえたエリサは、次々《つぎつぎ》に服《ふく》を投《な》げかけました。白鳥《はくちょう》は王子《おうじ》に変身《へんしん》し、エリサと王子《おうじ》たちは王《おう》様《さま》の国《くに》で幸《しあわ》せに暮《く》らしました。

★1 くきや葉《は》にとげがある植物《しょくぶつ》

## 瀧靖之先生の賢い子を育てるコツ

### 自分《じぶん》に置《お》きかえて想像《そうぞう》してみよう

ちょっとさわるだけでも痛《いた》いいら草《くさ》で11人分《にんぶん》の服《ふく》を編《あ》むエリサを想像《そうぞう》してみてください。痛《いた》みをがまんして兄《あに》たちのために、口《くち》もきかずに編《あ》みつづけるエリサを通《とお》し、「思《おも》いやり」について考《かんが》えてみましょう。

世界の童話

37

思《おも》いやりって？

# 小人《こびと》の靴屋《くつや》

グリム

むかしむかし、貧《まず》しい靴屋《くつや》の夫婦《ふうふ》がいました。ふたりでいっしょうけんめい働《はたら》いているのに、いっこうに暮《く》らしが楽《らく》になりません。とうとう靴《くつ》をつくる革《かわ》が1足分《そくぶん》しかなくなってしまいました。

「この靴《くつ》は、明日《あす》の朝《あさ》、つくることにしよう。」

靴屋《くつや》は革《かわ》を仕事台《しごとだい》に置《お》いて、休《やす》むことにしました。

ところが、翌朝《よくあさ》、起《お》きてみると、ゆうべの革《かわ》が、立派《りっぱ》な靴《くつ》に変《か》わっているのです。

「やや！　だれがこんなにすばらしい靴《くつ》をつくったんだ!?」

靴屋《くつや》は不思議《ふしぎ》に思《おも》いましたが、その靴《くつ》はいつもの2倍《ばい》の値段《ねだん》で売《う》れました。

さっそく靴屋《くつや》は、2足分《そくぶん》の革《かわ》を仕入《しい》れてきました。そして、昨日《きのう》と同《おな》じように仕事台《ごとだい》の上《うえ》に置《お》いて寝《ね》たのです。

すると、翌朝《よくあさ》、2足分《そくぶん》の革《かわ》は、2足《そく》の立派《りっぱ》な靴《くつ》に変《か》わっていました。この靴《くつ》も

# すばらしい靴《くつ》をつくる小人《こびと》にびっくり！

靴屋《くつや》の夫婦《ふうふ》が真夜中《まよなか》に仕事場《しごとば》をのぞいてみると……。なんと、ふたりのはだかの小人《こびと》が靴《くつ》をつくっていました！

すばらしいできばえだったので、やはり2倍《ばい》の値段《ねだん》で売《う》れました。こうして、2足《そく》の靴《くつ》が4足《そく》になり、4足《そく》の靴《くつ》が8足《そく》になり、靴屋《くつや》はどんどんもうかるようになりました。そのうち、評判《ひょうばん》を聞《き》きつけて、遠《とお》くからもお客《きゃく》さんがやってくるようになりました。

「それにしても、だれが靴《くつ》をつくってくれているんだろう？」

とうとう、ある晩《ばん》、靴屋《くつや》とおかみさんは、仕事場《しごとば》に隠《かく》れて見張《みは》っていることにしました。すると、真夜中《まよなか》になったころ、どこからともなく、はだかのふたりの小人《こびと》が現《あらわ》れて、仕事台《しごとだい》に上《あ》がると、せっせと靴《くつ》をつくりはじめたのです。そして、次《つぎ》から次《つぎ》へと靴《くつ》をつくりおえると、どこへともなく帰《かえ》っていきました。

「小人《こびと》たちが助《たす》けてくれていたんですね。」

「お礼《れい》に、小《ちい》さい立派《りっぱ》な靴《くつ》をつくってあげようと思《おも》うがどうだろう。」

「私《わたし》は、小人《こびと》たちがはだかだったから、小《ちい》さいシャツと上着《うわぎ》とズボンをつくってあげましょう。」

翌日《よくじつ》の晩《ばん》、いつものように小人《こびと》たちが現《あらわ》れると、仕事台《しごとだい》には革《かわ》がなく、かわりに小《ちい》さい服《ふく》と小《ちい》さい靴《くつ》が置《お》かれていました。

「この服《ふく》は、おいらにぴったりだ！」

「この靴《くつ》も、ぴったりだ！」

小人《こびと》たちは大喜《おおよろこ》びで服《ふく》を着《き》て靴《くつ》をはくと、飛《と》んだりはねたりしながら出《で》ていきました。そして、二度《にど》と現《あらわ》れることはありませんでした。

でも、靴屋《くつや》さんがいっしょうけんめい立派《りっぱ》な靴《くつ》をつくったので、それからもお店《みせ》ははんじょうし、夫婦《ふうふ》は幸《しあわ》せに暮《く》らしました。

## 瀧靖之先生の 賢い子を育てるコツ

### 感謝《かんしゃ》の気持《きも》ちを表《あらわ》しているかな？

小人《こびと》へのお礼《れい》に、サイズに合《あ》う靴《くつ》や洋服《ようふく》をつくってあげた夫婦《ふうふ》の思《おも》いやりに注目《ちゅうもく》してみましょう。みなさんも何《なに》かしてもらったら、感謝《かんしゃ》の気持《きも》ちを表《あらわ》すことが大切《たいせつ》です。きちんと「ありがとう。」と言《い》えていますか？

伝記

# 38

## 思《おも》いやりって？

# 多《おお》くの人《ひと》を救《すく》った白衣《はくい》の天使《てんし》
## ——ナイチンゲール（1820～1910年《ねん》）

看護師《かんごし》さんを知《し》っていますか？ 看護師《かんごし》さんは病院《びょういん》などでお医者《いしゃ》さんの診療《しんりょう》を助《たす》け、けがや病気《びょうき》で困《こま》っている人《ひと》たちにつきそい、また元気《げんき》になるようにお世話《せわ》をしています。19世紀《せいき》のイギリスに、看護師《かんごし》さんのお仕事《しごと》はとても大切《たいせつ》だと世界《せかい》じゅうに広《ひろ》めた、ひとりの女《おんな》の人《ひと》がいました。それがナイチンゲールです。

ナイチンゲールは上流階級《じょうりゅうかいきゅう》に生《う》まれましたが、子《こ》どものころ、お母《かあ》さんといっしょに、貧《まず》しい家《いえ》の病人《びょうにん》のお見舞《みま》いに何度《なんど》も出《で》かけました。むかしは、お金《かね》がなくて病院《びょういん》に行《い》けない人《ひと》がおおぜいいました。それに今《いま》とちがって病院《びょういん》はきたなく、とてもふけつでした。そのために看護師《かんごし》はよごれる仕事《しごと》と思《おも》われ、上流階級《じょうりゅうかいきゅう》の人《ひと》はだれもやろうとしませんでした。しかし、たくさんの苦《くる》しむ病人《びょうにん》を見《み》たナイチンゲールは心《こころ》から強《つよ》く思《おも》ったのです。

「看護師《かんごし》になって、困《こま》っている人《ひと》たちを助《たす》けたい！」

# 看護師《かんごし》の大切《たいせつ》さを広《ひろ》めたナイチンゲール

野戦病院《やせんびょういん》でけんめいに兵士《へいし》の看護《かんご》をするナイチンゲール。8時間《じかん》もひざまずいたまま包帯《ほうたい》を巻《ま》くこともありました。

１８５４年《ねん》10月《がつ》、看護師《かんごし》になったナイチンゲールは、仲間《なかま》といっしょにロシアとトルコが戦《たたか》ったクリミア戦争《せんそう》の戦場《せんじょう》にある★野戦病院《やせんびょういん》へ行《い》きました。病院《びょういん》のゆかは便《べん》や尿《にょう》でよごれ、ごきぶりやねずみが走《はし》りまわっていました。けがや伝染病《でんせんびょう》で苦《くる》しむ兵士《へいし》たちが寝《ね》ころがり、うめいていました。薬《くすり》や食《た》べものが足《た》りなくて、毎日《まいにち》たくさんの兵士《へいし》が死《し》んでいきました。

ナイチンゲールはけんめいに看護《かんご》を続《つづ》けました。８時間《じかん》もひざまずいたまま包帯《ほうたい》を巻《ま》きました。ある兵士《へいし》がのこぎりで足《あし》を切《き》る手術《しゅじゅつ》をしたときには、ずっとそばではげましました。夜中《よなか》にランプを持《も》って、何千人《なんぜんにん》もの人《ひと》を見《み》まわりました。苦《くる》しいときや困《こま》ったときに、看護師《かんごし》がいつでもかけつけられるようにしました。

それからナイチンゲールは、病院《びょういん》にもっとたくさんの医師《いし》や看護師《かんごし》が来《き》てくれるよう、薬《くすり》や食《た》べものを送《おく》ってくれるよう、イギリスの大臣《だいじん》にたのみました。

それだけでなく、自分《じぶん》の財産《ざいさん》をたくさん使《つか》って、病院《びょういん》で必要《ひつよう》なシーツや包帯《ほうたい》、寒《さむ》さを防《ふせ》ぐ服《ふく》などを買《か》いそろえました。すると、死《し》んでしまう兵士《へいし》はみるみる減《へ》っていったのです。多《おお》くの人《ひと》を救《すく》ったナイチンゲールはみんなに尊敬《そんけい》され、「白衣《はくい》の天使《てんし》」と呼《よ》ばれるようになりました。

ナイチンゲールの活《かつ》やくはイギリスの新聞《しんぶん》にのり、人々《ひとびと》に知《し》らされました。多《おお》くの人《ひと》を救《すく》う看護師《かんごし》の仕事《しごと》がどれほど大切《たいせつ》で尊《とうと》いものか、世界《せかい》じゅうの人《ひと》にわかってもらえるようになったのです。感心《かんしん》した人々《ひとびと》からたくさんの寄付《きふ》が集《あつ》まり、必要《ひつよう》なものがそろった病院《びょういん》で、より多《おお》くの命《いのち》が救《すく》われるようになりました。

ナイチンゲールは、その後《ご》も看護《かんご》の大切《たいせつ》さを教《おし》える本《ほん》を書《か》いたり、看護師《かんごし》になる勉強《べんきょう》をする学校《がっこう》をつくったりして、長《なが》く人々《ひとびと》のためにつくしました。

★1 戦場《せんじょう》でけがや病気《びょうき》をした兵士《へいし》を治療《ちりょう》する臨時《りんじ》の病院《びょういん》

## 瀧靖之先生の賢い子を育てるコツ

### 病院《びょういん》で看護師《かんごし》さんの働《はたら》きぶりに注目《ちゅうもく》してみよう

病院《びょういん》で看護師《かんごし》さんに接《せっ》することは、人々《ひとびと》のために働《はたら》く職業《しょくぎょう》の大切《たいせつ》さや尊《とうと》さを実感《じっかん》する貴重《きちょう》な機会《きかい》です。だれかに助《たす》けられた体験《たいけん》は、次《つぎ》に自分《じぶん》がだれかを助《たす》けたいという思《おも》いやりの心《こころ》を育《そだ》てます。

伝記

# 39

## 思《おも》いやりって？

# 貧《まず》しい人々《ひとびと》に愛《あい》をあたえた
## ——マザー・テレサ（1910〜1997年《ねん》）

今《いま》から70年《ねん》ほど前《まえ》、青《あお》い３本線《ぼんせん》の白《しろ》い修道服《しゅうどうふく》を着《き》たシスター・テレサは、たったひとりでインドのコルカタのスラムにやってきました。自分《じぶん》の持《も》ちものは着《き》がえの服《ふく》だけ、お金《かね》もほとんど持《も》っていませんでした。

「もっとも貧《まず》しい人《ひと》のあいだで働《はたら》く」と神様《かみさま》にちかってきたのです。

シスターは空《あ》き地《ち》で、貧《まず》しくて学校《がっこう》に行《い》けない子《こ》どもたちに字《じ》の書《か》き方《かた》や読《よ》み方《かた》を教《おし》えました。それからスラムを歩《ある》きまわり、だれにも看病《かんびょう》されず見捨《みす》てられ、死《し》にそうな病人《びょうにん》の手当《てあ》てをしました。またお金持《かねも》ちの家《いえ》をめぐって、貧《まず》しい人《ひと》のために寄付金《きふきん》を集《あつ》めました。

やがて、シスターの働《はたら》きに感心《かんしん》した人《ひと》たちが力《ちから》を貸《か》してくれるようになりました。以前《いぜん》、シスターが教《おし》えた女学校《じょがっこう》の生徒《せいと》たちも仕事《しごと》を手伝《てつだ》ってくれました。寄《き》付《ふ》してくれる人《ひと》、家《いえ》を貸《か》してくれる人《ひと》も現《あらわ》れました。

# 困《こま》っている人《ひと》に手《て》を差《さ》しのべた

マザー・テレサは、貧《まず》しくて学校《がっこう》に行《い》けない子《こ》どもたちに空《あ》き地《ち》などで字《じ》の書《か》き方《かた》や読《よ》み方《かた》を教《おし》えました。

そして、シスターの働《はたら》きはローマ法王《ほうおう》から正式《せいしき》な修道会《しゅうどうかい》として認《みと》められ、尊敬《そんけい》をこめて「マザー・テレサ」と呼《よ》ばれるようになったのです。

マザー・テレサは、それからもいっしょうけんめいに働《はたら》き、貧《まず》しい人《ひと》や困《こま》っている人《ひと》のために３つの場所《ばしょ》をつくりました。

ひとつ目《め》は「死《し》を待《ま》つ人《ひと》の家《いえ》」です。この家《いえ》は、住《す》む家《いえ》がなく道《みち》でたおれて死《し》んでしまうような人《ひと》に、安《やす》らかな死《し》を迎《むか》えてもらうための場所《ばしょ》です。

ふたつ目《め》は道《みち》に捨《す》てられた子《こ》どもや、「死《し》を待《ま》つ人《ひと》の家《いえ》」で生《う》まれた子《こ》どもが暮《く》らすための「孤児《こじ》の家《いえ》」でした。残念《ざんねん》なことに病気《びょうき》で弱《よわ》り、すぐ死《し》んでしまう赤《あか》ちゃんもいました。しかしマザー・テレサは、「どんな子《こ》どもも宝物《たからもの》です。」と言《い》い、愛情《あいじょう》をこめて子《こ》どもたちを大切《たいせつ》にしました。

３つ目《め》はハンセン病《びょう》という病気《びょうき》にかかった人《ひと》のための「平和《へいわ》の村《むら》」です。

むかし、ハンセン病《びょう》は、はだや肉《にく》がとけおちるおそろしい伝染病《でんせんびょう》と言《い》われ、いわれのない差別《さべつ》を受《う》けました。ハンセン病《びょう》は、いい薬《くすり》で正《ただ》しい治療《ちりょう》をすれば治《なお》ると、マザー・テレサは知《し》っていました。「平和《へいわ》の村《むら》」ではハンセン病《びょう》にかかった人《ひと》たちが心配《しんぱい》なく治療《ちりょう》を受《う》け、生活《せいかつ》することができました。

この働《はたら》きは世界《せかい》じゅうに知《し》られ、貧《まず》しい人《ひと》を助《たす》ける愛《あい》の大切《たいせつ》さが広《ひろ》まりました。

1979年《ねん》、マザー・テレサはノーベル平和賞《へいわしょう》を受賞《じゅしょう》しました。そのときにもらった賞金《しょうきん》は、すべて貧《まず》しい人《ひと》のために使《つか》ってもらったそうです。

1997年《ねん》、貧《まず》しい人々《ひとびと》のために一心《いっしん》に働《はたら》いたマザー・テレサは87才《さい》で亡《な》くなりました。お葬式《そうしき》はインドの国葬《こくそう》で行《おこな》われ、深《ふか》く悲《かな》しむおおぜいの人《ひと》に見送《みおく》られたそうです。

## 瀧靖之先生の賢い子を育てるコツ

### 自分《じぶん》に何《なに》ができるか考《かんが》えてみよう

マザー・テレサは3度来日《どらいにち》し、「愛《あい》はもっとも身近《みぢか》な人《ひと》から始《はじ》まります。まず家庭《かてい》から愛《あい》の実践《じっせん》をしてください。」と語《かた》りました。家族《かぞく》のだれかが困《こま》ったとき、自分《じぶん》にできることを考《かんが》え、実行《じっこう》してみましょう。

世界の童話

40

悲《かな》しいって？

# マッチ売《う》りの少女《しょうじょ》

アンデルセン

あたりはすでに暗《くら》く、雪《ゆき》がちらちら降《ふ》るおおみそかの夕暮《ゆうぐ》れの町《まち》を、ぼろぼろの服《ふく》を着《き》たマッチ売《う》りの少女《しょうじょ》が歩《ある》いていました。少女《しょうじょ》が道《みち》をわたろうとすると、馬車《ばしゃ》が走《はし》ってきました。少女《しょうじょ》がよけようとして飛《と》びのいたひょうしに、木靴《きぐつ》が脱《ぬ》げてしまいました。お母《かあ》さんのお古《ふる》の木靴《きぐつ》だったので、少女《しょうじょ》には大《おお》きかったのです。

「わーい、こんなに大《おお》きな靴《くつ》だぞー。」

男《おとこ》の子《こ》が走《はし》ってきて、木靴《きぐつ》を持《も》っていってしまいました。少女《しょうじょ》は、はだしで歩《ある》きはじめました。小《ちい》さい足《あし》は、寒《さむ》さでむらさき色《いろ》に変《か》わりました。おなかがとてもすいています。でも、だれひとりとしてマッチを買《か》ってくれません。少女《しょうじょ》は家《いえ》と家《いえ》のあいだのすきまにしゃがみこみました。

「一本《いっぽん》のマッチも売《う》れてないのに、帰《かえ》るわけにはいかないわ。このまま帰《かえ》ったら、きっと、お父《とう》さんにぶたれるわ。」

# マッチをするたびに
# 少《すこ》しだけ幸《しあわ》せな気持《きも》ちに

寒《さむ》さでふるえながら少女《しょうじょ》はマッチをすりました。3本目《ぼんめ》のマッチをすると、大《おお》きなクリスマスツリーの幻《まぼろし》が現《あらわ》れました。

少女《しょうじょ》の手《て》は寒《さむ》さでかじかんでいました。少女《しょうじょ》はマッチを1本《ぽん》取《と》り出《だ》すと、思《おも》いきってシュッと火《ひ》をつけました。

「ああ、なんてきれいなの。なんて明《あか》るくて、暖《あたた》かいの!」

少女《しょうじょ》は、自分《じぶん》がストーブの前《まえ》に座《すわ》っているような気《き》がしました。そこで、冷《ひ》えきった足《あし》もあたためようとひざをのばすと……、火《ひ》がスーッと消《き》えました。そこは、もとの暗《くら》い道《みち》ばたでした。

少女《しょうじょ》は2本目《ほんめ》のマッチをすりました。すると、家《いえ》の壁《かべ》がすきとおって、部屋《へや》の中《なか》が見《み》えました。白《しろ》いクロスのかかったテーブルに、おいしそうながちょうの丸《まる》焼《や》きがのっていました。

少女《しょうじょ》は3本目《ぼんめ》のマッチをすりました。今度《こんど》は、大《おお》きなクリスマスツリーの下《した》に座《すわ》っていました。少女《しょうじょ》が両手《りょうて》を差《さ》しのべると、ツリーに飾《かざ》ってあった何千《なんぜん》というろうそくが、夜空《よぞら》にのぼっていきました。そのひとつが、長《なが》い光《ひかり》のすじとなって流《なが》れました。

「ああ、だれかが死《し》ぬんだわ。」

少女《しょうじょ》は、亡《な》くなったおばあさんが、星《ほし》がひとつ流《なが》れると、ひとつのたましいが神様《かみさま》のもとに行《い》くと言《い》っていたことを思《おも》い出《だ》したのです。

少女《しょうじょ》は4本目《ほんめ》のマッチをすりました。すると、大好《だいす》きだったおばあさんが、やさしいほほえみを浮《う》かべて立《た》っていました。

「おばあちゃん！　マッチの火《ひ》が消《き》えたら、おばあちゃんも行《い》ってしまうんでしょう。私《わたし》も連《つ》れてって！」

そう言《い》うと、持《も》っていたマッチ全部《ぜんぶ》に火《ひ》をつけました。そして、おばあさんの胸《むね》に抱《だ》かれて、高《たか》く、高《たか》く、天《てん》にのぼっていきました。

## 瀧靖之先生の 賢い子を育てるコツ

### どんなことを感《かん》じたか 話《はな》しあってみよう

この少女《しょうじょ》にほんの少《すこ》しでも、だれかがあたたかい手《て》を差《さ》しのべてくれたら……と思《おも》わずにいられないほど悲《かな》しいものがたりですね。みなさんは、このお話《はなし》からどんなことを感《かん》じましたか？　おうちの人《ひと》と話《はな》しあってみましょう。

世界の童話

# 41

## 悲《かな》しいって？

# 人魚姫《にんぎょひめ》

アンデルセン

深《ふか》い深《ふか》い海《うみ》の底《そこ》に人魚《にんぎょ》の国《くに》があり、お城《しろ》には、王様《おうさま》とおばあさんと、六人《ろくにん》の美《うつく》しい姫《ひめ》たちが住《す》んでいました。姫《ひめ》たちは15才《さい》になると海《うみ》の上《うえ》まで泳《およ》いでいって、外《そと》の世界《せかい》を見《み》ることを許《ゆる》されていました。

いちばん末《すえ》の姫《ひめ》が15才《さい》になり、いよいよその日《ひ》が訪《おとず》れました。姫《ひめ》が海《うみ》の上《うえ》に浮《う》かんでまわりを見《み》ると、大《おお》きな船《ふね》の上《うえ》で華《はな》やかな宴《うたげ》がくり広《ひろ》げられていました。若《わか》い王子《おうじ》の誕生日《たんじょうび》のお祝《いわ》いだったのです。人魚姫《にんぎょひめ》は王子《おうじ》の姿《すがた》を一目《ひとめ》見《み》て、好《す》きになってしまいました。

ところが、とつぜんあたりが暗《くら》くなり、嵐《あらし》がやってきました。船《ふね》は海《うみ》にしずんでいきます。人魚姫《にんぎょひめ》は王子《おうじ》を抱《だ》きかかえて必死《ひっし》に泳《およ》ぎ、翌朝《よくあさ》、ようやく砂浜《すなはま》にたどり着《つ》きました。横《よこ》たえた王子《おうじ》を岩《いわ》かげから見守《みまも》っていると、美《うつく》しい娘《むすめ》がやってきて、気《き》がついた王子《おうじ》とほほえみあいました。

# たとえ話《はな》せなくなっても
# 人間《にんげん》になりたかった人魚姫《にんぎょひめ》

王子様《おうじさま》を好《す》きになった人魚姫《にんぎょひめ》は、どうしてもそばに行《い》きたくて、自分《じぶん》の声《こえ》とひきかえに人間《にんげん》になるための薬《くすり》を魔女《まじょ》にもらいました。

「あなたが助《たす》けてくれたのですね。」

人魚姫《にんぎょひめ》は悲《かな》しくなって海《うみ》の底《そこ》にもどりました。でも、王子《おうじ》のことが忘《わす》れられません。ある夜《よる》、こっそり魔女《まじょ》のところへ行《い》きました。

「わかっているさ。人間《にんげん》になりたいんだろう？　薬《くすり》をつくってあげるかわりにその声《こえ》をもらうよ。それに、もし王子《おうじ》がほかの娘《むすめ》と結婚《けっこん》したら、次《つぎ》の朝《あさ》、おまえは海《うみ》の泡《あわ》になってしまう。それでもいいんだね？」

人魚姫《にんぎょひめ》はうなずきました。そして薬《くすり》をもらうと海《うみ》の上《うえ》へ向《む》かい、浜辺《はまべ》で飲《の》みほしてたおれてしまいました。そこへ、王子《おうじ》が通《とお》りかかり、お城《しろ》へ連《つ》れて帰《かえ》りました。声《こえ》を奪《うば》われた人魚姫《にんぎょひめ》は何《なに》も話《はな》すことができませんでしたが、いつも王子《おうじ》といっしょにいられて幸《しあわ》せでした。

「ぼくは君《きみ》が好《す》きだ。君《きみ》は、ぼくを助《たす》けてくれた人《ひと》に似《に》ているんだ。」

「王子様《おうじさま》、それは私《わたし》なんです！」

人魚姫《にんぎょひめ》は心《こころ》の中《なか》でさけびましたが、声《こえ》に出《だ》すことはできません。

やがて、王子《おうじ》はとなりの国《くに》の王女《おうじょ》と結婚《けっこん》することになりました。王女《おうじょ》を一目《ひとめ》見《み》た王子《おうじ》は、とても喜《よろこ》びました。

「あなたが、ぼくを助《たす》けてくれた人《ひと》だったんですね！」

ふたりの結婚式《けっこんしき》が船《ふね》の上《うえ》で盛大《せいだい》に行《おこな》われました。夜《よる》、人魚姫《にんぎょひめ》が暗《くら》い海《うみ》を見《み》つめていると、人魚《にんぎょ》のお姉《ねえ》さんたちが現《あらわ》れて言《い》いました。

「このナイフで王子《おうじ》の胸《むね》を刺《さ》しなさい。あなたは人魚《にんぎょ》にもどれるのよ。」

でも、人魚姫《にんぎょひめ》は、どうしても王子《おうじ》を刺《さ》すことができません。ついにナイフを捨《す》て、みずから海《うみ》に飛《と》びこみました。そのとき、夜《よ》が明《あ》け、泡《あわ》になった人魚姫《にんぎょひめ》は朝《あさ》日《ひ》の中《なか》を空高《そらたか》くのぼっていきました。

瀧靖之先生の
賢い子を育てるコツ

## 世界《せかい》の人魚伝説《にんぎょでんせつ》を調《しら》べてみよう

世界各地《せかいかくち》には、さまざまな人魚《にんぎょ》の伝説《でんせつ》が存在《そんざい》します。ギリシャ神話《しんわ》に登場《とうじょう》する人魚《にんぎょ》「セイレーン」、ドイツの伝説《でんせつ》に出《で》てくる「ローレライ」は、ともに美《うつく》しい歌声《うたごえ》で船《ふね》を難破《なんぱ》させてしまいます。日本《にほん》の人《にん》魚《ぎょ》伝説《でんせつ》も調《しら》べてみましょう。

世界の名作

42

悲《かな》しいって？

# フランダースの犬《いぬ》

ウィーダ

フランダース地方《ちほう》の小《ちい》さな村《むら》に、ネロという少年《しょうねん》がいました。おじいさんといっしょに牛乳配達《ぎゅうにゅうはいたつ》の仕事《しごと》をしながら、貧《まず》しく暮《く》らしていました。

ある日《ひ》、ふたりは道《みち》ばたでたおれている犬《いぬ》を見《み》つけました。その犬《いぬ》は疲《つか》れはてていて、かわいそうだったので、連《つ》れて帰《かえ》ることにしました。

犬《いぬ》をパトラッシュと名《な》づけました。パトラッシュは元気《げんき》になり、足《あし》の悪《わる》いおじいさんにかわって、ネロといっしょに牛乳《ぎゅうにゅう》を町《まち》まで運《はこ》びました。

ネロは絵《え》をかくのが得意《とくい》でしたが、お金《かね》がなくて、紙《かみ》や道具《どうぐ》を買《か》うことができません。いつも、地面《じめん》や拾《ひろ》った板《いた》に絵《え》をかいていました。

ネロの夢《ゆめ》は、教会《きょうかい》に絵《え》が飾《かざ》られているルーベンスのような画家《がか》になることでした。

ある日《ひ》、ネロは、絵《え》のコンクールで優勝《ゆうしょう》すると賞金《しょうきん》がもらえることを知《し》り、絵《え》

# ネロとパトラッシュは最期《さいご》までいっしょでした

教会《きょうかい》で抱《だ》きあいながら息絶《いきた》えたネロとパトラッシュ。最期《さいご》にあこがれの絵《え》を見《み》ることができ、ネロは幸《しあわ》せそうでした。

を出《だ》すことにしました。

そんなとき、村《むら》で火事《かじ》があり、「ネロが火《ひ》をつけたのではないか。」と疑《うたが》われてしまいました。

そのせいで仕事《しごと》もできなくなり、もっと貧《まず》しくなりました。病気《びょうき》がちだったおじいさんは、とうとう亡《な》くなってしまいます。

お金《かね》がなくなり家賃《やちん》が払《はら》えず、小屋《こや》を追《お》い出《だ》されたネロとパトラッシュ――。たったひとつの希望《きぼう》は、絵《え》で優勝《ゆうしょう》することでした。

しかし、優勝《ゆうしょう》したのは、ネロではなくお金持《かねも》ちの子《こ》どもの絵《え》でした。がっかりして行《い》くあてもなく歩《ある》いていると、雪《ゆき》の中《なか》に落《お》ちている財布《さいふ》を見《み》つけました。

その財布《さいふ》を落《お》とし主《ぬし》に届《とど》けると、「この犬《いぬ》の面倒《めんどう》をみてください。」とたのみ、パトラッシュを預《あず》けました。

ネロはひとりで教会《きょうかい》に向《む》かいました。そこには、ネロがあこがれるルーベンスの絵《え》が飾《かざ》られているのです。

教会《きょうかい》に入《はい》ると、ネロは、うとうとと眠《ねむ》くなってきました。そこへ、ネロのあとを追《お》ってパトラッシュが来《き》て、寄《よ》りそいました。ネロはパトラッシュを抱《だ》きしめました。

あくる朝《あさ》、教会《きょうかい》を訪《おとず》れた人々《ひとびと》は、ほほえみながら亡《な》くなっている少年《しょうねん》と犬《いぬ》を見《み》つけました。

ネロとパトラッシュは、いっしょに天《てん》へとのぼっていったのです。

瀧靖之先生の
賢い子を育てるコツ

### ネロがあこがれた
### ルーベンスの絵《え》とは

ネロとパトラッシュが天《てん》に召《め》されたのは、ベルギーのアントワープ聖母大聖堂《せいぼだいせいどう》と言《い》われています。ネロが最期《さいご》に見《み》たとされる、ルーベンスの絵《え》『キリスト昇架《しょうか》』『キリスト降架《こうか》』は、今《いま》もここで見《み》ることができます。

日本の名作

# 43

悲《かな》しいって？

## ごんぎつね

新美南吉《にいみなんきち》

いたずら好《ず》きのごんというきつねがいました。ごんは、ひとりぼっちで村《むら》へ来《き》ては、いたずらばかりしていました。

ある日《ひ》、小川《おがわ》で兵十《ひょうじゅう》が魚《さかな》をとっていると、ごんは、いたずらしようと、兵十《ひょうじゅう》の魚《さかな》をこっそり逃《に》がしました。

最後《さいご》にうなぎを逃《に》がそうとしたときに兵十《ひょうじゅう》に見《み》つかってしまい、ごんは、びっくりして逃《に》げました。

しかし、そのうなぎは、兵十《ひょうじゅう》が病気《びょうき》の母親《ははおや》のために食《た》べさせてあげようとしていたものでした。

数日《すうじつ》たって、ごんが村《むら》へ行《い》くと、お葬式《そうしき》をしていました。亡《な》くなったのは、兵《ひょう》十《じゅう》のお母《かあ》さんでした。

「兵十《ひょうじゅう》のお母《かあ》さんは、きっとうなぎを食《た》べたかったんだ。」

# いたず《ず》ら好きな
# ごんはどうなる？

ごんはいたずらのおわびに、兵十《ひょうじゅう》の家《いえ》の前《まえ》に栗《くり》やまつたけを置《お》くのですが、なかなかわかってもらえませんでした。

ごんは、あんないたずらをしなければよかったと反省《はんせい》しました。

母親《ははおや》が亡《な》くなって落《お》ちこむ兵十《ひょうじゅう》を見《み》て、自分《じぶん》と同《おな》じだなと思《おも》って、ごんも悲《かな》しくなりました。

なんとか元気《げんき》になってほしくて、魚屋《さかなや》さんで盗《ぬす》んだ魚《さかな》を兵十《ひょうじゅう》の家《いえ》に投《な》げこみましたが、そのせいで兵十《ひょうじゅう》はどろぼうとまちがえられてしまいました。

「また、おれのせいだ。」

困《こま》ったごんは、山《やま》でとった栗《くり》やまつたけを毎日《まいにち》、兵十《ひょうじゅう》の家《いえ》の前《まえ》に置《お》くことにしました。でも、兵十《ひょうじゅう》は、だれが置《お》いてくれているのかわかりません。

「きっと、神様《かみさま》の仕業《しわざ》だ。」

と、加助《かすけ》に言《い》われ、兵十《ひょうじゅう》はそう思《おも》うことにしました。

栗《くり》やまつたけを持《も》っていっているのは、自分《じぶん》なのに、ごんはお礼《れい》も言《い》ってもらえず、つまらないと思《おも》いました。

それでも毎日《まいにち》、兵十《ひょうじゅう》の家《いえ》へ行《い》きました。

ある夜《よる》、いつものように栗《くり》やまつたけを持《も》って、兵十《ひょうじゅう》の家《いえ》へ向《む》かいました。

すると兵十《ひょうじゅう》に見《み》つかってしまいました。また、いたずらをするつもりだと思《おも》いこんだ兵十《ひょうじゅう》は、火《ひ》縄銃《なわじゅう》でごんをうちました。

ごんは、たおれました。

兵十《ひょうじゅう》は、ごんが栗《くり》やまつたけを持《も》っていたことに気《き》づき、

「おまえが持《も》ってきてくれていたのか？」

と言《い》うと、ごんは、目《め》をつぶったままうなずきました。

## 瀧靖之先生の賢い子を育てるコツ

### どうしてごんはうたれたのか考《かんが》えよう

ごんは大好《だいす》きな兵十《ひょうじゅう》についいたずらをしてしまっただけなのですが、気持《きも》ちがうまく伝《つた》わらず、悲《かな》しい結末《けつまつ》になってしまいました。どうしてこうなったのか、ごんと兵十《ひょうじゅう》を自分《じぶん》と友達《ともだち》に置《お》きかえて考《かんが》えてみましょう。

世界の神話

# 44

悲《かな》しいって？

# イカロスの翼《つばさ》

むかし、ギリシャのクレタ島《とう》に、ダイダロスという、発明《はつめい》の名人《めいじん》がいました。王様《おうさま》にたのまれてつくった迷宮《めいきゅう》の塔《とう》には、ミノタウロスという化《ば》け物《もの》が閉《と》じこめられていました。

あるとき、テーセウスという若者《わかもの》が、ミノタウロスをたおそうとやってきました。王様《おうさま》の娘《むすめ》、アリアドネーは、この勇《いさ》ましい若者《わかもの》に恋《こい》をしてしまいました。アリアドネーは、ダイダロスにたずねました。

「テーセウスがミノタウロスをたおしたとしても、迷路《めいろ》のような塔《とう》から出《で》るにはどうしたらいいのですか？」

「塔《とう》の入《い》り口《ぐち》に糸《いと》を結《むす》び、中《なか》に入《はい》ってください。ミノタウロスをたおしたら、その糸《いと》をたどれば入《い》り口《ぐち》にもどれるはずです。」

ダイダロスのアドバイスのおかげで、テーセウスはミノタウロスをたおし、無《ぶ》

# 翼《つばさ》をつけて大空《おおぞら》をはばたくイカロス

白《しろ》い鳥《とり》の羽《はね》でつくった翼《つばさ》をつけて塔《とう》から抜《ぬ》け出《だ》し、空《そら》を飛《と》ぶイカロス。いつの間《ま》にか太陽《たいよう》に近《ちか》づいてしまい……。

事《じ》にもどることができました。そして、アリアドネーといっしょに、島《しま》から出《で》ていったのです。

すると、大切《たいせつ》な娘《むすめ》がいなくなり、怒《おこ》った王様《おうさま》は、助言《じょげん》したダイダロスと、その息子《むすこ》のイカロスを塔《とう》に閉《と》じこめてしまったのです。

でも、ダイダロスは、あきらめませんでした。

「王様《おうさま》は陸《りく》と海《うみ》を支配《しはい》できても、大空《おおぞら》を支配《しはい》することはできないだろう。私《わたし》は、この大空《おおぞら》から逃《に》げてみせよう！」

そして、鳥《とり》の羽《はね》を集《あつ》めて、大《おお》きな翼《つばさ》をつくりました。大《おお》きい羽《はね》は糸《いと》でとめ、小《ち》さい羽《はね》はろうでとめました。

やっと翼《つばさ》が完成《かんせい》しました。翼《つばさ》をつけて羽《は》ばたいてみると、体《からだ》が宙《ちゅう》に浮《う》きあがります。イカロスにも翼《つばさ》をつけ、飛《と》び方《かた》を教《おし》えました。

「イカロスよ、空《そら》の中《ちゅう》くらいの高《たか》さを飛《と》ぶのだよ。低《ひく》すぎると海《うみ》の水《みず》しぶきで羽《はね》が重《おも》くなってしまうし、高《たか》く飛《と》ぶと、太陽《たいよう》の熱《ねつ》でろうがとけてしまうからな」

ふたりは飛《と》び立《た》ちました。ダイダロスは、イカロスがちゃんとついてきているか、たびたびふり返《かえ》りました。

イカロスは、ダイダロスについていくことで精《せい》いっぱいでしたが、しばらくすると空《そら》を飛《と》んでいることがだんだん楽《たの》しくなってきました。そして、いつの間《ま》にか父《ちち》とはなれ、高《たか》く、高《たか》く飛《と》んでしまいました。

そして、太陽《たいよう》に近《ちか》づいてしまったのです。羽《はね》をとめていたろうが、だんだんとけていきました。ついにイカロスは羽《はね》を失《うしな》い、海《うみ》に落《お》ちてしまいました。

ダイダロスは、近《ちか》くの島《しま》にイカロスの遺体《いたい》をうめ、その島《しま》をイカリア島《とう》と名《な》づけました。

瀧靖之先生の
賢い子を育てるコツ

## イカロスの気《き》持《も》ちになって考《かんが》えてみよう

せまい塔《とう》から抜《ぬ》け出《だ》し、大《おお》空《ぞら》を飛《と》んでいるイカロスは楽《たの》しくてしかたなかったのでしょう。でも、お父《とう》さんに言《い》われたことを忘《わす》れたために太《たい》陽《よう》に近《ちか》づきすぎて落《お》ちてしまいます。このお話《はなし》からどんなことを学《まな》びましたか？

世界の昔話

# 45

悲《かな》しいって？

# スーホの白《しろ》い馬《うま》

むかしむかし、モンゴルの草原《そうげん》にスーホという少年《しょうねん》がいました。ある日《ひ》、スーホはたおれている白《しろ》い子馬《こうま》を見《み》つけ、家《いえ》に連《つ》れて帰《かえ》りました。その子馬《こうま》を大事《だいじ》に育《そだ》てると、たくましい馬《うま》になりました。

スーホと白《しろ》い馬《うま》はとてもなかがよく、朝《あさ》から晩《ばん》まで何《なに》をするにも、いつもいっしょでした。

何年《なんねん》かたって、子馬《こうま》だった白《しろ》い馬《うま》は、立派《りっぱ》な大人《おとな》の馬《うま》に成長《せいちょう》しました。

そんなある日《ひ》、王様《おうさま》が娘《むすめ》の結婚相手《けっこんあいて》を探《さが》すために競馬大会《けいばたいかい》を開《ひら》くと言《い》いました。スーホも白《しろ》い馬《うま》とともに大会《たいかい》に参加《さんか》することにしました。

「おまえに乗《の》れば、きっと優勝《ゆうしょう》するぞ！」

するとスーホの白《しろ》い馬《うま》は見事《みごと》、優勝《ゆうしょう》したのです。

王様《おうさま》は、スーホに言《い》いました。

# 深《ふか》いきずなで結《むす》ばれた スーホと白《しろ》い馬《うま》

白《しろ》い馬《うま》には、たくさんの弓矢《ゆみや》がささっていました。そして、ふらふらになりながら、大好《だいす》きなスーホのもとへもどってきました。

「おい。スーホ。おまえの白《しろ》い馬《うま》をこの銀貨《ぎんか》と交換《こうかん》しないか。」

王様《おうさま》は白《しろ》い馬《うま》が欲《ほ》しくなりました。

そして、王様《おうさま》は貧《まず》しいスーホと娘《むすめ》を結婚《けっこん》させず、スーホに銀貨《ぎんか》をわたし、白《しろ》い馬《うま》を連《つ》れていってしまいました。

白《しろ》い馬《うま》を奪《うば》われてしまったスーホは、毎日《まいにち》、白《しろ》い馬《うま》のことを思《おも》い出《だ》しては悲《かな》しみました。

そのころ、王様《おうさま》はスーホから奪《うば》った白《しろ》い馬《うま》を見《み》せびらかしていました。白《しろ》い馬《うま》もスーホに会《あ》いたくてたまらず、王様《おうさま》をふり落《お》とし、逃《に》げ出《だ》しました。

逃《に》がすものかと、家来《けらい》たちが弓矢《ゆみや》をはなちました。

白《しろ》い馬《うま》の体《からだ》には何本《なんぼん》もの弓矢《ゆみや》がささり、ふらふらになりましたが、なんとかスーホの家《いえ》までたどり着《つ》きました。

「どうした？　傷《きず》だらけじゃないか！」

スーホは必死《ひっし》に看病《かんびょう》しました。

けれど、翌朝《よくあさ》、スーホに抱《だ》きしめられながら、白《しろ》い馬《うま》は死《し》んでしまいました。

スーホは悲《かな》しくてしかたがありませんでした。

そんなある夜《よる》、スーホの夢《ゆめ》に白《しろ》い馬《うま》が出《で》てきました。

「ご主人様《しゅじんさま》。私《わたし》の骨《ほね》や皮《かわ》、毛《け》を使《つか》って、楽器《がっき》をつくってください。そうすれば、いつまでもそばにいられますよ。」

スーホは言《い》われたとおり、白《しろ》い馬《うま》の体《からだ》を使《つか》って楽器《がっき》をつくりました。それが馬《ば》頭琴《とうきん》です。その楽器《がっき》は、心《こころ》にひびく美《うつく》しい音色《ねいろ》★1をかなでます。

★1 それぞれの楽器《がっき》によってちがう、独特《どくとく》の音《おと》の感《かん》じ

瀧靖之先生の
賢い子を育てるコツ

### 馬頭琴《ばとうきん》の音色《ねいろ》を聴《き》いてみよう

馬《うま》を家族《かぞく》のように愛《あい》するモンゴル人《じん》にとって、馬頭琴《ばとうきん》は愛着《あいちゃく》のある特別《とくべつ》な楽器《がっき》です。2本《ほん》のげんでかなでる音色《ねいろ》は独特《どくとく》で、動物《どうぶつ》の鳴《な》き声《ごえ》や風《かぜ》の音《おと》などさまざまな音《おと》を表現《ひょうげん》できるのが魅力《みりょく》です。ぜひ聴《き》いてみましょう。

世界の神話

# 46

## 悲《かな》しいって？

# 星《せい》座《ざ》になったオリオン

海《うみ》の神様《かみさま》ポセイドンの息子《むすこ》、オリオンは美《うつく》しい顔立《かおだ》ちの巨人《きょじん》で、腕《うで》の立《た》つ狩人《かりうど》でした。

ある日《ひ》、王《おう》の娘《むすめ》、メロペーに一目《ひとめ》ぼれをしてしまいました。結婚《けっこん》を申《もう》し込《こ》みに行《い》きますが、なかなか認《みと》めてもらえませんでした。王《おう》もメロペーも、少々乱暴《しょうしょうらんぼう》なオリオンを好《す》きになれなかったのです。とうとう、オリオンは力《ちから》ずくでメロペーを手《て》に入《い》れようとしました。激怒《げきど》したメロペーの父《ちち》は、オリオンを酒《さけ》で酔《よ》わせ、両目《りょうめ》をくりぬいて、海辺《うみべ》に捨《す》てました。

オリオンを気《き》の毒《どく》に思《おも》った大神《おおかみ》ゼウスは、

「東《ひがし》の国《くに》へ行《い》き、のぼる朝日《あさひ》の光《ひかり》を目《め》に受《う》ければ、再《ふたた》び目《め》が見《み》えるようになるだろう。」

と告《つ》げました。

# はかなく悲《かな》しい
# ギリシャ神話《しんわ》

アルテミスの矢《や》で死《し》んでしまったオリオン。星座《せいざ》になった姿《すがた》を見《み》て、アルテミスは悲《かな》しくてしかたがありません。

目《め》が見《み》えなくなってしまったオリオンは、金《かな》づちの音《おと》をたよりに、★1鍛冶場《かじば》にやってきました。そこであわれに思《おも》った鍛冶《かじ》の神《かみ》ヘーパイストスは、鍛冶師《かじし》のケーダリオーンを呼《よ》ぶと、オリオンを太陽《たいよう》の館《やかた》へ案内《あんない》するよう命《めい》じました。やがて館《やかた》に着《つ》くと、かわいそうに思《おも》った神《かみ》アポローンが太陽《たいよう》の光《ひかり》で彼《かれ》の目《め》をいやしました。

オリオンは、狩猟《しゅりょう》の女神《めがみ》アルテミスといっしょに狩《か》りをするようになりました。いつしかアルテミスはオリオンを好《す》きになりました。

そのことを聞《き》いた兄《あに》アポローンは、妹《いもうと》のアルテミスに「オリオンを好《す》きになってはいけない。」と言《い》いましたが、従《したが》おうとはしませんでした。

ある日《ひ》、オリオンが頭《あたま》だけ出《だ》して海《うみ》をわたっているときのことです。オリオンに気《き》づいたアポローンはアルテミスに言《い》いました。

「遠《とお》くに見《み》えるあの小《ちい》さな島《しま》に、矢《や》を命中《めいちゅう》させることはできるかな？」

「簡単《かんたん》です！」

アルテミスは弓矢《ゆみや》を取《と》り出《だ》すと、見事《みごと》矢《や》は島《しま》に命中《めいちゅう》しました。すると島《しま》が一瞬《いっしゅん》ゆれ、海面《かいめん》からしずみました。水面《すいめん》がみるみる赤《あか》く染《そ》まり、オリオンが横《よこ》になって浮《う》かびあがってきたのです。

アルテミスは兄《あに》のたくらみに気《き》づき、絶望《ぜつぼう》してさけびました。

「だましたのね！　兄《にい》さん！」

なげき悲《かな》しんだアルテミスは、父《ちち》である全知全能《ぜんちぜんのう》の大神《おおかみ》ゼウスにたのんでオリオンを星座《せいざ》にしてもらいました。

★1　金属《きんぞく》を熱《ねっ》して打《う》ち、刃物《はもの》などの道具《どうぐ》をつくる場所《ばしょ》

瀧靖之先生の
賢い子を育てるコツ

## オリオン座《ざ》と月《つき》をながめてみよう

オリオン座《ざ》は冬《ふゆ》に南《みなみ》の空《そら》で見《み》ることができます。狩猟《しゅりょう》の女神《めがみ》アルテミスは月《つき》の神《かみ》でもあり、冬《ふゆ》の夜《よる》に月《つき》がオリオン座《ざ》を通《とお》っていくのはアルテミスがオリオンに会《あ》うためだと言《い》われています。ぜひ冬《ふゆ》の夜《よ》空《ぞら》をながめてみましょう。

世界の童話

# 47

ゆかいって？

# はだかの王様《おうさま》

アンデルセン

むかしむかし、あるところに、とてもおしゃれな王様《おうさま》がいました。新《あたら》しい服《ふく》を着《き》るのが大好《だいす》きで、町《まち》じゅうの洋服屋《ようふくや》を呼《よ》んでは、次《つぎ》から次《つぎ》へと服《ふく》をつくらせていました。あるとき、遠《とお》くの国《くに》から、このうわさを聞《き》いた、いんちき洋服屋《ようふくや》がやってきました。

「王様《おうさま》、私《わたし》たちがつくる洋服《ようふく》は、おろか者《もの》の目《め》には見《み》えない、とても不思議《ふしぎ》な服《ふく》なのです。」

「それはめずらしい！　さっそくつくりたまえ。」

新《あたら》しい服《ふく》が好《す》きな王様《おうさま》は、高《たか》いお金《かね》を払《はら》ってふたりをやといました。ふたりは、さも布《ぬの》があるようなふりをして、はさみで切《き》ったり、針《はり》でぬったりするまねをしていました。いっぽう王様《おうさま》は、早《はや》く服《ふく》を見《み》たくて見《み》たくてしかたがありません。でも、心《こころ》の中《なか》では、「もしも、このわしに服《ふく》が見《み》えなかったら、どうしたも

# 見《み》えない洋服《ようふく》を着《き》て恥《はじ》をかいた王様《おうさま》

パンツ一枚《いちまい》という姿《すがた》でパレードする王様《おうさま》。大人《おとな》は何《なに》も言《い》えなかったのですが、男《おとこ》の子《こ》がさけびました。「王様《おうさま》ははだかだ！」

のか。」と心配《しんぱい》していました。そこで、正直者《しょうじきもの》の大臣《だいじん》に見《み》に行《い》かせました。

「どうです、大臣様《だいじんさま》。とても美《うつく》しい服《ふく》でしょう?」

と洋服屋《ようふくや》が言《い》うと、大臣《だいじん》はとてもおどろきました。

(何《なに》も見《み》えない私《わたし》はおろか者《もの》なのか。しかし、私《わたし》がおろか者《もの》だと思《おも》われたら困《こま》ってしまうな。)

大臣《だいじん》は心《こころ》の中《なか》でそう思《おも》いましたが、口《くち》には出《だ》さず、王様《おうさま》には、「とても美《うつく》しい服《ふく》でございました。」と報告《ほうこく》しました。

そして、ついに服《ふく》ができあがりました。ふたりの男《おとこ》が王様《おうさま》の部屋《へや》を訪《おとず》れて言《い》いました。

「王様《おうさま》、すばらしい仕上《しあ》がりでございましょう?」

もちろん王様《おうさま》には何《なに》も見《み》えません。王様《おうさま》は心底《しんそこ》、おどろきましたが、すぐに落《お》ち着《つ》き払《はら》って言《い》いました。

「み、見事《みごと》なできばえじゃ。さっそくこれを着《き》てパレードをするぞ。」

そうして、パンツ一枚《いちまい》のはだかになると、見《み》えない洋服《ようふく》を着《き》ました。

ラッパの音《おと》とともに町《まち》にくり出《だ》した王様《おうさま》を見《み》て、町《まち》の人《ひと》たちはおどろきまし

た。でも、自分《じぶん》がおろか者《もの》だと思《おも》われては困《こま》るので、

「王様《おうさま》の洋服《ようふく》は、なんてすばらしいんでしょう。」

と、ほめそやしました。そのとき、小《ちい》さい男《おとこ》の子《こ》がさけんだのです。

「やいやーい、王様《おうさま》ははだかだ。王様《おうさま》ははだかだ。おかしいぞー！」

大人《おとな》たちも王様《おうさま》も家来《けらい》も、やっぱりはだかだったのか、と気《き》づきましたが、あとにも引《ひ》けず、そのままパレードを続《つづ》けたのでした。

瀧靖之先生の
賢い子を育てるコツ

## 王様《おうさま》と大人《おとな》はどうして何《なに》も言《い》えなかったのかな？

おろか者《もの》と思《おも》われたくなくて正直《しょうじき》に「服《ふく》が見《み》えない。」と言《い》えなかった王様《おうさま》は、はだかで行進《こうしん》して恥《は》ずかしい思《おも》いをしてしまいます。まわりの大人《おとな》もどうして何《なに》も言《い》えなかったのでしょうか。その理由《りゆう》を考《かんが》えてみましょう。

世界の昔話

# 48

ゆかいって？

# 大《おお》きなかぶ

むかしむかし、あるところに、おじいさんがいました。

おじいさんは、畑《はたけ》にかぶの種《たね》をまいて大事《だいじ》に育《そだ》てました。

「甘《あま》くて大《おお》きなかぶになあれ。」

すると、かぶは大《おお》きく立派《りっぱ》に育《そだ》ちました。

収穫《しゅうかく》しようと、かぶの葉《は》っぱをひっぱり、

「うんとこしょ、どっこいしょ。」

かぶが大《おお》きすぎて、おじいさんひとりでは抜《ぬ》くことができません。

そこで、おばあさんを呼《よ》んできて、手伝《てつだ》ってもらうことにしました。

「うんとこしょ、どっこいしょ。」

おばあさんがおじいさんをひっぱって、おじいさんがかぶをひっぱっても、なかなかかぶは抜《ぬ》けません。

# 人間《にんげん》も動物《どうぶつ》も力《ちから》を合《あ》わせ かぶをひっぱりますが……

おじいさんが大事《だいじ》に育《そだ》てたかぶは、大《おお》きく立派《りっぱ》に育《そだ》ちました。収穫《しゅうかく》しようとひっぱりますが、なかなか抜《ぬ》けません。

そこで今度《こんど》は、おばあさんが孫《まご》を呼《よ》んできました。

孫《まご》がおばあさんをひっぱって、おばあさんがおじいさんをひっぱって、おじいさんがかぶをひっぱりました。

「うんとこしょ、どっこいしょ。」

それでも、かぶは抜《ぬ》けません。

次《つぎ》は、孫《まご》が犬《いぬ》を呼《よ》んできました。犬《いぬ》が孫《まご》をひっぱって、孫《まご》がおばあさんをひっぱって、おばあさんがおじいさんをひっぱって、おじいさんがかぶをひっぱって、

「うんとこしょ、どっこいしょ。」

まだまだ、かぶは抜《ぬ》けません。

犬《いぬ》は走《はし》って猫《ねこ》を呼《よ》んできました。猫《ねこ》が犬《いぬ》をひっぱって、犬《いぬ》が孫《まご》をひっぱって、孫《まご》がおばあさんをひっぱって、おばあさんがおじいさんをひっぱって、おじいさんがかぶをひっぱって、

「うんとこしょ、どっこいしょ。」

みんなで力《ちから》を合《あ》わせてひっぱりましたが、それでもかぶは抜《ぬ》けません。

猫《ねこ》はねずみを呼《よ》びました。ねずみが猫《ねこ》をひっぱって、猫《ねこ》が犬《いぬ》をひっぱって、犬《いぬ》

が孫《まご》をひっぱって、孫《まご》がおばあさんをひっぱって、おばあさんがおじいさんを
ひっぱって、おじいさんがかぶをひっぱって、

「うんとこしょ、どっこいしょ。」

すると、スポーン！

ようやく、かぶが抜《ぬ》けました。

瀧靖之先生の
賢い子を育てるコツ

## かぶを使《つか》った
## どんな料理《りょうり》が好《す》き？

　おじいさんはみんなの協力《きょうりょく》を得《え》て、甘《あま》くて大《おお》きなかぶをやっとのことでひき抜《ぬ》きました。その後《ご》、どんな料理《りょうり》にしたのでしょうね。かぶのサラダ？　スープ？　クリーム煮《に》？　みなさんは、かぶを使《つか》ったどんな料理《りょうり》が好《す》きですか？

日本の昔話

49

ゆかいってて？

# 三年寝太郎《さんねんねたろう》

むかし、ある村《むら》に、年《ねん》がら年《ねん》じゅう寝《ね》てばかりいる男《おとこ》がいました。働《はたら》かないで一日《いちにち》じゅうただひたすら眠《ねむ》りつづけていたので、これには、寝太郎《ねたろう》のお母《かあ》さんは困《こま》っていました。

一年《いちねん》、二年《にねん》、三年《さんねん》たっても寝《ね》ているので、村《むら》のみんなが「三年寝太郎《さんねんねたろう》」と呼《よ》ぶようになりました。

ある年《とし》、日《ひ》でりが続《つづ》き、雨《あめ》がまったく降《ふ》らなくなってしまいました。草木《くさき》は、枯《か》れてしまい、井戸《いど》も枯《か》れはじめました。

田《た》んぼや畑《はたけ》もひびわれ、食《た》べるものもなくなってしまいました。

「日《ひ》でりが続《つづ》き、田《た》んぼに水《みず》がなくなってしまったのは、働《はたら》かず寝《ね》てばかりいる寝太郎《ねたろう》のせいだ。」

と村人《むらびと》たちが言《い》い出《だ》しました。

# むっくり起《お》きて やるときはやる！

いつも寝《ね》てばかりだった寝太郎《ねたろう》が、大《おお》きな岩《いわ》をひとりで動《うご》かして田《た》んぼに水《みず》をひき、日《ひ》でりだった村《むら》を救《すく》いました。

ある日《ひ》、寝太郎《ねたろう》はむっくり起《お》きあがると、家《いえ》を出《で》て、のっそりのっそりと山《やま》を登《のぼ》っていきました。

「寝太郎《ねたろう》が起《お》きた！」

と、村人《むらびと》たちはおどろきました。

寝太郎《ねたろう》は大《おお》きな川《かわ》のほとりで止《と》まり、

「この川《かわ》から村《むら》の田《た》んぼへ水《みず》をひこう。」

と、言《い》いました。

川《かわ》は村《むら》から遠《とお》いところにあるので、田《た》んぼに水《みず》をひくことは簡単《かんたん》なことではありません。

けれど、寝太郎《ねたろう》はひとりで、川《かわ》の水《みず》をせき止《と》めていた岩《いわ》を動《うご》かしました。

すると、川《かわ》の水《みず》は、じわじわとふくれあがり、村《むら》の田《た》んぼへと流《なが》れこんでいきました。

「水《みず》だ！　水《みず》が流《なが》れてきたぞ。」

村《むら》の人《ひと》たちは、大喜《おおよろこ》び。おどり出《だ》す者《もの》もいました。

山《やま》の上《うえ》からこの様子《ようす》を見《み》ていた寝太郎《ねたろう》は、にっこりしてうなずくと、のしのしと山《やま》をおりていきました。

そして、家《いえ》に帰《かえ》ると、また、眠《ねむ》ってしまいました。

それからは、田《た》んぼのお米《こめ》がたくさんとれるようになりました。村《むら》の人《ひと》たちは「寝太郎《ねたろう》のおかげだ。」と、おにぎりを持《も》ってきて、寝《ね》ている寝太郎《ねたろう》のそばに、そっと置《お》いていくようになりました。

瀧靖之先生の
賢い子を育てるコツ

### 寝太郎《ねたろう》みたいに ぐっすり眠《ねむ》るには？

とにかくよく寝《ね》る、寝太郎《ねたろう》。寝太郎《ねたろう》のようにぐっすり眠《ねむ》るには頭《あたま》や体《からだ》の適度《てきど》な疲《つか》れが必要《ひつよう》です。早寝早起《はやねはやお》きをして朝日《あさひ》を浴《あ》びて日中《にっちゅう》はしっかり活動《かつどう》し、夜《よる》は部屋《へや》を暗《くら》くして眠《ねむ》りましょう。テレビやパソコンは、眠《ねむ》る1時間前《じかんまえ》に消《け》すようにするといいですよ。

日本の名作

50

ゆかいって？

# 吾輩《わがはい》は猫《ねこ》である

夏目漱石《なつめそうせき》

吾輩《わがはい》は猫《ねこ》である。名前《なまえ》はまだない。

どこで生《う》まれたのかもわからず、えさを求《もと》めてさまよっているうちに、珍野家《ちんのけ》にたどり着《つ》いた。何度《なんど》か追《お》い出《だ》されたものの、主人《しゅじん》の苦沙弥《くしゃみ》が家《いえ》に置《お》くことにしてくれた。

吾輩《わがはい》は、人間《にんげん》を観察《かんさつ》するのが大好《だいす》き。

珍野家《ちんのけ》には、個性的《こせいてき》な人《ひと》がやってくる。ほら吹《ふ》きな迷亭《めいてい》。話《はなし》が長《なが》すぎてつまらない寒月《かんげつ》。まじめな東風《とうふう》。

彼《かれ》らのほかにも、おもしろい人《ひと》たちがまだまだいる。

吾輩《わがはい》は、琴《こと》の先生《せんせい》の家《いえ》の猫《ねこ》、三毛子《みけこ》となかよくなった。三毛子《みけこ》と話《はな》していると、晴《は》れ晴《ば》れした気持《きも》ちになる。

ある日《ひ》、三毛子《みけこ》を訪《たず》ねたが、どこにもいない。最初《さいしょ》は留守《るす》だと思《おも》ったが、じつ

# 猫《ねこ》の目《め》から見《み》た
# 人間《にんげん》の観察日記《かんさつにっき》

人間《にんげん》の行動《こうどう》を見《み》て、あれこれ思《おも》うのが大好《だいす》きな猫《ねこ》「吾輩《わがはい》」。主人《しゅじん》の苦沙弥《くしゃみ》や家《いえ》にやってくる客《きゃく》をいつも静《しず》かに観察《かんさつ》しています。

は病気《びょうき》で寝《ね》ていたのだ。そのあと、三毛子《みけこ》は死《し》んでしまった。

このことをきっかけに、吾輩《わがはい》はおっくうになり、あまり出《で》かけなくなってしまった。主人《しゅじん》の苦沙弥《くしゃみ》が、書斎《しょさい》にしょっちゅうこもっている気持《きも》ちがわかる気《き》がする。

しかし、珍野家《ちんのけ》では、いろいろなことが起《お》こるので、退屈《たいくつ》ではない。

この日《ひ》は、珍野家《ちんのけ》で結婚《けっこん》のお祝《いわ》いをしていた。にぎやかに飲《の》んだり食《た》べたりしたあと、みんなはそれぞれ家《いえ》へ帰《かえ》っていき、苦沙弥《くしゃみ》はいつものように書斎《しょさい》にこもっていた。

主人《しゅじん》の苦沙弥《くしゃみ》は胃《い》が弱《よわ》いので、もう長《なが》くないかもしれない。だれでもいつかは命《いのち》がつきるものだ。

吾輩《わがはい》は、気晴《きば》らしに残《のこ》っていたお酒《さけ》を飲《の》んでみた。

すると、酔《よ》っぱらって水《みず》がめに落《お》ちてしまった。

気《き》づくと水《みず》の上《うえ》に浮《う》いている。

足《あし》をのばしても届《とど》かない。飛《と》びあがっても出《で》られない。そのうち体《からだ》が疲《つか》れてきた。

もう、上《あ》がることができないと感《かん》じた吾輩《わがはい》は、「もうよそう。出《で》ようとするのは無理《むり》だ。」と、あきらめて、前足《まえあし》も、後《うし》ろ足《あし》も、頭《あたま》もしっぽも抵抗《ていこう》するのをやめて、身《み》を任《まか》せることにした。

だんだん、体《からだ》が楽《らく》になってきた。

ありがたい、ありがたい。

**瀧靖之先生の賢い子を育てるコツ**

### 主人公《しゅじんこう》の吾輩《わがはい》は夏目漱石《なつめそうせき》の飼《か》い猫《ねこ》

このお話《はなし》の主人公《しゅじんこう》は、作者《さくしゃ》の夏目漱石《なつめそうせき》の家《いえ》に迷《まよ》いこみ、そのまま居《い》ついた猫《ねこ》がモデルです。漱石《そうせき》の妻《つま》は猫《ねこ》がきらいで何度《なんど》も追《お》い出《だ》したのですが、なぜかもどってきてしまいます。漱石《そうせき》が妻《つま》を説得《せっとく》して飼《か》うことになったそうです。

落語

51

ゆかいって？

# まんじゅうこわい

ある日《ひ》、町《まち》の若者《わかもの》が集《あつ》まって、いちばんこわいものを言《い》いあっていました。

「蛇《へび》がこわい。あの動《うご》きがきらいだ。」

「くもがこわい。くもの巣《す》はネバネバする。」

「こうもりがこわい。夜《よる》、飛《と》びやがる。」

「毛虫《けむし》がこわい。葉《は》っぱの裏《うら》に隠《かく》れていやがる。」

みんながこわいものを話《はな》すなか、ひとりだけだまっている男《おとこ》がいました。

「おい、松《まっ》ちゃん。こわいものはないのかい。」

「こわいものなんか何《なに》もないよ。蛇《へび》もくももこうもりも毛虫《けむし》もこわくないね。あ

あ、こわいものを思《おも》い出《だ》した。まんじゅうがこわい。」

「まんじゅう？　中《なか》にあんこが入《はい》ってるやつだろ？」

すると、顔色《かおいろ》がみるみるうちに悪《わる》くなってきて、布《ぬの》で顔《かお》をおおってしまいまし

# こわいこわいと言《い》いながら笑《わら》いが止《と》まりません

ほんとは大好《だいす》きなのに「こわい。」と言《い》って、たくさんのまんじゅうをせしめた松《まっ》ちゃん。おぼんにてんこ盛《も》りです。

た。

これを見《み》て、みんなは笑《わら》い、いたずらをすることにしました。

町《まち》へ出《で》かけて、まんじゅうをたくさん買《か》ってきました。

おぼんにまんじゅうをのせ、こっそりまくらもとに運《はこ》び、気《き》がつくのを待《ま》ちました。

「ねえ。松《まっ》ちゃん。起《お》きなよ。もうお開《ひら》きだよ。」

「わかったよ。もうまんじゅうのことは言《い》わないでくれよ。」

大《おお》きなさけび声《ごえ》が聞《き》こえました。

「うわ、まんじゅうだ。まんじゅうがいっぱいだ。」

となりの部屋《へや》のみんなは、いたずらが成功《せいこう》したと大満足《だいまんぞく》。

「おい、みんな、どうしてこんなことをするんだよ。言《い》っただろう。まんじゅうがこわいって。」

大《おお》きな声《こえ》をあげればあげるほど、みんなは大喜《おおよろこ》び。

「うわ、酒《さか》まんじゅうだ。こわい。こわい。」

「うわ、温泉《おんせん》まんじゅうだ。こわい。こわい。」

「うわ、まんじゅうこわい。おいし……。こわい……。」

みんなで部屋《へや》の中《なか》をのぞいてみると――。

「うれしそうにまんじゅうを食《た》べてるじゃないか。松《まつ》ちゃん、いったい何《なに》がこわいんだい。」

「おいしいお茶《ちゃ》がこわい。」

瀧靖之先生の
賢い子を育てるコツ

## 親子《おやこ》で落語《らくご》を楽《たの》しんでみよう

落語《らくご》は江戸時代《えどじだい》から続《つづ》く日本《にほん》の伝統芸能《でんとうげいのう》です。扇子《せんす》や手《て》ぬぐいを使《つか》い身《み》ぶり手《て》ぶりでおもしろく話《はなし》を進《すす》めるので、子《こ》どもも楽《たの》しめるはずです。親子《おやこ》で参加《さんか》できる寄席《よせ》もあるので、ぜひ足《あし》を運《はこ》んでみるといいですよ。

落語

# 52

ゆかいって？

# じゅげむじゅげむ

ある夫婦《ふうふ》のあいだに、男《おとこ》の子《こ》が生《う》まれました。どんな名前《なまえ》にしようか迷《まよ》っていたので、お寺《てら》のおしょうさんに相談《そうだん》することにしました。

「長生《ながい》きして、ぜったい死《し》なない名前《なまえ》にしてください。」

「鶴《つる》は千年《せんねん》、亀《かめ》は万年《まんねん》というから、鶴太郎《つるたろう》、亀太郎《かめたろう》はどうでしょう。」

「千年《せんねん》じゃ、かわいそうだから亀太郎《かめたろう》はどうでしょうか。でも、亀《かめ》は頭《あたま》をつくとひっこめるから、男《おとこ》らしくないなあ。」

「では、お経《きょう》の言葉《ことば》で、寿限無《じゅげむ》というのはどうでしょう。寿《じゅ》というのは寿命《じゅみょう》。限《げ》無《む》というのは、限《かぎ》りないということです。」

「いいですね。ですが、ほかにも何《なに》かないでしょうか。」

「五劫《ごこう》のすりきれ、というのはどうでしょう。三千年《さんぜんねん》に一度《いちど》、空《そら》から天女《てんにょ》が降《お》りてきて、衣《ころも》のそでで岩《いわ》をなで、すりへってなくなるあいだが一劫《いっこう》。それが5回分《かいぶん》

# 長生《ながい》きする名前《なまえ》を
# つけてもらったら……

お母《かあ》さんがいたずらをした息子《むすこ》をしかろうとしますが、名《な》前《まえ》が長《なが》すぎて、言《い》い終《お》わる前《まえ》に逃《に》げられてしまいます。

となると、とても長《なが》い時間《じかん》ですよ。」

「あとは、海砂利水魚《かいじゃりすいぎょ》。海《うみ》の砂利《じゃり》、水《みず》に住《す》む魚《さかな》。つまり、とりきれないほど多《おお》いこと。水行末《すいぎょうまつ》、雲来末《うんらいまつ》、風来末《ふうらいまつ》。これは、水《みず》も雲《くも》も風《かぜ》も、どこまでも行《い》って果《は》てしないということです。」

「ほかには、食《く》う寝《ね》るところに住《す》むところ。人間《にんげん》にとって大切《たいせつ》なことです。やぶらこうじのぶらこうじ。これは、めでたいと言《い》われる木《き》です。パイポパイポ、パイポのシューリンガン、シューリンガンのグーリンダイ、グーリンダイのポンポコピーのポンポコナー。パイポという国《くに》のシューリンガンという王様《おうさま》とグーリンダイというお妃《きさき》のあいだに生《う》まれたポンポコピーとポンポコナーという子《こ》が長寿《ちょうじゅ》であったこと。また、長久《ちょうきゅう》、長命《ちょうめい》を合《あ》わせた長久命《ちょうきゅうめい》。長《なが》く助《たす》けるという長助《ちょうすけ》というのもありますよ。」

「どの名前《なまえ》にしますか？」

「全部《ぜんぶ》いただきます！」

名前《なまえ》のおかげで、男《おとこ》の子《こ》は元気《げんき》に育《そだ》ちました。

悪《わる》さをして、しかろうとすると、

「こら！　寿限無《じゅげむ》寿限無《じゅげむ》、五劫《ごこう》のすりきれ、海砂利水魚《かいじゃりすいぎょ》の水行末《すいぎょうまつ》、雲来末《うんらいまつ》、風来《ふうらい》末《まつ》、食《く》う寝《ね》るところに住《す》むところ、やぶらこうじのぶらこうじ、パイポパイポ、パイポのシューリンガン、シューリンガンのグーリンダイ、グーリンダイのポンポコピーのポンポコナーの長久命《ちょうきゅうめい》の長助《ちょうすけ》が……。」

あまりに名前《なまえ》が長《なが》いので、言《い》い終《お》わる前《まえ》に逃《に》げていってしまいます。

### 瀧靖之先生の賢い子を育てるコツ

### リズミカルに言葉《ことば》遊《あそ》びを楽《たの》しもう

息子《むすこ》のためにと思《おも》って縁起《えんぎ》のよい言葉《ことば》を並《なら》べたら、ものすごく長《なが》い名前《なまえ》になってしまいましたね。なかには大人《おとな》でも耳《みみ》慣《な》れていない難《むずか》しい言葉《ことば》もありますが、リズミカルに読《よ》んで言葉《ことば》遊《あそ》びを楽《たの》しみましょう。

世界の童話

53

こわいって？

# 赤《あか》ずきんちゃん

グリム

むかしむかし、あるところに、小《ちい》さくてかわいい女《おんな》の子《こ》がいました。いつも、おばあさんからもらった赤《あか》いずきんをかぶっているので「赤《あか》ずきんちゃん」と呼《よ》ばれていました。

ある日《ひ》、お母《かあ》さんが赤《あか》ずきんちゃんに言《い》いました。

「おばあさんが病気《びょうき》で寝《ね》ているの。ここにある、ぶどう酒《しゅ》とお菓子《かし》を持《も》って、お見舞《みま》いに行《い》ってちょうだい。とちゅうで道草《みちくさ》をしてはだめよ。」

「はい、お母《かあ》さん。行《い》ってきます。」

赤《あか》ずきんちゃんが森《もり》を歩《ある》いていると、おおかみが現《あらわ》れました。

「やあ、赤《あか》ずきんちゃん、どこに行《い》くんだい？」

「病気《びょうき》のおばあさんのお見舞《みま》いに行《い》くのよ。」

「それなら、この花《はな》をつんでいったらどうだい？」

# おばあさんのお見舞《みま》いに来《き》たら、そこにいたのは……

おばあさんのベッドで寝《ね》ていたのは、おばあさんのふりをしたおおかみだったのです。赤《あか》ずきんちゃんはどうなる？

「あら、すてきね。おばあさん、きっと喜《よろこ》ぶわ。」

赤《あか》ずきんちゃんが花《はな》をつんでいるうちに、おおかみは、おばあさんの家《いえ》へ先回《さきまわ》りしました。そして、赤《あか》ずきんちゃんの声《こえ》をまねて家《いえ》に入《はい》り、寝《ね》ていたおばあさんをひと飲《の》みにしてしまったのです。そして、おばあさんの服《ふく》を着《き》て、ずきんをかぶり、ベッドにもぐりました。そこへ、赤《あか》ずきんちゃんがやってきました。

「おばあさん、こんにちは。あら、今日《きょう》はずいぶん耳《みみ》が大《おお》きいのね。」

「おまえの声《こえ》をよく聞《き》くためだよ。」

「目《め》も、とっても大《おお》きいわ。」

「おまえの顔《かお》をよく見《み》るためだよ。」

「口《くち》だって、なんて、まっかで大《おお》きいの。」

「それは……、おまえを食《た》べるためさ！」

そう言《い》うと、おおかみはベッドを飛《と》び出《だ》して、赤《あか》ずきんちゃんを飲《の》みこんでしまいました。そして、満腹《まんぷく》になったおおかみはベッドにもどり、ぐうぐう、いびきをかいて寝《ね》てしまったのです。そこへ通《とお》りかかった猟師《りょうし》が、大《おお》きないびきを聞《き》きつけて家《いえ》の中《なか》に入《はい》ってきました。

「ややっ、おばあさんがいない。これは、おかしいぞ。」
猟師《りょうし》がおおかみのおなかを大《おお》きなはさみで切《き》り開《ひら》いてみると、赤《あか》ずきんちゃんが飛《と》び出《だ》し、続《つづ》いて、おばあさんも出《で》てきました。猟師《りょうし》がおおかみのおなかにたくさん石《いし》をつめこむと、おおかみはその重《おも》みでベッドから落《お》ちて死《し》んでしまいました。

おばあさんは、ぶどう酒《しゅ》とお菓子《かし》ですっかり元気《げんき》になり、赤《あか》ずきんちゃんは、もう道草《みちくさ》をしなくなりました。

瀧靖之先生の
賢い子を育てるコツ

### 終《お》わり方《かた》のちがいを比《くら》べてみよう

じつは『赤《あか》ずきんちゃん』には、この本《ほん》で紹介《しょうかい》するグリム版《ばん》のほかに、フランスで出版《しゅっぱん》されたペロー版《ばん》があります。ペロー版《ばん》は、おおかみに食《た》べられたところで終《お》わります。みなさんはどちらの結末《けつまつ》が好《す》きですか？

日本の昔話

# 54

## こわいって？

# のっぺらぼう

ある晩《ばん》、男《おとこ》は、暗《くら》い夜道《よみち》をひとりで歩《ある》いていました。だれも歩《ある》いていない、さびしい道《みち》でした。男《おとこ》の耳《みみ》に届《とど》くのは、自分《じぶん》の足音《あしおと》だけ。それなのに気《き》がつくと、男《おとこ》のすぐ目《め》の前《まえ》にだれかがいるではありませんか。男《おとこ》と同《おな》じ方角《ほうこう》に向《む》かって歩《ある》いています。いつの間《ま》に現《あらわ》れたのでしょう。男《おとこ》が近《ちか》づくと、それは、若《わか》い娘《むすめ》でした。

「こんな真夜中《まよなか》に、しかも、こんな暗《くら》い道《みち》で、女《おんな》のひとり歩《ある》きとは、いったいどうしたものだ……。」

男《おとこ》は、その娘《むすめ》に声《こえ》をかけようとしました。その娘《むすめ》の家《いえ》まで、いっしょについていってあげようとしたのです。

「あのう……。」

男《おとこ》の声《こえ》に、娘《むすめ》はふりむきました。

「なんでしょうか。」

# 夜《よ》道《みち》でこんな人《ひと》に会《あ》ったらびっくり！

男《おとこ》は暗《くら》い夜《よ》道《みち》でひとりの娘《むすめ》に会《あ》いました。その娘《むすめ》の顔《かお》には目《め》も鼻《はな》も口《くち》もなんにもなく、のっぺらぼうだったのです。

そういう娘《むすめ》の顔《かお》は、なんと、目《め》も鼻《はな》も口《くち》もなんにもない、つるっつるののっぺらぼうだったのです。

「ぎゃー。」

男《おとこ》は、大声《おおごえ》を出《だ》し、なんとかその場《ば》から逃《に》げました。しばらく行《い》くと、やっと、ひとつの明《あか》かりが目《め》に入《はい》りました。それは、屋台《やたい》のそば屋《や》で、そばという文《も》字《じ》が大《おお》きく染《そ》めぬかれたのれんがかかっています。

「ああ、助《たす》かった。」

男《おとこ》は、ほっとして、屋台《やたい》に近寄《ちかよ》りました。のれんごしに、そばをゆでるおやじさんの手《て》もとが見《み》えます。

「いやあ、今《いま》、おそろしいものを見《み》ちゃってね。どうなることかと、きもを冷《ひ》やしたよ。」★1

「そいつぁ、災難《さいなん》でしたねえ。で、そのおそろしいものとは、なんなんです。」

「のっぺらぼうだよ、おやじさん。見《み》たことあるかい。顔《かお》はあるけど、目《め》も口《くち》も、鼻《はな》も、なんにもないんだ。ああ、思《おも》い出《だ》しても、おそろしい。」

「ほう、そりゃ、ひょっとして、こんなんですかい。」

何《なに》をとぼけたことを言《い》っているのかと男《おとこ》は思《おも》い、のれんのはしをめくって、びっくり。おやじの顔《かお》は、これまたのっぺらぼうだったのです。

「ひ、ひゃーっ。」

声《こえ》にもならない声《こえ》を出《だ》し、男《おとこ》はその場《ば》で、気《き》を失《うしな》ってしまい、日《ひ》がのぼるまで起《お》きることはありませんでした。

★1 とてもびっくりすること

## 瀧靖之先生の 賢い子を育てるコツ

### どんな日本《にほん》の妖怪《ようかい》を知《し》っているかな？

のっぺらぼうは日本《にほん》の妖怪《ようかい》です。お化《ば》け屋敷《やしき》で見《み》かけるろくろ首《くび》やひとつ目小僧《めこぞう》、からかさ小僧《こぞう》、昔話《むかしばなし》に出《で》てくる鬼《おに》やかっぱなど、日本《にほん》にはたくさんの妖怪《ようかい》の伝説《でんせつ》がありますが、みなさんはどれくらい知《し》っていますか？

日本の名作

# 55

こわいって？

# 雪女《ゆきおんな》

小泉八雲《こいずみやくも》

武蔵《むさし》の国《くに》のある村《むら》に、茂作《もさく》と巳之吉《みのきち》というふたりのきこりがいました。茂作《もさく》はすでにおじいさんで、巳之吉《みのきち》は18才《さい》の若者《わかもの》でした。ある冬《ふゆ》の日《ひ》、ふたりが仕事《しごと》を終《お》えて帰《かえ》ろうとすると大《おお》ふぶきになってしまいました。村《むら》に帰《かえ》るためには大《おお》きな川《かわ》を船《ふね》でわたるのですが、船着《ふなつ》き場《ば》には、すでに船《ふね》がありません。そこで、ふたりは川《かわ》のそばにある小屋《こや》に避難《ひなん》することにしました。

戸《と》をきっちり閉《し》めて、みのをかぶり、横《よこ》になると、茂作《もさく》はすぐに寝息《ねいき》をたてはじめました。しかし巳之吉《みのきち》はごうごうと鳴《な》る川《かわ》や風《かぜ》の音《おと》が気《き》になって寝《ね》つけません。しばらくして、うとうとしていた巳之吉《みのきち》の顔《かお》に雪《ゆき》が降《ふ》りかかりました。見《み》ると、小屋《こや》の戸《と》が開《あ》いていています。雪明《ゆきあ》かりに、白《しろ》い着物《きもの》を着《き》た女《おんな》の姿《すがた》が浮《う》かびました。女《おんな》は寝《ね》ている茂作《もさく》の上《うえ》にかがみこんで、ふうっと白《しろ》い息《いき》を吹《ふ》きかけています。やがて巳之吉《みのきち》のほうにふりむくと、体《からだ》をかがめて顔《かお》をのぞきこんできまし

# 白《しろ》い着物《きもの》を着《き》た女《おんな》が いつの間《ま》にか小屋《こや》の中《なか》に

女《おんな》は小屋《こや》で寝《ね》ている茂作《もさく》に、ふうっと息《いき》を吹《ふ》きかけました。
すると、茂作《もさく》は氷《こおり》のようになって死《し》んでしまいました。

た。巳之吉《みのきち》はさけぼうとしましたが、声《こえ》が出《で》ません。女《おんな》は、巳之吉《みのきち》の顔《かお》をじっと見《み》つめると、ほほえみながらささやきました。

「あなたはまだ若《わか》くてすばらしい。だから見《み》のがしてあげましょう。でも、もし今夜見《こんやみ》たことをだれかに話《はな》したら、そのときはあなたを殺《ころ》しに行《い》きます。」

翌朝《よくあさ》、船《ふね》のわたし守《もり》が小屋《こや》にやってくると、氷《こおり》のようになって死《し》んでいる茂作《もさく》のそばで、気《き》を失《うしな》ってたおれている巳之吉《みのきち》を見《み》つけました。

それから1年《ねん》がたったころ、巳之吉《みのきち》はお雪《ゆき》と名乗《なの》る美《うつく》しい娘《むすめ》に出会《であ》いました。お雪《ゆき》と巳之吉《みのきち》は、すぐにおたがいのことを好《す》きになり、結婚《けっこん》しました。お雪《ゆき》が産《う》んだ十人《じゅうにん》の子《こ》どもたちは色白《いろじろ》で美形《びけい》ばかり。村《むら》の人《ひと》たちは、お雪《ゆき》が何年《なんねん》たっても年《とし》をとらず美《うつく》しいままだったので、不思議《ふしぎ》に思《おも》っていました。

ある晩《ばん》、子《こ》どもたちが眠《ねむ》ったあと、あんどんの光《ひかり》でぬいものをしているお雪《ゆき》を見《み》ながら巳之吉《みのきち》が言《い》いました。

「おまえの顔《かお》を見《み》ていると、わしが18のころに出会《であ》った不思議《ふしぎ》な女《おんな》のことを思《おも》い出《だ》すよ。色《いろ》の白《しろ》いきれいな人《ひと》で、おまえにそっくりだった。」

巳之吉《みのきち》は、あのふぶきの夜《よる》の、おそろしい出来事《できごと》をお雪《ゆき》に話《はな》しました。

「あの女《おんな》は人間《にんげん》ではなく雪女《ゆきおんな》だったのかもしれないな。」

その言葉《ことば》を聞《き》いて、お雪《ゆき》が急《きゅう》に立《た》ち上《あ》がりました。

「それは私《わたし》。私《わたし》です。子《こ》どもたちがいなければ、約束《やくそく》どおりあなたを殺《ころ》してしまうのに。もうお別《わか》れです。どうか子《こ》どもたちを幸《しあわ》せにしてください。」

そう言《い》って、お雪《ゆき》はきらきらと白《しろ》いかすみのようになって消《き》え、二度《にど》とその姿《すがた》を見《み》ることはありませんでした。

## 瀧靖之先生の賢い子を育てるコツ

### 雪女《ゆきおんな》の舞台《ぶたい》はなんと東京都青梅市《とうきょうとおうめし》だった？

原作者《げんさくしゃ》の小泉八雲《こいずみやくも》は、この『雪女《ゆきおんな》』は東京府西多摩郡《とうきょうふにしたまぐん》調布村《ちょうふむら》（現在《げんざい》の東京都青梅市《とうきょうとおうめし》）の伝説《でんせつ》だと記《しる》しています。青梅《おうめ》市《し》にある調布橋《ちょうふばし》のたもとには「雪《ゆき》おんな縁《ゆかり》の地《ち》」の碑《ひ》があります。実際《じっさい》に伝説《でんせつ》の舞台《ぶたい》を歩《ある》いてみると思《おも》わぬ発見《はっけん》があるかもしれませんよ。

世界の名作

# 56

こわいって？

# 吸血鬼《きゅうけつき》ドラキュラ

ストーカー

イギリス人弁護士《じんべんごし》のジョナサン・ハーカーは、トランシルヴァニアのけわしい山道《やまみち》を馬車《ばしゃ》にゆられながら、ある人物《じんぶつ》が住《す》む城《しろ》へと向《む》かっていました。ドラキュラと名乗《なの》る伯爵《はくしゃく》がロンドンに屋敷《やしき》を買《か》いたいというので、はるばる海《うみ》をこえてイギリスからルーマニアまでやってきたのです。

馬車《ばしゃ》は、暗《くら》い夜空《よぞら》にいっそう黒々《くろぐろ》とそびえる、荒《あ》れはてた古《ふる》いお城《しろ》に到着《とうちゃく》しました。出迎《でむか》えてくれたのは、ドラキュラ伯爵《はくしゃく》その人《ひと》でした。伯爵《はくしゃく》の顔色《かおいろ》はへんに青白《あおじろ》く、まっかな口《くち》もとには、きばのようにとがった歯《は》が見《み》えていました。

「ようこそ、ハーカーさん。ゆっくり休《やす》んでください。」

伯爵《はくしゃく》が起《お》きているのは決《き》まって夜《よる》で、昼間《ひるま》にはどこかへ出《で》かけているようでした。伯爵《はくしゃく》とジョナサンは、朝《あさ》になるまで毎晩《まいばん》いろいろな話《はなし》をしました。

ある日《ひ》、ジョナサンが自分《じぶん》の部屋《へや》で鏡《かがみ》に向《む》かってひげをそっていると、いつの

# 古《ふる》いお城《しろ》にひとりで住《す》む ドラキュラ伯爵《はくしゃく》とは何者《なにもの》？

ルーマニアの古《ふる》いお城《しろ》でジョナサンを出迎《でむか》えたのは、青白《あおじろ》い顔《かお》をした不気味《ぶきみ》な感《かん》じのドラキュラ伯爵《はくしゃく》でした。

間《ま》にか部屋《へや》の中《なか》に伯爵《はくしゃく》が立《た》っていました。しかし鏡《かがみ》の中《なか》には伯爵《はくしゃく》の姿《すがた》が映《うつ》っていません。おやっと思《おも》ったひょうしに、ジョナサンはかみそりで自分《じぶん》のほおを傷《きず》つけてしまいました。ほおに血《ち》がにじむのを見《み》た伯爵《はくしゃく》は、急《きゅう》に目《め》をらんらんと光《ひか》らせて、ジョナサンののどにつかみかかります。しかし、ジョナサンが首《くび》からかけていた十字架《じゅうじか》のお守《まも》りにふれたとたん、伯爵《はくしゃく》はさっと身《み》をひきました。

伯爵《はくしゃく》もこの場所《ばしょ》も、何《なに》かがおかしい、とジョナサンはこわくなりました。城《しろ》のあちこちを調《しら》べてみると、外《そと》に通《つう》じるとびらにはすべてかぎがかかっています。どうやら、ジョナサンはこの城《しろ》に閉《と》じこめられてしまったようです。

ある日《ひ》、ジョナサンはかぎを探《さが》すため、伯爵《はくしゃく》の部屋《へや》にしのびこみました。部屋《へや》のすみには重《おも》いとびらがあり、地下《ちか》へと通《つう》じていました。暗《くら》いトンネルのようなろうかを抜《ぬ》けると、城《しろ》の納骨所《のうこつじょ》にたどり着《つ》きました。そこには大《おお》きな木《き》の箱《はこ》があり、中《なか》でドラキュラ伯爵《はくしゃく》が死人《しにん》のように横《よこ》たわっています。

伯爵《はくしゃく》は、人間《にんげん》ではないおそろしい化《ば》け物《もの》——吸血鬼《きゅうけつき》にちがいない。ここにいては自分《じぶん》の命《いのち》が危《あぶ》ない。それどころか、彼《かれ》がロンドンに来《き》たら、たちまち多《おお》くの人々《ひとびと》がぎせいになってしまうだろう。ジョナサンは必死《ひっし》で、近《ちか》くにあったシャベルを手《て》に取《と》り、力《ちから》の限《かぎ》り伯爵《はくしゃく》の顔面《がんめん》にふりおろしました。夢中《むちゅう》で木箱《きばこ》にふたをして、最後《さいご》にジョナサンが見《み》たものは、血《ち》にまみれながらニタリと笑《わら》うドラキュラ伯爵《はくしゃく》の地獄《じごく》のような笑顔《えがお》でした。

命《いのち》からがら城《しろ》から脱出《だっしゅつ》したジョナサンが婚約者《こんやくしゃ》のミナと再会《さいかい》できたのはそれから数《すう》か月後《げつご》のことです。ジョナサンはすっかりやつれて、記憶《きおく》を失《うしな》っていました。はたしてドラキュラ城《じょう》でのおそろしい出来事《できごと》は、夢《ゆめ》だったのでしょうか。

瀧靖之先生の
賢い子を育てるコツ

## もしも吸血鬼《きゅうけつき》に会《あ》ったらどうする？

人間《にんげん》の血《ち》を吸《す》う吸血鬼《きゅうけつき》は、世界《せかい》のさまざまな場所《ばしょ》に伝説《でんせつ》があります。彼《かれ》らの苦手《にがて》なものとして伝《つた》えられているのは、日光《にっこう》、十字架《じゅうじか》、銀《ぎん》でできた弾丸《だんがん》、にんにくなどです。これらのほかにはどんなものがあるか、調《しら》べてみるとおもしろいですよ。

世界の名作

# 57

こわいって？

# フランケンシュタインの怪物《かいぶつ》

シェリー

命《いのち》はいったいどこから来《く》るのでしょう。若《わか》き科学者《かがくしゃ》フランケンシュタインは、その秘密《ひみつ》をときあかすことに成功《せいこう》し、自分《じぶん》の手《て》で命《いのち》をつくり出《だ》そうとしました。しかし、死体《したい》をつなぎあわせてつくられた怪物《かいぶつ》の、どんよりと黄色《きいろ》い目《め》が開《ひら》いたとき、彼《かれ》が感《かん》じたのは喜《よろこ》びではなく恐怖《きょうふ》でした。彼《かれ》は自分《じぶん》が生《う》み出《だ》した怪物《かいぶつ》のあまりのおぞましさに実験室《じっけんしつ》を逃《に》げ出《だ》し、そのまま病気《びょうき》になってしまいました。

月日《つきひ》がたち、ようやく元気《げんき》を取《と》りもどしたころ、悲《かな》しい手紙《てがみ》が届《とど》きました。弟《おとうと》のウィリアムが何者《なにもの》かに殺《ころ》されたというのです。悲《かな》しみにくれ、弟《おとうと》が死《し》んだ場所《ばしょ》を訪《おとず》れた彼《かれ》が出会《であ》ったのは、なんと実験室《じっけんしつ》に置《お》き去《ざ》りにしたあの怪物《かいぶつ》でした。フランケンシュタインは、怪物《かいぶつ》が弟《おとうと》を殺《ころ》したのだと直感《ちょっかん》しました。そしてその心《こころ》に、激《はげ》しい怒《いか》りと憎《にく》しみがわいてきました。

「この悪魔《あくま》め！」

# 死体《したい》をつなぎあわせて
# 生《う》まれたのは……

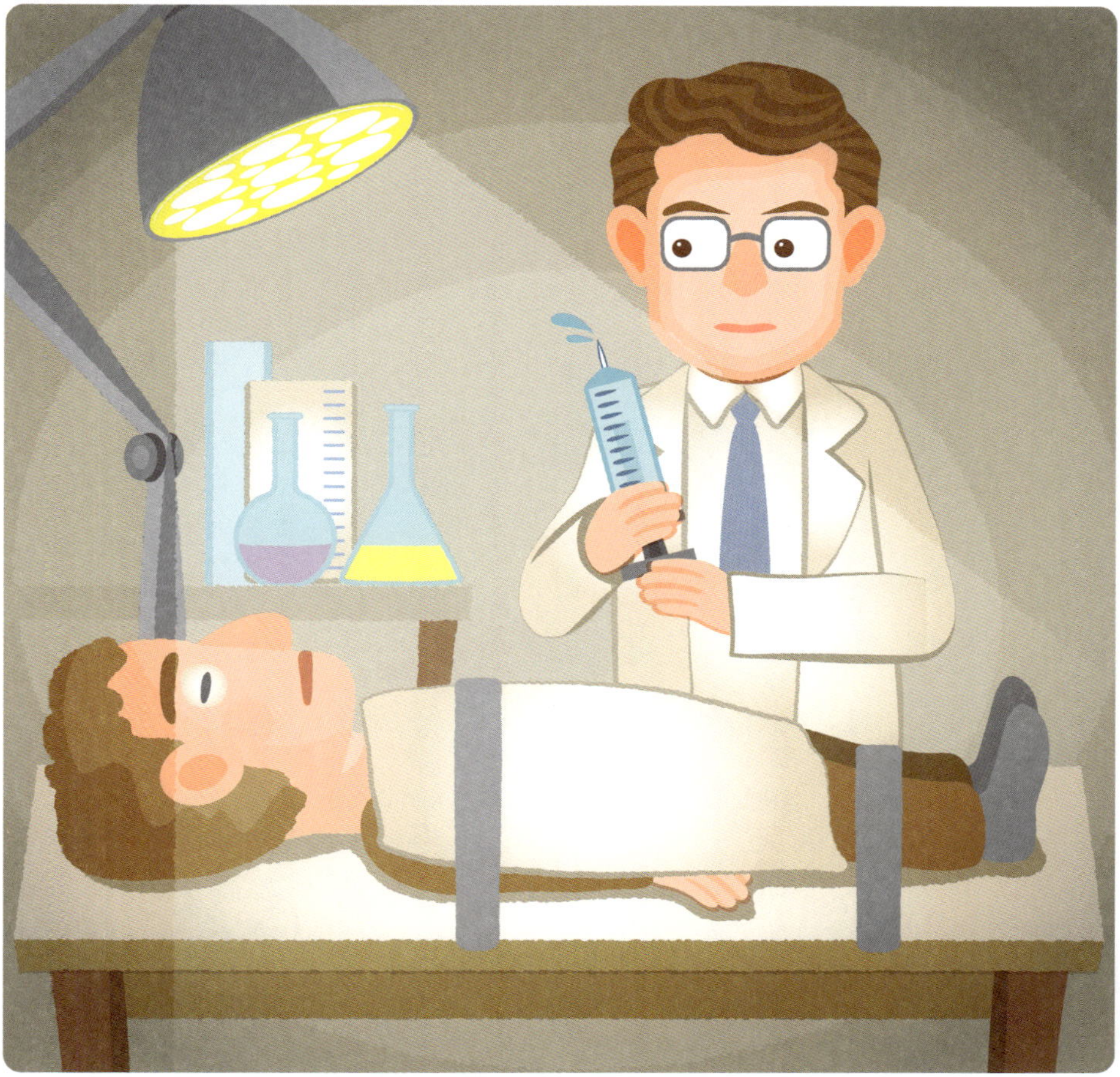

科学者《かがくしゃ》のフランケンシュタインがつくり出《だ》したのは、みにくい姿《すがた》の怪物《かいぶつ》でした。怪物《かいぶつ》はその後《ご》どうなるのでしょうか？

フランケンシュタインはさけびました。すると、怪物《かいぶつ》は、

「おれをつくったあんたも、おれをきらうのか？」

と言《い》い、命《いのち》を受《う》けてから今《いま》まで、自分《じぶん》がどんな目《め》にあってきたかをこんこんと語《かた》り出《だ》しました。何《なに》もかもわからないまま放《ほう》り出《だ》された怪物《かいぶつ》は、森《もり》をさまよい歩《ある》き、小屋《こや》を見《み》つけて住《す》み着《つ》きました。ひとりぼっちの怪物《かいぶつ》は、人間《にんげん》の家族《かぞく》にあこがれ、近《ちか》づきたいと思《おも》いました。しかし人間《にんげん》は、怪物《かいぶつ》の姿《すがた》を見《み》るなり、逃《に》げ出《だ》したり、ひどい攻撃《こうげき》をしかけてくるのです。ある日《ひ》、怪物《かいぶつ》は川《かわ》でおぼれている女《おんな》の子《こ》を助《たす》けました。ところが、その場《ば》にかけよってきた男《おとこ》は、怪物《かいぶつ》を見《み》るなり銃《じゅう》でうちました。怪物《かいぶつ》は、深《ふか》く傷《きず》つき、「こんなみじめな自分《じぶん》をつくった人間《にんげん》に復《ふく》しゅうをしよう。」と考《かんが》えるまでになりました。

怪物《かいぶつ》は、復《ふく》しゅうのためにフランケンシュタインの弟《おとうと》を殺《ころ》したのです。

「自分《じぶん》と同《おな》じ仲間《なかま》をつくってくれ。そうすれば、おれは悪《わる》い心《こころ》を消《け》して、人《ひと》のいない土地《とち》で静《しず》かに暮《く》らしていくから。」

と、怪物《かいぶつ》はフランケンシュタインにたのみました。

フランケンシュタインは、怪物《かいぶつ》をあわれに思《おも》い、別《べつ》の生《い》きものをつくることに

しました。しかし、実験《じっけん》を進《すす》めるうち、「怪物《かいぶつ》が約束《やくそく》を守《まも》るとは限《かぎ》らない。そして新《あたら》しい生《い》きものがどんな悪《わる》い心《こころ》を持《も》つかもわからない。」と考《かんが》えるようになりました。フランケンシュタインは、あと少《すこ》しで完成《かんせい》というところで、つくりかけのそれをずたずたにこわしてしまったのです。実験室《じっけんしつ》の窓《まど》の外《そと》では、怪物《かいぶつ》が中《なか》をのぞいていました。そして、仲間《なかま》に命《いのち》があたえられずにこわされてしまったのを見《み》ると、絶望《ぜつぼう》に満《み》ちた悪魔《あくま》のようなさけび声《ごえ》をあげて去《さ》っていきました。

## 瀧靖之先生の
## 賢い子を育てるコツ

### 怪物《かいぶつ》に似合《にあ》う名前《なまえ》を考《かんが》えてみよう

「フランケンシュタイン」は怪物《かいぶつ》の名前《なまえ》と思《おも》われがちですが、19世紀《せいき》に書《か》かれた原作《げんさく》『フランケンシュタイン、あるいは現代《げんだい》のプロメテウス』では怪物《かいぶつ》をつくった科学者《かがくしゃ》の名前《なまえ》なのです。この怪物《かいぶつ》にはどんな名前《なまえ》が似合《にあ》うと思《おも》いますか？

日本の名作

# 58

こわいって？

## 耳《みみ》なし芳一《ほういち》

小泉八雲《こいずみやくも》

むかし、ある寺《てら》に芳一《ほういち》という名《な》の目《め》の見《み》えない琵琶法師《びわほうし》[★1]がいました。芳一《ほういち》は琵琶《びわ》がとてもうまく、平家《へいけ》のめつぼうをえがいた『平家物語《へいけものがたり》』の弾《ひ》き語《がた》りが得意《とくい》でした。とくに壇ノ浦《だんのうら》の戦《たたか》いの場面《ばめん》は、「鬼《おに》も涙《なみだ》を流《なが》す」と評判《ひょうばん》でした。

ある夏《なつ》の夜《よる》。寺《てら》でひとり、留守番《るすばん》をすることになった芳一《ほういち》が縁側《えんがわ》で琵琶《びわ》の練習《れんしゅう》をしていると、どこからか彼《かれ》を呼《よ》ぶ声《こえ》がします。目《め》が見《み》えない芳一《ほういち》には、相手《あいて》の姿《すがた》はわかりません。声《こえ》の主《ぬし》は言《い》いました。

「さる高貴《こうき》な身分《みぶん》の方《かた》がおまえの琵琶《びわ》を聴《き》きたいとおおせだ。ついてまいれ。」

声《こえ》の主《ぬし》に連《つ》れられて行《い》くと、大《おお》きな門《もん》のある屋敷《やしき》に着《つ》きました。広間《ひろま》にはおおぜいの人《ひと》がいるようです。女官《にょかん》らしき老女《ろうじょ》が「壇ノ浦《だんのうら》の戦《たたか》いを聞《き》かせてほしい。」と芳一《ほういち》にたのみました。芳一《ほういち》が、琵琶《びわ》を弾《ひ》き、その悲《かな》しいものがたりを語《かた》り出《だ》すと、あちこちからおいおいと泣《な》く声《こえ》が聞《き》こえてきました。

# 芳一《ほういち》は夜中《よなか》に出《で》かけ
# 弾《ひ》き語《がた》りをしていました

目《め》が見《み》えない芳一《ほういち》は亡霊《ぼうれい》にお墓《はか》へ連《つ》れていかれていたのでした。そして鬼火《おにび》に囲《かこ》まれながら琵琶《びわ》を弾《ひ》いていました。

あくる日《ひ》、芳一《ほういち》が夜中《よなか》に出《で》かけていることに気《き》づいた寺《てら》の住職《じゅうしょく》は、いったい何《なに》をしていたのかと聞《き》きました。しかし、屋敷《やしき》での出来事《できごと》をだれにも話《はな》してはいけないと言《い》われていた芳一《ほういち》は、じっとだまっています。これはおかしい、と心配《しんぱい》した住職《じゅうしょく》は、★2寺男《てらおとこ》に、夜中《よなか》にこっそりと芳一《ほういち》のあとをつけるように命《めい》じました。

そしてその夜《よる》、寺男《てらおとこ》が見《み》たものはなんと、お墓《はか》の前《まえ》でたくさんの鬼火《おにび》に囲《かこ》まれながら、激《はげ》しく琵琶《びわ》をかき鳴《な》らしている芳一《ほういち》の姿《すがた》でした。

芳一《ほういち》は平家《へいけ》の亡霊《ぼうれい》にとりつかれている。このままでは、命《いのち》まで取《と》られてしまうにちがいない。そう考《かんが》えた住職《じゅうしょく》は、芳一《ほういち》の体《からだ》じゅうにありがたいお経《きょう》を書《か》きこみました。これで亡霊《ぼうれい》も芳一《ほういち》に手出《てだ》しをすることができなくなるはず。

夜《よる》になり、亡霊《ぼうれい》が芳一《ほういち》を迎《むか》えに来《き》ました。しかし、お経《きょう》に守《まも》られている芳一《ほういち》の姿《すがた》は亡霊《ぼうれい》には見《み》えません。亡霊《ぼうれい》はいらいらして芳一《ほういち》の名前《なまえ》を呼《よ》んでいます。

芳一《ほういち》は、今《いま》まで相手《あいて》をしていたものが亡霊《ぼうれい》だとわかるとおそろしくなりました。息《いき》をひそめてじっとしていると、亡霊《ぼうれい》は芳一《ほういち》のすぐそばまでやってきました。

「おや、芳一《ほういち》の姿《すがた》がないが、ここに耳《みみ》がふたつある。これを持《も》っていこう。」

なんと、住職《じゅうしょく》が耳《みみ》にだけお経《きょう》を書《か》き忘《わす》れていたのです。亡霊《ぼうれい》は芳一《ほういち》の耳《みみ》をひきちぎり、去《さ》っていきました。芳一《ほういち》はあまりの痛《いた》さにさけび出《だ》しそうになりましたが、夜《よる》が明《あ》けるまでじっとがまんしていました。

朝《あさ》になり、住職《じゅうしょく》は血《ち》まみれの芳一《ほういち》を見《み》つけました。もうしわけないことをした、と悲《かな》しんだ住職《じゅうしょく》は、腕《うで》のいい医者《いしゃ》を呼《よ》んで芳一《ほういち》の手当《てあ》てをしました。傷《きず》がすっかり治《なお》った芳一《ほういち》は、それから亡霊《ぼうれい》に会《あ》うこともなく、いつしか「耳《みみ》なし芳一《ほういち》」と呼《よ》ばれ、琵琶《びわ》の名人《めいじん》として多《おお》くの人《ひと》に知《し》られることになりました。

★1 琵琶《びわ》を弾《ひ》いてものがたりを語《かた》って聞《き》かせた、おぼうさん

★2 寺《てら》で雑用《ざつよう》をする男《おとこ》の人《ひと》

瀧靖之先生の
賢い子を育てるコツ

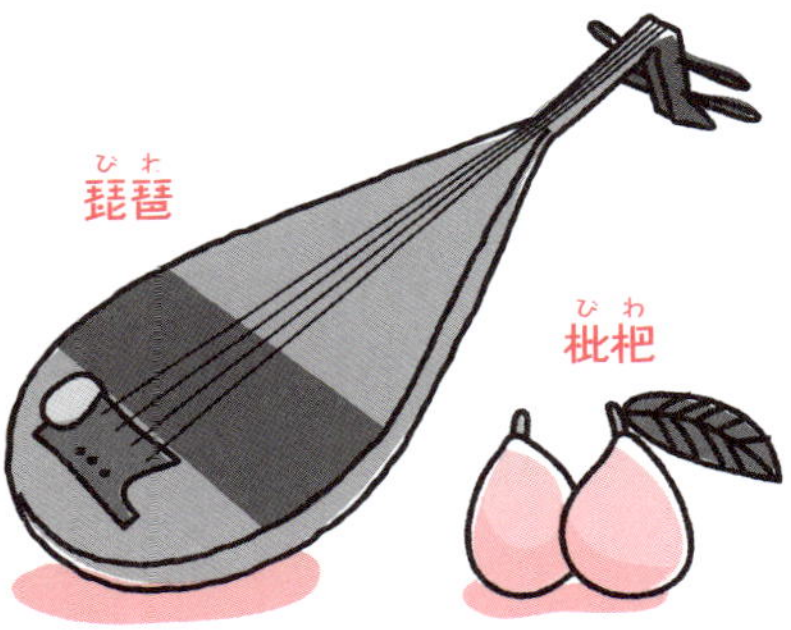


## 琵琶《びわ》っていったい どんな楽器《がっき》なの？

琵琶《びっ》は、卵《たまご》を半分《はんぶん》に割《わ》ったような形《かたち》の弦楽器《げんがっき》で、くだものの枇杷《びわ》は形《かたち》が琵琶《びわ》に似《に》ていることから名《な》づけられました。琵琶《びわ》にはさまざまな流派《りゅうは》があり、現在《げんざい》も演奏会《えんそうかい》などが開《ひら》かれていますので、機会《きかい》があったらその音色《ねいろ》を聴《き》きに行《い》ってみてはいかがでしょうか。

日本の名作

# 59

こわいって？

# 赤《あか》いろうそくと人魚《にんぎょ》

小《お》川《がわ》未《み》明《めい》

北《きた》のさびしい海《うみ》に、人魚《にんぎょ》のお母《かあ》さんがいました。

人魚《にんぎょ》のお母《かあ》さんは、やさしい人間《にんげん》に自分《じぶん》の娘《むすめ》を育《そだ》ててもらいたいと考《かんが》えて、海《うみ》辺《べ》の町《まち》にあるお宮《みや》の石段《いしだん》の下《した》に、人魚《にんぎょ》の赤《あか》ちゃんを置《お》いていきました。

お宮《みや》の近《ちか》くには、ろうそく屋《や》があり、おじいさんとおばあさんが住《す》んでいました。ある夜《よる》、おばあさんが、お宮《みや》にお参《まい》りに行《い》くと、帰《かえ》り道《みち》で捨《す》て子《ご》の赤《あか》ちゃんを見《み》つけました。かわいそうに思《おも》い家《いえ》へ連《つ》れて帰《かえ》ると、おどろいたことに、赤《あか》ちゃんは、腰《こし》から下《した》が人間《にんげん》ではなく魚《さかな》のようでした。

「きっと神様《かみさま》が授《さず》けてくださったのだろう。大事《だいじ》に育《そだ》てよう。」

ふたりは、人魚《にんぎょ》の赤《あか》ちゃんを自分《じぶん》たちの娘《むすめ》として大切《たいせつ》に育《そだ》てました。

やがて娘《むすめ》は、黒目《くろめ》の大《おお》きなとてもかわいい、やさしい女《おんな》の子《こ》に成長《せいちょう》しました。

娘《むすめ》はおじいさんの仕事《しごと》を手伝《てつだ》い、ろうそくに赤《あか》い絵《え》の具《ぐ》で絵《え》をかきました。する

# 娘《むすめ》はろうそくに赤《あか》い<br>絵《え》の具《ぐ》で絵《え》をかきました

人魚《にんぎょ》の娘《むすめ》が赤《あか》い絵《え》の具《ぐ》で絵《え》をかいたろうそくをお宮《みや》に供《そな》えると船《ふね》がしずまないと評判《ひょうばん》になり、とてもよく売《う》れました。

と、それがとてもよく売《う》れました。娘《むすめ》が絵《え》をかいたろうそくをお宮《みや》に供《そな》えると、どんなに荒《あ》れた海《うみ》でも船《ふね》がしずまないというのです。その評判《ひょうばん》を聞《き》きつけて、遠《とお》くからもおおぜいの人《ひと》たちがろうそくを買《か》いに来《く》るようになりました。

あるとき、南《みなみ》の国《くに》から、〝やし〟の男《おとこ》が町《まち》へやってきました。やしとは、めずらしいものを見《み》せものにしてお金《かね》をかせぐ人《ひと》のことです。ろうそく屋《や》の娘《むすめ》が人魚《にんぎょ》であることをどこからか知《し》り、おじいさんとおばあさんに「人魚《にんぎょ》の娘《むすめ》を売《う》ってくれ。」とたのみに来《き》ました。

しかしおじいさんは、なかなかうんと言《い》いません。やしは、

「人魚《にんぎょ》は不吉《ふきつ》なものだ。今《いま》のうちに手放《てばな》さないと悪《わる》いことが起《お》きるぞ。」

と吹《ふ》きこみました。おじいさんとおばあさんは、しだいにやしの言葉《ことば》を信《しん》じるようになり、娘《むすめ》を売《う》れば大金《たいきん》が手《て》に入《はい》ると考《かんが》えるようになりました。

これを知《し》った娘《むすめ》は、泣《な》いていやがりました。しかし、鬼《おに》のような心持《こころも》ちになってしまったおじいさんとおばあさんは、もう娘《むすめ》の言《い》うことを聞《き》きません。やしが、鉄《てつ》のおりを車《くるま》にのせてやってきました。娘《むすめ》は、無理《むり》やり連《つ》れ出《だ》されるさなか、手《て》に持《も》っていたろうそくをみんな赤《あか》くぬってしまいました。

その夜《よる》、おそくにろうそく屋《や》の戸《と》をたたく音《おと》がしました。そこにはずぶぬれの長《なが》い髪《かみ》の女《おんな》が立《た》っていて、娘《むすめ》が残《のこ》した赤《あか》いろうそくを買《か》っていきました。女《おんな》が去《さ》ったあと、急《きゅう》に大嵐《おおあらし》が起《お》こり、海《うみ》ではたくさんの船《ふね》が難破《なんぱ》しました。

それから、不吉《ふきつ》な赤《あか》いろうそくがお宮《みや》にともる日《ひ》には、決《き》まって嵐《あらし》になりました。ろうそく屋《や》がつぶれてからも、不思議《ふしぎ》なことに、お宮《みや》には毎晩《まいばん》、赤《あか》いろうそくがともります。

そうして、何年《なんねん》もたたないうちに、町《まち》はほろびてなくなってしまいました。

瀧靖之先生の
賢い子を育てるコツ

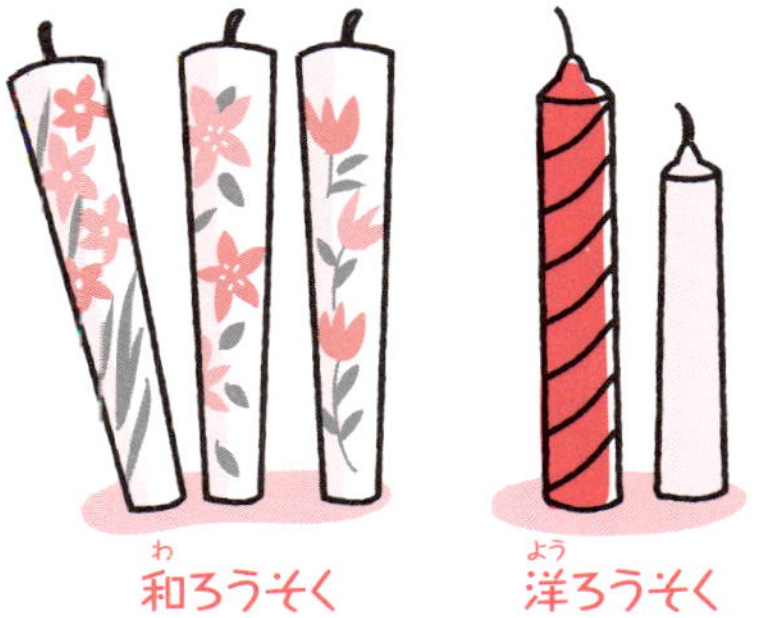


## 和《わ》ろうそくと洋《よう》ろうそく ちがいはなんだろう？

ろうそくには、和《わ》ろうそくと洋《よう》ろうそくがあります。洋《よう》ろうそくはパラフィンがおもな原料《げんりょう》ですが、和《わ》ろうそくは、はぜの実《み》からとった木《もく》ろうと和紙《わし》の芯《しん》でできています。豪雪地帯《ごうせつちたい》では、冬場《ふゆば》、花《はな》の絵《え》つきの和《わ》ろうそくが仏花《ぶっか》のかわりに使《つか》われていました。

世界の昔話

60

こわいって？

# ジャック・オー・ランタン

そのむかし、アイルランドにジャックという男《おとこ》がいました。ジャックは人《ひと》をだましたり、いたずらが大好《だいす》きで、よくみんなを困《こま》らせていました。

そんなある日《ひ》、ジャックが酒場《さかば》で酔《よ》っぱらっていると悪魔《あくま》がやってきて、「おまえのたましいをくれ。」と言《い》いました。

すると、ジャックはこう言《い》いました。

「たましいをやる前《まえ》に、酒《さけ》を1杯飲《ぱいの》ませてくれ。」

悪魔《あくま》がお酒《さけ》をおごってあげようとコインに変身《へんしん》した瞬間《しゅんかん》、ジャックはすかさずそのコインを財布《さいふ》に入《い》れて閉《と》じこめてしまいました。

「出《だ》してくれ～！」と言《い》う悪魔《あくま》に、ジャックはこう言《い》いました。

「10年間《ねんかん》、ぼくのたましいをとらないと約束《やくそく》してくれるなら、出《だ》してやるよ。」

悪魔《あくま》は約束《やくそく》して、財布《さいふ》から出《だ》してもらいました。

# 天国《てんごく》にも地獄《じごく》にも行《い》けない ジャックは幽霊《ゆうれい》になりました

生《い》きているときにたくさんの悪《わる》いことをしたジャックは天国《てんごく》にも地獄《じごく》にも行《い》けず、幽霊《ゆうれい》としてさまよっています。

それから10年後《ねんご》。悪魔《あくま》は再《ふたた》びジャックの前《まえ》に現《あらわ》れました。

ジャックはまた悪知恵《わるぢえ》を働《はたら》かせました。

「たましいをやる前《まえ》に、この木《き》になっているりんごをとってきて食《た》べさせてくれ。」

悪魔《あくま》はりんごの木《き》にのぼってりんごを取《と》ろうとすると、木《き》に刻《きざ》まれた十字架《じゅうじか》に気《き》がつきました。

「助《たす》けて〜！　木《き》からおろしてくれ！」

ジャックは悪魔《あくま》が十字架《じゅうじか》をきらいなことを知《し》っていて、こっそりりんごの木《き》に刻《きざ》んでいたのでした。そして、二度《にど》と自分《じぶん》のたましいをとらないことを約束《やくそく》させて悪魔《あくま》を木《き》からおろしました。

月日《つきひ》が流《なが》れ、ジャックは年《とし》をとって死《し》んでしまいました。

ジャックは天国《てんごく》に行《い》こうとしましたが、生《い》きていたときに悪《わる》いことばかりしてきたため、神様《かみさま》に天国《てんごく》に入《い》れてもらえません。

そこでしかたなく地獄《じごく》へ向《む》かいましたが、悪魔《あくま》は言《い》いました。

「おまえのたましいはとらないと約束《やくそく》したから、地獄《じごく》に入《い》れることはできないよ。」

ジャックは暗《くら》やみの世界《せかい》で、天国《てんごく》と地獄《じごく》のあいだをさまようことになりました。真《ま》っ暗《くら》やみでは歩《ある》きまわることができないため、困《こま》ったジャックは悪魔《あくま》に地《じ》獄《ごく》の炎《ほのお》をもらいました。

そして、その炎《ほのお》を大好《だいす》きなかぶの中《なか》に入《い》れてランタン★1をつくり、さまよったということです。このお話《はなし》がアメリカに伝《つた》わると、ランタンのかぶがアメリカでなじみのあるかぼちゃにとってかわってハロウィンのシンボルになりました。

★1 ちょうちん

## 瀧靖之先生の 賢い子を育てるコツ

### ハロウィンで 仮装《かそう》するとき お話《はなし》のことを思《おも》い出《だ》そう

日本《にほん》でも、今《いま》やハロウィンは子《こ》どもが魔女《まじょ》やお化《ば》けに仮《か》装《そう》してお菓子《かし》をもらいに行《い》く行事《ぎょうじ》としておなじみです。仮《か》装《そう》するとき、悪《わる》いことをしたら結局《けっきょく》は自分《じぶん》の身《み》にはね返《かえ》ってくるというこのお話《はなし》を思《おも》い出《だ》してみましょう。

世界の童話

61

愛《あい》って？

# シンデレラ

グリム

シンデレラのお母《かあ》さんが亡《な》くなると、お父《とう》さんは新《あたら》しいお母《かあ》さんとそのふたりの娘《むすめ》を迎《むか》えました。まま母《はは》と姉《あね》たちはたいそう意地悪《いじわる》でした。シンデレラにぼろの服《ふく》を着《き》せ、召《め》し使《つか》いのようにこき使《つか》いました。

あるとき、お城《しろ》で舞踏会《ぶとうかい》が開《ひら》かれることになりました。国《くに》じゅうの娘《むすめ》を招《まね》いて、そのなかから王子様《おうじさま》の結婚相手《けっこんあいて》を選《えら》ぶというのです。ふたりの姉《ねえ》さんたちは大喜《おおよろこ》びで、シンデレラに言《い》いつけてはドレスをぬわせたり、髪《かみ》を結《ゆ》わせたり、毎《まい》日鏡《にちかがみ》とにらめっこをしていました。

いよいよ、舞踏会《ぶとうかい》の当日《とうじつ》、姉《ねえ》さんたちが出《で》かけてしまうと、シンデレラはひとりで泣《な》いていました。

「私《わたし》も、お城《しろ》に行《い》きたいわ。」

すると、魔法使《まほうつか》いのおばあさんが現《あらわ》れて言《い》いました。

# 魔《ま》法《ほう》使《つか》いのつえで
# すてきなドレス姿《すがた》に変身《へんしん》！

魔法使《まほうつか》いがつえをふると、シンデレラのみすぼらしい服《ふく》が美《うつく》しいドレスに、よごれた靴《くつ》がガラスの靴《くつ》に変《か》わりました。

「畑《はたけ》からかぼちゃと、はつかねずみと、とかげをとっておいで。」

シンデレラが言《い》うとおりにすると、おばあさんは次々《つぎつぎ》とつえをふりました。すると、かぼちゃが馬車《ばしゃ》に、６匹《ぴき》のはつかねずみは６頭《とう》の白馬《はくば》に、とかげは★1御者《ぎょしゃ》と家来《けらい》に変《か》わっていったのです。そして、シンデレラのみすぼらしい服《ふく》を美《うつく》しいドレスに、よごれた靴《くつ》をすきとおったガラスの靴《くつ》に変《か》えました。

「なんてすてきなの！　おばあさん、ありがとう！」

「いいのよ、シンデレラ。でもね、12時前《じまえ》には必《かなら》ず帰《かえ》ってくるんだよ。そうしないと魔法《まほう》がとけてしまうからね。」

馬車《ばしゃ》にゆられて、シンデレラがお城《しろ》に着《つ》きました。大広間《おおひろま》に入《はい》っていくと、シンデレラのあまりの美《うつく》しさに、あたりがしーんと静《しず》まり返《かえ》りました。

「ぼくとおどってくださいませんか。」

王子様《おうじさま》に誘《さそ》われて、シンデレラは時《とき》のたつのを忘《わす》れておどりつづけました。そのとき、12時《じ》を告《つ》げる鐘《かね》が鳴《な》りはじめました。シンデレラは王子様《おうじさま》が止《と》めるのも聞《き》かず、逃《に》げ帰《かえ》りました。お城《しろ》の階段《かいだん》にはガラスの靴《くつ》が片方《かたほう》だけ落《お》ちていました。

王子様《おうじさま》はシンデレラのことが忘《わす》れられず、ガラスの靴《くつ》がぴたりと合《あ》う娘《むすめ》を探《さが》すことにしました。

シンデレラの家《いえ》にも、ガラスの靴《くつ》を持《も》った家来《けらい》がやってきました。ふたりの姉《ねえ》さんたちは、どんなにがんばってもはくことができません。でも、シンデレラの足《あし》にはぴたりと合《あ》ったのです。

シンデレラはお城《しろ》に迎《むか》えられ、王子様《おうじさま》と結婚《けっこん》して幸《しあわ》せに暮《く》らしました。

★1 馬車《ばしゃ》を走《はし》らせる人《ひと》

**瀧靖之先生の 賢い子を育てるコツ**

## シンデレラの別名《べつめい》を知《し》ってる？

シンデレラは別名《べつめい》「灰《はい》かぶり姫《ひめ》」。これはシンデレラがひどい扱《あつか》いを受《う》けていて頭《あたま》にいつもかまどの灰《はい》がついていたからです。シンデレラのようにびっくりするような幸《しあわ》せをつかむことをシンデレラストーリー、またその女性《じょせい》をシンデレラガールと言《い》います。

世界の童話

# 62

## 愛《あい》って？

# 白雪姫《しらゆきひめ》

グリム

むかしむかし、ある国《くに》のお妃《きさき》が、雪《ゆき》のように色《いろ》が白《しろ》く、血《ち》のようにくちびるの赤《あか》い女《おんな》の子《こ》を生《う》みました。お妃《きさき》は亡《な》くなってしまいましたが、女《おんな》の子《こ》は「白雪姫《しらゆきひめ》」と呼《よ》ばれてかわいがられました。

やがて、新《あたら》しいお妃《きさき》がやってきました。このお妃《きさき》の持《も》つ魔法《まほう》の鏡《かがみ》は、

「鏡《かがみ》よ、鏡《かがみ》。世界《せかい》でいちばん美《うつく》しいのはだあれ？」

と呼《よ》びかけると、

「お妃様《きさきさま》。それは、お妃様《きさきさま》でございます。」

と答《こた》えるのです。しかし、ある日《ひ》、鏡《かがみ》はこう答《こた》えました。

「お妃様《きさきさま》もお美《うつく》しいですが、白雪姫様《しらゆきひめさま》のほうがもっともっと美《うつく》しい。」

これを聞《き》いたお妃《きさき》は大変《たいへん》怒《おこ》って狩人《かりゅうど》を呼《よ》びつけ、白雪姫《しらゆきひめ》を殺《ころ》すように命令《めいれい》しました。しかし、狩人《かりゅうど》は白雪姫《しらゆきひめ》をかわいそうに思《おも》い、森《もり》に逃《に》がしてやりました。森《もり》

# 小人《こびと》たちが介抱《かいほう》しても白雪姫《しらゆきひめ》は目《め》を覚《さ》ましません

魔法《まほう》の鏡《かがみ》が「世界《せかい》でいちばん美《うつく》しいのは白雪姫《しらゆきひめ》。」と言《い》ったため、白雪姫《しらゆきひめ》はお妃《きさき》に毒《どく》りんごを食《た》べさせられ、たおれてしまいました。

をさまよい歩《ある》いていた白雪姫《しらゆきひめ》は、小《ちい》さい家《いえ》を見《み》つけました。中《なか》には小《ちい》さい7つのベッドがあり、だれもいません。疲《つか》れていた白雪姫《しらゆきひめ》はベッドで眠《ねむ》ってしまいました。そこへ、七人《しちにん》の小人《こびと》たちが帰《かえ》ってきました。

「あれれ、わしのベッドでだれか寝《ね》ているぞ。」

「とても、かわいい寝顔《ねがお》をしている。今夜《こんや》はこのまま寝《ね》かせてやろう。」

こうして白雪姫《しらゆきひめ》は、七人《しちにん》の小人《こびと》の家《いえ》で暮《く》らすことになりました。

ある日《ひ》、お妃《きさき》が魔法《まほう》の鏡《かがみ》にたずねました。

「鏡《かがみ》よ、鏡《かがみ》。世界《せかい》でいちばん美《うつく》しいのはだあれ？」

「森《もり》の奥《おく》にいる白雪姫様《しらゆきひめさま》が世界《せかい》でいちばん美《うつく》しい。」

白雪姫《しらゆきひめ》が生《い》きていると知《し》ったお妃《きさき》はたいそう怒《いか》り、物売《ものう》りのおばあさんに変装《へんそう》して訪《たず》ねていきました。

「そこのかわいい娘《むすめ》さん。おいしいりんごはいらんかね。」

ひとりで留守番《るすばん》をしていた白雪姫《しらゆきひめ》は、りんごを一口《ひとくち》食《た》べて、たおれてしまいました。りんごには毒《どく》がぬってあったのです。小人《こびと》たちが帰《かえ》ってきて、いっしょうけんめい介抱《かいほう》しましたが、白雪姫《しらゆきひめ》は目《め》を覚《さ》ましません。ついに、小人《こびと》たちはガラスでひつぎをつくって白雪姫《しらゆきひめ》を寝《ね》かせ、山《やま》にかついでいきました。そして、毎日《まいにち》、見守《みまも》っていたのです。

ある日《ひ》、通《とお》りかかった王子様《おうじさま》が言《い》いました。

「なんて美《うつく》しい姫《ひめ》なんだろう。このひつぎをぼくにください。」

そうして、家来《けらい》にひつぎをかつがせて、山《やま》を下《くだ》っていきました。ところが、ひつぎがゆれたとたん、白雪姫《しらゆきひめ》の口《くち》からりんごがポロッと飛《と》び出《だ》し、姫《ひめ》が生《い》き返《かえ》りました。喜《よろこ》んだ王子様《おうじさま》は白雪姫《しらゆきひめ》と結婚《けっこん》しました。

## 瀧靖之先生の賢い子を育てるコツ

### 白雪姫《しらゆきひめ》にはモデルがいた!?

16世紀《せいき》のドイツには白雪《しらゆき》姫《ひめ》のモデルではと言《い》われる女《じょ》性《せい》がいました。高貴《こうき》な生《う》まれでお城《しろ》に住《す》んでいましたが、あまりに美《うつく》しかったためまま母《はは》に外国《がいこく》に追《お》いやられ、若《わか》くして毒殺《どくさつ》されたと言《い》われています。白雪姫《しらゆきひめ》のようにハッピーエンドではなかったのですね。

世界の名作

# 63

## 愛《あい》って？

# 美《び》女《じょ》と野《や》獣《じゅう》

ボーモン夫《ふ》人《じん》

　むかしむかし、あるところに、商《しょう》人《にん》と六《ろく》人《にん》の子《こ》どもたちが住《す》んでいました。商《しょう》人《にん》はその日《ひ》、港《みなと》にお金《かね》を取《と》りに行《い》くことになっていました。

　子《こ》どもたちはおみやげに宝《ほう》石《せき》やドレスをねだりましたが、美《うつく》しくて気《き》だてのいい末《すえ》の妹《いもうと》、ベルだけは、バラの花《はな》1本《ぽん》でいいと言《い》いました。

　しかし、港《みなと》に着《つ》くとお金《かね》は盗《ぬす》まれていました。商《しょう》人《にん》はがっかり。帰《かえ》るとちゅう、道《みち》に迷《まよ》って森《もり》の中《なか》にあるお城《しろ》にたどり着《つ》き、だれもいなかったので一《ひと》晩《ばん》とまりました。しかし、翌《よく》朝《あさ》、帰《かえ》り際《ぎわ》に庭《にわ》にさいているバラを見《み》つけて1輪《りん》折《お》ると、とつぜん、おそろしい野《や》獣《じゅう》が現《あらわ》れたのです。

「せっかくとめてやったというのに、大《たい》切《せつ》なバラを盗《ぬす》むなんて許《ゆる》せん！　おまえの娘《むすめ》をひとり連《つ》れてきたら許《ゆる》してやろう。」

　商《しょう》人《にん》は急《いそ》いで家《いえ》に帰《かえ》りましたが、娘《むすめ》を差《さ》し出《だ》す気《き》はありませんでした。子《こ》ども

# おそろしい外見《がいけん》の野獣《やじゅう》をだんだん好《す》きになるベル

ベルと野獣《やじゅう》は、いっしょに過《す》ごすうちにおたがいを好《す》きになっていきました。野獣《やじゅう》に結婚《けっこん》を申《もう》し込《こ》まれましたが……。

たちの顔《かお》を一目《ひとめ》見《み》て、自分《じぶん》がお城《しろ》にもどろうと考《かんが》えていたのです。でも、心《こころ》やさしいベルがきっぱりと言《い》いました。

「私《わたし》がバラの花《はな》をねだったからいけなかったんだわ。私《わたし》が行《い》きます。」

こうして、ベルはお城《しろ》で野獣《やじゅう》とふたりで暮《く》らすことになりました。ベルは、野《や》獣《じゅう》に食《た》べられてしまう覚悟《かくご》をしていました。しかし、野獣《やじゅう》はベルのために、すてきな部屋《へや》とドレスやごちそうを用意《ようい》し、とても親切《しんせつ》にしてくれました。そのうち、ベルと野獣《やじゅう》はいっしょに食事《しょくじ》や散歩《さんぽ》をしてなかよくなりました。

「ベル、私《わたし》と結婚《けっこん》してくれませんか。」

あるとき、野獣《やじゅう》がプロポーズしました。ベルは野獣《やじゅう》のことを好《す》きでしたが、結《けっ》婚《こん》するとお父《とう》さんが悲《かな》しむと思《おも》い断《ことわ》りました。

そんなある日《ひ》、ベルは家族《かぞく》のことを思《おも》い出《だ》して、どうしても会《あ》いたくなり、野《や》獣《じゅう》にたのんで1週間《しゅうかん》、帰《かえ》ることにしました。ところが、家《いえ》での生活《せいかつ》が楽《たの》しくて、ベルは約束《やくそく》を忘《わす》れてしまったのです。

「ベル、早《はや》く帰《かえ》ってきておくれ。私《わたし》は死《し》んでしまう……。」

夢《ゆめ》の中《なか》に現《あらわ》れた野獣《やじゅう》はたおれていました。ベルは急《いそ》いでお城《しろ》にもどりました。

野獣《やじゅう》は今《いま》にも死《し》にそうだったので、ベルは泣《な》き出《だ》しました。

「ごめんなさい。あなたが死《し》ぬなんてたえられません。あなたを愛《あい》していることに、今《いま》、気《き》がつきました。あなたと結婚《けっこん》します。」

ベルの流《なが》した涙《なみだ》が野獣《やじゅう》にかかると、野獣《やじゅう》は目《め》を開《あ》け、なんと、すてきな王子様《おうじさま》に変《か》わったのです。

「私《わたし》は魔女《まじょ》に呪《のろ》いをかけられていました。ベル、ありがとう。」

ふたりはお城《しろ》で幸《しあわ》せに暮《く》らしました。

## 瀧靖之先生の 賢い子を育てるコツ

### 最後《さいご》に魔法《まほう》がとけるものがたりを調《しら》べよう

魔法《まほう》をかけられて野獣《やじゅう》になっていた王子様《おうじさま》。ベルの流《なが》した愛《あい》の涙《なみだ》で魔法《まほう》がとけてもとの姿《すがた》を取《と》りもどしますが、昔話《むかしばなし》にはこのようなものがたりがいくつかあります。最後《さいご》に魔法《まほう》がとけてハッピーエンドになるお話《はなし》にはどんなものがあるでしょう？

世界の童話

# 64

愛《あい》って？

# 眠《ねむ》り姫《ひめ》

グリム

　むかしむかし、ある国《くに》の王様《おうさま》とお妃様《きさきさま》に、ようやく女《おんな》の子《こ》が生《う》まれました。お城《しろ》では盛大《せいだい》な誕生《たんじょう》パーティーが開《ひら》かれ、六人《ろくにん》の魔女《まじょ》が招待《しょうたい》されて、次々《つぎつぎ》にお姫様《ひめさま》に贈《おく》りものをしました。

「姫《ひめ》が世界一《せかいいち》、美《うつく》しくなるように。」

「姫《ひめ》が、やさしい、思《おも》いやりのある人《ひと》になるように。」

　そこへ、招待《しょうたい》されなかった意地悪《いじわる》な魔女《まじょ》が入《はい》ってきました。

「ふん、このわしをのけ者《もの》にしたな。姫《ひめ》は15才《さい》になると、糸車《いとぐるま》の針《はり》に刺《さ》されて死《し》んでしまうのさ。これが、わしの贈《おく》りものよ。」

　王様《おうさま》とお妃様《きさきさま》は、たいそう悲《かな》しみました。そこで、やさしい魔女《まじょ》が、

「姫《ひめ》は死《し》にません。百年《ひゃくねん》のあいだ、眠《ねむ》りつづけるでしょう。」

と魔法《まほう》をかけ直《なお》しました。しかし、王様《おうさま》は、国《くに》じゅうの糸車《いとぐるま》を燃《も》やすように命《めい》

# 糸車《いとぐるま》の針《はり》で指《ゆび》を刺《さ》してから
# 姫《ひめ》は眠《ねむ》りつづけました

15才《さい》になったある日《ひ》、姫《ひめ》は糸車《いとぐるま》の針《はり》で指《ゆび》を刺《さ》してしまいました。すると眠《ねむ》りに落《お》ち、お城《しろ》じゅうも眠《ねむ》りはじめました。

令《れい》しました。

姫《ひめ》は、魔女《まじょ》たちの言葉《ことば》どおり、美《うつく》しくて、やさしい娘《むすめ》に育《そだ》ちました。15才《さい》になったある日《ひ》、お城《しろ》の塔《とう》のてっぺんから、不思議《ふしぎ》な音《おと》が聞《き》こえてきたので、姫《ひめ》はひとりでのぼってみました。すると、おばあさんが、糸《いと》をつむいでいました。

「こんにちは、おばあさん。それは、なあに?」

姫《ひめ》は糸車《いとぐるま》を見《み》たことがないので、めずらしくてしかたがありません。姫《ひめ》が手《て》をのばすと、チクリ! 糸車《いとぐるま》の針《はり》が姫《ひめ》の指《ゆび》を刺《さ》しました。とたんに姫《ひめ》は眠《ねむ》ってしまいました。おばあさんは、あの魔女《まじょ》だったのです。

姫《ひめ》が眠《ねむ》ると、お城《しろ》じゅうが眠《ねむ》りはじめました。王様《おうさま》も、お妃様《きさきさま》も、家来《けらい》も、馬《うま》も、すべてのものが眠《ねむ》りにつきました。そうして、お城《しろ》のまわりは草《くさ》ぼうぼうになり、つたや野《の》バラのつるがのびて、お城《しろ》をやぶのように包《つつ》んでしまったのです。

時《とき》が流《なが》れて、この町《まち》を、白馬《はくば》に乗《の》った若《わか》い王子様《おうじさま》が通《とお》りかかりました。

「あのやぶは何《なん》だね?」

と聞《き》くと、町《まち》の人《ひと》は答《こた》えました。

「あの中《なか》にはお城《しろ》があって、百年《ひゃくねん》、眠《ねむ》りつづけているお姫様《ひめさま》がいるという話《はなし》です。」

王子様《おうじさま》がやぶを切《き》り開《ひら》いてお城《しろ》に入《はい》ると、塔《とう》のてっぺんに、すやすやと眠《ねむ》る姫《ひめ》がいました。あまりの美《うつく》しさにみせられた王子様《おうじさま》が姫《ひめ》のほおにキスをすると、姫《ひめ》にかけられた魔法《まほう》がとけて目《め》を覚《さ》ましました。お城《しろ》じゅうのものも目《め》を覚《さ》ましました。

やがて、王子様《おうじさま》とお姫様《ひめさま》は結婚《けっこん》して、いつまでも幸《しあわ》せに暮《く》らしました。

### 瀧靖之先生の賢い子を育てるコツ

#### ディズニー映画《えいが》いくつ知《し》ってる？

『眠《ねむ》れる森《もり》の美女《びじょ》』としても知《し》られるこのものがたりは、ディズニー映画《えいが》やバレエの演目《えんもく》としてもよく知《し》られています。ほかのお話《はなし》にもディズニー映画《えいが》になっているものがありますが、みなさんはいくつ知っていますか？

世界の童話

# 65

愛《あい》って？

# ラプンツェル

グリム

むかし、あるところに、もうすぐ赤《あか》ちゃんが生《う》まれる夫婦《ふうふ》がおりました。ふたりが住《す》む家《いえ》の裏側《うらがわ》には、魔法使《まほうつか》いが住《す》んでいて、すばらしい庭《にわ》を持《も》っていました。

ある日《ひ》、おかみさんが窓《まど》からその庭《にわ》を見下《みお》ろすと、見事《みごと》なラプンツェル★1の畑《はたけ》が目《め》にとまり、どうしても食《た》べたくなってしまいました。

女房思《にょうぼうおも》いの亭主《ていしゅ》は、ついにラプンツェルを盗《ぬす》みました。そして、次《つぎ》の日《ひ》も盗《ぬす》みに入《はい》ると、魔法使《まほうつか》いに見《み》つかってしまったのです。

「お許《ゆる》しください。身重《みおも》の女房《にょうぼう》に食《た》べさせてやりたいのです。」

「生《う》まれた子《こ》どもをわしによこすなら、いくらでも食《た》べていいぞ。」

亭主《ていしゅ》はおそろしさのあまり約束《やくそく》をしてしまい、子《こ》どもが生《う》まれると魔法使《まほうつか》いは本当《ほんとう》に子《こ》どもを連《つ》れ去《さ》ってしまいました。

魔法使《まほうつか》いは、子《こ》どもに「ラプンツェル」という名《な》をつけて育《そだ》てました。ラプン

# 王子《おうじ》はラプンツェルに毎晩《まいばん》、会《あ》いに来《き》ました

ラプンツェルは魔法使《まほうつか》いに、塔《とう》の上《うえ》に閉《と》じこめられていました。塔《とう》にやってきた王子《おうじ》と恋《こい》に落《お》ちますが……。

ツェルはとても美《うつく》しい女《おんな》の子《こ》になりましたが、12才《さい》になると、とびらもはしごもない塔《とう》の上《うえ》に閉《と》じこめられてしまいました。魔法使《まほうつか》いは用《よう》があるとき、塔《とう》の下《した》に立《た》ってこう言《い》います。

「ラプンツェル、ラプンツェル、おまえの髪《かみ》をたらしておくれ。」

ラプンツェルが長《なが》い髪《かみ》をたらすと、魔法使《まほうつか》いがのぼっていきます。

あるとき、この国《くに》の王子《おうじ》が塔《とう》のそばを通《とお》り、愛《あい》らしい歌声《うたごえ》を耳《みみ》にしました。王《おう》子《じ》は一目《ひとめ》、声《こえ》の主《ぬし》に会《あ》いたいと思《おも》い、毎日《まいにち》、塔《とう》の下《した》で歌声《うたごえ》に聞《き》き入《い》るようになりました。そして、魔法使《まほうつか》いが塔《とう》に呼《よ》びかけているのを知《し》り、夜《よる》になると試《ため》してみたのです。

「ラプンツェル、ラプンツェル、おまえの髪《かみ》をたらしておくれ。」

こうして、王子《おうじ》はラプンツェルに会《あ》うことができると、すぐに結婚《けっこん》を申《もう》し込《こ》みました。ラプンツェルは受《う》け入《い》れ、それから毎晩《まいばん》、王子《おうじ》が塔《とう》に会《あ》いに来《く》ることになったのです。しかし、ラプンツェルはこのことを、うっかり魔法使《まほうつか》いに話《はな》してしまいました。怒《おこ》った魔法使《まほうつか》いはラプンツェルの髪《かみ》をばっさりと切《き》り落《お》とし、荒《あ》れ野《の》に放《ほう》り出《だ》しました。

その夜《よる》、王子《おうじ》が塔《とう》にやってくると、魔法使《まほうつか》いがいて、塔《とう》からつき落《お》とされ、いばらのとげで両目《りょうめ》をつぶしてしまいました。目《め》の見《み》えない王子《おうじ》は森《もり》をさまよい歩《ある》き、何年《なんねん》もかかって荒《あ》れ野《の》へやってきました。そこでは、ふた子《ご》の子《こ》どもを産《う》んだラプンツェルが暮《く》らしていました。再会《さいかい》したふたりは涙《なみだ》を流《なが》し、ラプンツェルの涙《なみだ》が王子《おうじ》の目《め》にかかると、目《め》はもとどおりになりました。それから、ふたりは、子《こ》どもたちと王子《おうじ》のお城《しろ》で幸《しあわ》せに暮《く》らしました。

★1 野《の》ぢしゃという野菜《やさい》

## 瀧靖之先生の賢い子を育てるコツ

### ラプンツェルを食《た》べてみよう

「ラプンツェル」というのは、じつは野菜《やさい》の名前《なまえ》なのです。低《てい》カロリーでビタミンA《エー》、C《シー》とカリウム、鉄分《てつぶん》がとくに豊富《ほうふ》なハーブ野菜《やさい》で、サラダや料理《りょうり》のつけ合《あ》わせなどに使《つか》われます。日本《にほん》では野《の》ぢしゃ、マーシュという名前《なまえ》で売《う》っているようです。

世界の名作

# 66

愛《あい》って？

# あしながおじさん

ウェブスター

ジュディ・アボットは、孤児院《こじいん》で育《そだ》ちました。

ある日《ひ》、先生《せんせい》から、「あなたが書《か》いた作文《さくぶん》を読《よ》んだ方《かた》が、大学《だいがく》へ行《い》かせてあげたい。」と言《い》っていたと聞《き》かされ、彼女《かのじょ》は喜《よろこ》びました。

ただし、条件《じょうけん》がありました。

「毎月《まいつき》、その方《かた》に手紙《てがみ》を書《か》くこと。」

ジュディには、その親切《しんせつ》な人《ひと》がどんな人《ひと》なのか、ぜんぜんわかりませんでした。知《し》らせを聞《き》き、すぐあとを追《お》っていったときに、背《せ》の高《たか》い影《かげ》を見《み》たので、「あしながおじさん」と呼《よ》ぶことにしました。

大学《だいがく》に入学後《にゅうがくご》は、楽《たの》しく、毎日夢《まいにちゆめ》のような生活《せいかつ》をしていました。ジュリアとサリーという友達《ともだち》もできました。

ジュディは約束《やくそく》どおり、毎月《まいつき》、あしながおじさんに手紙《てがみ》を書《か》きました。

# あしながおじさんの正体《しょうたい》はなんと……！

ジュディは自分《じぶん》を大学《だいがく》に行《い》かせてくれた恩人《おんじん》、「あしながおじさん」に、毎月《まいつき》、手紙《てがみ》を書《か》きました。

「あしながおじさんへ。

この前《まえ》、ジュリアのおじさんのジャービスさんという方《かた》が大学《だいがく》に来《き》たので、私《わたし》が案内《あんない》しました。ジャービスさんは、やさしくてすてきな方《かた》でした。おじさんみたいに背《せ》が高《たか》いんです。いつか、おじさんにも会《あ》えたらいいな。」

そのあとも、手紙《てがみ》を書《か》きつづけました。

夏休《なつやす》みに、ジャービスの農園《のうえん》へ行《い》ったこと。

小説《しょうせつ》を書《か》いていること。

舞踏会《ぶとうかい》でおどったこと。

ある日《ひ》、ジュディは、ジャービスからプロポーズされます。

「あしながおじさんへ。

会《あ》ってお話《はな》ししたいことがあります。ジャービスさんから、結婚《けっこん》を申《もう》し込《こ》まれたのですが、断《ことわ》ってしまいました。好《す》きですが、孤児院《こじいん》で育《そだ》った私《わたし》とは、つりあわないと思《おも》いました。おじさん、どうしたらいいでしょうか。」

すると、はじめて手紙《てがみ》の返事《へんじ》が来《き》ました。

手紙《てがみ》には会《あ》って話《はなし》をしようと書《か》いてあり、ジュディはついにあしながおじさんと対面《たいめん》することになりました。

「やぁ、ジュディ！　ぼくがあしながおじさんだよ。」

そこには、ジャービスがいました。今《いま》まで手紙《てがみ》のやりとりをしていた、あしながおじさんとはジャービスだったのです。

そしてふたりは結婚《けっこん》して、幸《しあわ》せに暮《く》らしました。

瀧靖之先生の
賢い子を育てるコツ

## だれかに手紙《てがみ》を書《か》いてみよう

　このものがたりの重要《じゅうよう》なかぎとなるのが手紙《てがみ》です。メールや電話《でんわ》などで簡単《かんたん》に連絡《れんらく》がとれる時代《じだい》ですが、書《か》いた人《ひと》の気持《きも》ちが伝《つた》わる手紙《てがみ》もとてもよいものです。遠《とお》くに住《す》むおじいさんやおばあさん、お友達《ともだち》など、ジュディのように手紙《てがみ》を書《か》いてみませんか。

世界の昔話

67

愛《あい》って？

# 織《お》姫《り》と彦《ひ》星《こ》（ぼし）

むかしむかし、空《そら》には天《てん》の神様《かみさま》が住《す》んでいました。天《てん》の神様《かみさま》には織姫《おりひめ》というはた織《お》りがとても上手《じょうず》な娘《むすめ》がいました。織姫《おりひめ》の織《お》る布《ぬの》はきらきらと五色《ごしき》に輝《かがや》いて、織姫《おりひめ》と同様《どうよう》にとても美《うつく》しいものでした。

天《てん》の神様《かみさま》は年《とし》ごろになった娘《むすめ》が仕事《しごと》ばかりしているのを心配《しんぱい》し、結婚相手《けっこんあいて》を見《み》つけようと考《かんが》えました。

天《てん》の神様《かみさま》があちこち探《さが》していると、天《あま》の川《がわ》の岸《きし》でいっしょうけんめいに牛《うし》の世《せ》話《わ》をして作物《さくもつ》を育《そだ》てている彦星《ひこぼし》を見《み》つけました。彦星《ひこぼし》もまた働《はたら》き者《もの》で知《し》られる若《わか》者《もの》です。

天《てん》の神様《かみさま》は彦星《ひこぼし》を気《き》に入《い》り、織姫《おりひめ》と引《ひ》きあわせました。ふたりは一目《ひとめ》でおたがいを好《す》きになり、結婚《けっこん》しました。

結婚《けっこん》したふたりはとてもなかがよく、何《なに》をするにもいっしょです。ただ、なか

# 天《あま》の川《がわ》をはさんで手《て》を取《と》りあう織姫《おりひめ》と彦星《ひこぼし》

織姫《おりひめ》と彦星《ひこぼし》は結婚《けっこん》してから仕事《しごと》をせず遊《あそ》んでばかりいたので、ばつとして一年《いちねん》に一度《いちど》しか会《あ》えなくなってしまいました。

がよすぎて、ふたりは仕事《しごと》を忘《わす》れて遊《あそ》んでばかりいました。

織姫《おりひめ》のはたを織《お》る機械《きかい》はほこりをかぶり、彦星《ひこぼし》の牛《うし》たちがやせこけてしまっても気《き》にするそぶりが見《み》られません。

そんなふたりを見《み》て天《てん》の神様《かみさま》は注意《ちゅうい》しますが、適当《てきとう》な返事《へんじ》ばかりでいっこうに働《はたら》こうとしませんでした。

このままでは天《てん》に住《す》む神様《かみさま》たちの着物《きもの》はぼろぼろに、食《た》べもののもなくなって困《こま》ってしまいます。

天《てん》の神様《かみさま》はついに怒《おこ》って言《い》いました。

「もう二度《にど》と会《あ》わないように、これからは別々《べつべつ》に暮《く》らしなさい！」

ふたりは大《おお》きな天《あま》の川《がわ》をはさんだ岸《きし》に無理《むり》やりひきはなされてしまいました。

それからというもの、織姫《おりひめ》は毎日《まいにち》泣《な》いて暮《く》らし、彦星《ひこぼし》は家《いえ》に閉《と》じこもったままになりました。

天《てん》の神様《かみさま》は困《こま》ってしまいました。

そこで、ふたりに言《い》いました。

「結婚《けっこん》する前《まえ》のようにまじめに働《はたら》くのなら、7月7日《がつなのか》の七夕《たなばた》の日《ひ》に、一年《いちねん》に一度《いちど》だけ会《あ》うことを許《ゆる》そう。」

それからのふたりは、また会《あ》える日《ひ》を楽《たの》しみに、いっしょうけんめい働《はたら》くようになりました。

今《いま》でも七夕《たなばた》の夜《よる》になると、どこからともなくカササギ★1の群《む》れがやってきて、翼《つばさ》を広《ひろ》げて大《おお》きな天《あま》の川《がわ》に橋《はし》をかけるそうです。

その橋《はし》をわたって、織姫《おりひめ》は毎年《まいとし》、彦星《ひこぼし》に会《あ》いに行《い》っているのです。

★1 カラス科《か》の鳥《とり》で全長《ぜんちょう》45センチメートルの尾《お》の長《なが》い鳥《とり》。別名《べつめい》カチガラス、コウライガラス

瀧靖之先生の
賢い子を育てるコツ

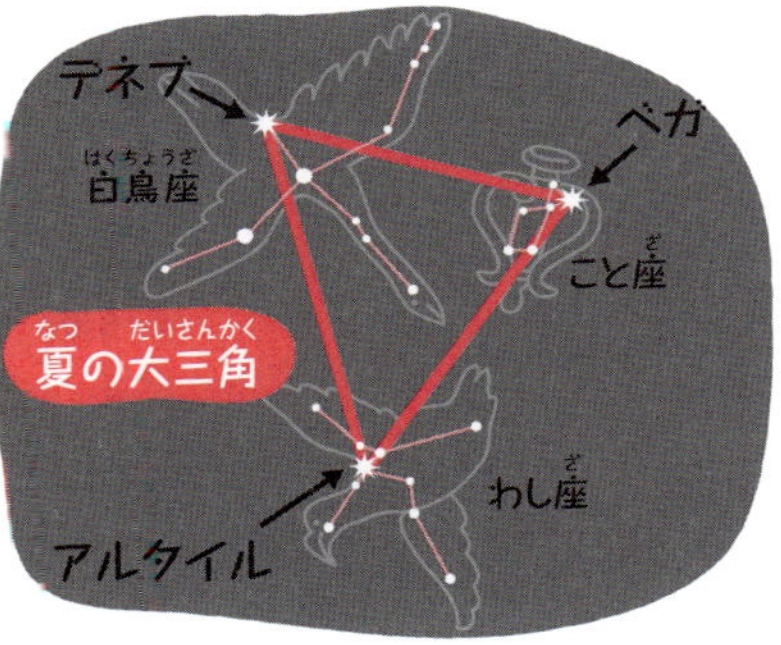


## 夏《なつ》の夜空《よぞら》で 織姫《おりひめ》と彦星《ひこぼし》を観察《かんさつ》しよう

天《あま》の川《がわ》をはさんで織姫《おりひめ》はこと座《ざ》のベガ、彦星《ひこぼし》はわし座《ざ》のアルタイル。そのふたつと「夏《なつ》の大三角《だいさんかく》」をつくる白鳥座《はくちょうざ》のデネブはカササギを表《あらわ》していると言《い》われます。夏《なつ》の夜空《よぞら》を見上《みあ》げて星《ほし》を観察《かんさつ》してみましょう。

日本の昔話

68

善悪《ぜんあく》って？

# 花《はな》さかじいさん

むかしむかし、心《こころ》やさしいおじいさんとおばあさんがおりました。ふたりは迷《まい》子《ご》の犬《いぬ》を拾《ひろ》い、たいそうかわいがっていました。

ある日《ひ》、しきりにほえる犬《いぬ》のあとをついて、おじいさんは、裏山《うらやま》に行《い》ってみました。犬《いぬ》はある場所《ばしょ》に立《た》ち止《ど》まって、前《まえ》より大《おお》きな声《こえ》でほえています。不思議《ふしぎ》に思《おも》ったおじいさんが、そこをほってみると、地面《じめん》から大判《おおばん》、小判《こばん》が、ざくざく出《で》てきました。

その様子《ようす》を見《み》ていた、となりに住《す》む欲《よく》の深《ふか》いじいさんは、心《こころ》やさしいおじいさんに、犬《いぬ》を貸《か》してくれるようたのみました。欲深《よくぶか》いじいさんは、借《か》りた犬《いぬ》をせきたてるようにたたきながら、

「それ、わしにも、宝《たから》のうまっている場所《ばしょ》を教《おし》えろ。」

と、どなりました。しかたなく思《おも》った犬《いぬ》は、欲深《よくぶか》いじいさんを裏山《うらやま》に連《つ》れて

# 心《こころ》やさしいおじいさんが<br>灰《はい》をまくと枯《か》れ木《き》に花《はな》が！

心《こころ》やさしいおじいさんには次々《つぎつぎ》といいことが起《お》こります。枯《か》れ木《き》に灰《はい》をまいたら、見事《みごと》な花《はな》がさいたのでした。

いってほえました。けれども、そこをほり起《お》こしても、出《で》てきたものは、茶《ちゃ》わんやお皿《さら》のかけらだけ。宝物《たからもの》が出《で》てこないことに怒《おこ》った欲深《よくぶか》いじいさんは、なんと犬《いぬ》を殺《ころ》してしまいました。

それを知《し》った心《こころ》やさしいおじいさんは、大変悲《たいへんかな》しみ、犬《いぬ》のお墓《はか》をつくってあげました。お墓《はか》には、小《ちい》さな木《き》の枝《えだ》をさしました。

あくる日《ひ》、犬《いぬ》のお墓《はか》へおじいさんがお参《まい》りすると、小枝《こえだ》は太《ふと》い幹《みき》の木《き》に成長《せいちょう》していました。

おじいさんは、犬《いぬ》の供養《くよう》になるかもしれないと、その木《き》を切《き》って、うすをこしらえました。そのうすでおもちをつくと、中《なか》からまたもや大判《おおばん》、小判《こばん》がざっくざっく。その様子《ようす》を見《み》ていた欲深《よくぶか》いじいさんは、そのうすを借《か》りました。しかし、欲深《よくぶか》いじいさんがいくらおもちをついても、出《で》てくるのは牛《うし》や馬《うま》のふんばかり。怒《おこ》ったじいさんは、うすを割《わ》ってまきにし、いろりの火《ひ》にくべてしまいました。

やさしいおじいさんは、その灰《はい》をもらい、畑《はたけ》にまきました。風《かぜ》に乗《の》って、灰《はい》はあたり一面《いちめん》に飛《と》び散《ち》って、枯《か》れ木《き》や枯《か》れ草《くさ》に見事《みごと》な花《はな》がさきました。花《はな》の季節《きせつ》は、まだ遠《とお》い先《さき》です。

やさしいおじいさんは大喜《おおよろこ》び。木《き》にのぼって、たくさん花《はな》をさかせました。そこへちょうど、お殿様《とのさま》が通《とお》りかかりました。

「おお、この時季《じき》に、こんな見事《みごと》な花《はな》を見《み》られるとは、感心《かんしん》じゃ。」と、おじいさんに、ほうびをとらせました。

欲深《よくぶか》いじいさんはさっそく灰《はい》を分《わ》けてもらい、お殿様《とのさま》を待《ま》ちぶせし、通《とお》りがかったときに灰《はい》をまきました。ところが、花《はな》はさかずに、お殿様《とのさま》は灰《はい》だらけに。

怒《おこ》ったお殿様《とのさま》は、欲深《よくぶか》いじいさんをたいそうこらしめたということです。

瀧靖之先生の
賢い子を育てるコツ

## 同《おな》じことをしても別《べつ》の結果《けっか》になるのはなぜ？

このものがたりは日本五大《にほんごだい》昔話《むかしばなし》のひとつと言《い》われています。同《おな》じことをしても、心《こころ》やさしいおじいさんには幸《しあわ》せが舞《ま》いこみ、欲深《よくぶか》いじいさんは幸《しあわ》せになるどころか、かえって不幸《ふこう》になってしまいました。どうしてこうなったのか、考《かんが》えてみましょう。

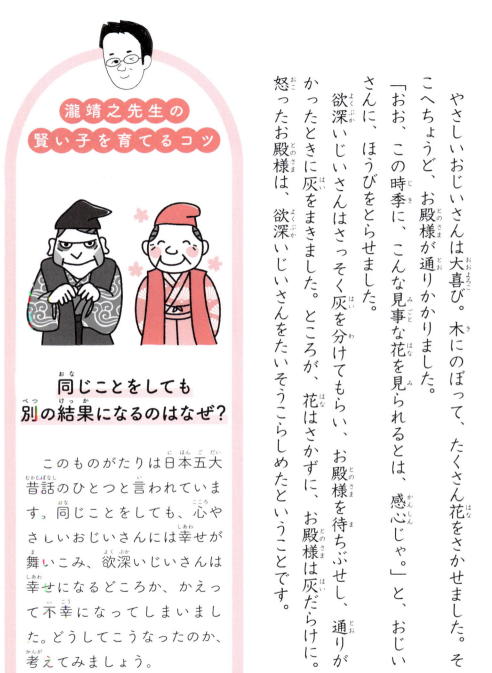

日本の昔話

# 69

## 善悪《ぜんあく》って？

# かさじぞう

むかしむかしあるところに、心《こころ》やさしいおじいさんとおばあさんがいました。貧《まず》しく、お正月《しょうがつ》の準備《じゅんび》もできません。

ふたりは、毎日《まいにち》せっせと、わら[★1]でかさを編《あ》みました。それを町《まち》へ持《も》っていって売《う》り、お正月用《しょうがつよう》のおもちを買《か》おうと考《かんが》えていました。

おじいさんは、５つのかさを持《も》って出《で》かけました。

「かさはいらんかね。」

おおみそかで町《まち》は大《おお》にぎわい。

しかし、かさはひとつも売《う》れませんでした。

しかたなく、帰《かえ》ろうとすると雪《ゆき》が降《ふ》ってきました。

雪《ゆき》はどんどん激《はげ》しくなってきたので、おじいさんは、早《はや》く帰《かえ》らなくてはと思《おも》いました。

# おじぞう様《さま》にかさと手《て》ぬぐいをかぶせてあげたおじいさん

雪《ゆき》が頭《あたま》に積《つ》もっているおじぞう様《さま》に、おじいさんは売《う》りものだったかさと自分《じぶん》の手《て》ぬぐいをかぶせてあげました。

すると帰《かえ》り道《みち》、おじぞう様《さま》が６体並《たいなら》んでいることに気《き》づきました。おじぞう様《さま》には雪《ゆき》が積《つ》もっています。

「雪《ゆき》が降《ふ》って寒《さむ》かろう。」

おじいさんは、おじぞう様《さま》に、売《う》ろうとしていたかさをかぶせてあげました。

でも、おじぞう様《さま》は６体《たい》なのに、かさは５つしかありません。

そこでおじいさんは、自分《じぶん》がかぶっていた手《て》ぬぐいをとり、最後《さいご》のおじぞう様《さま》の頭《あたま》に結《むす》んであげました。

「ずいぶん早《はや》かったですね。手《て》ぬぐいとかさはどうしました？」

と、おばあさんが言《い》いました。

おじいさんは、おじぞう様《さま》にかさをかぶせてきたことを話《はな》しました。

「まあまあ。それはよいことをしましたねえ。」

と、おばあさんは、喜《よろこ》びました。

その夜《よる》、不思議《ふしぎ》な歌《うた》が聞《き》こえてきました。

「かさをくれた、じいさんの家《いえ》はどこだ。」

歌声《うたごえ》はどんどん近《ちか》づいて、おじいさんの家《いえ》の前《まえ》まで来《く》ると、どさっと何《なに》かを置《お》く大《おお》きな音《おと》がしてそのまま音《おと》は消《き》えてしまいました。

おじいさんがそっと戸《と》を開《あ》けてみると、おじいさんのあげたかさと手《て》ぬぐいをかぶったおじぞう様《さま》の後《うし》ろ姿《すがた》が見《み》えました。

家《いえ》の前《まえ》には、おもちやごちそうが置《お》いてあり、ふたりはよいお正月《しょうがつ》を迎《むか》えることができました。

★1 雨《あめ》や雪《ゆき》などを防《ふせ》ぐために頭《あたま》にかぶるもの

## 瀧靖之先生の賢い子を育てるコツ

### 自分《じぶん》だったらどうする？

おじいさんは雪《ゆき》の中《なか》のおじぞう様《さま》を気《き》の毒《どく》に思《おも》って売《う》りもののかさをかぶせてやり、恩返《おんがえ》しを受《う》けました。見返《みかえ》りを求《もと》めずに純粋《じゅんすい》に相手《あいて》のことを思《おも》って行動《こうどう》したから、きっとよいことがあったんですね。自分《じぶん》だったらどうするか話《はな》してみましょう。

世界の名作

# 70

善悪《ぜんあく》って？

# ピノキオ

コッローディ

ゼペットじいさんは、木《き》のあやつり人形《にんぎょう》をつくり、ピノキオという名前《なまえ》をつけました。目《め》がクリクリと大《おお》きくて、鼻《はな》がツンとのびたかわいい男《おとこ》の子《こ》です。

ピノキオが完成《かんせい》した夜《よる》、ゼペットじいさんは星《ほし》に願《ねが》いごとをしました。

「このピノキオが、本当《ほんとう》の子《こ》どもになりますように。」

朝起《あさお》きると、ピノキオは元気《げんき》よくあいさつしました。ゼペットじいさんは喜《よろこ》び、ピノキオをわが子《こ》のようにかわいがりました。

ある日《ひ》、ピノキオは、学校《がっこう》に行《い》くとちゅう、悪《わる》いきつねと猫《ねこ》に芝居小屋《しばいごや》へ誘《さそ》われました。そこでおどると、人気者《にんきもの》になりました。芝居小屋《しばいごや》の親方《おやかた》は、ピノキオがいれば繁盛《はんじょう》すると思《おも》い、ピノキオを閉《と》じこめてしまいました。もうゼペットじいさんに会《あ》えないと泣《な》いているピノキオの前《まえ》に、星《ほし》の女神《めがみ》が現《あらわ》れました。

「ピノキオ、どうしてここにいるんですか？　学校《がっこう》に行《い》かなかったのですか？」

# ピノキオがうそをつくと
# 鼻《はな》がどんどんのびていく！

芝居小屋《しばいごや》で泣《な》いていたピノキオの前《まえ》に星《ほし》の女神《めがみ》が現《あらわ》れました。うそをつくとピノキオの鼻《はな》はどんどんのびて……。

「学校《がっこう》に行《い》くとちゅう、芝居小屋《しばいごや》の親方《おやかた》につかまったんです。」

すると、ピノキオの鼻《はな》がのびてしまいました。

「ピノキオ。今《いま》、うそをつきましたね。うそをつくと鼻《はな》がどんどんのびますよ。本物《ほんもの》の人間《にんげん》の子《こ》どもになりたいのなら、いい子《こ》になるのですよ。」

「はい！　女神《めがみ》さま、うそを言《い》ってごめんなさい！」

女神《めがみ》はピノキオののびた鼻《はな》をもとどおりにし、芝居小屋《しばいごや》から助《たす》けてくれました。

ゼペットじいさんは、なかなか帰《かえ》ってこないピノキオを心配《しんぱい》して探《さが》しに行《い》き、クジラに飲《の》みこまれてしまいました。助《たす》けに行《い》ったピノキオもクジラに飲《の》みこまれますが、クジラがくしゃみをしたときに、ふたりは逃《に》げ出《だ》すことができました。ところが、ピノキオはゼペットじいさんをかばって岩《いわ》にぶつかりバラバラになってしまいました。ピノキオをベッドに寝《ね》かせ、ゼペットじいさんはおいおい泣《な》きました。

ベッドに横《よこ》たわるピノキオに、女神《めがみ》が言《い》いました。

「ピノキオ。あなたは、ゼペットじいさんを助《たす》けるために、勇気《ゆうき》を持《も》ってがんばりました。とてもいい子《こ》でしたよ。約束《やくそく》どおり、人間《にんげん》の子《こ》どもにしてあげましょう。」

バラバラでぼろぼろだったピノキオの体《からだ》が、見《み》る見《み》るうちにきれいになりました。木《き》でできた体《からだ》は、だんだんと人間《にんげん》の子《こ》どもの肌《はだ》に変《か》わっていきました。ゼペットじいさんは、今度《こんど》はうれしくて、またおいおいと泣《な》き出《だ》しました。

本物《ほんもの》の人間《にんげん》になったピノキオは、それからずっと、ゼペットじいさんといつまでも幸《しあわ》せに暮《く》らしたのでした。

## 瀧靖之先生の賢い子を育てるコツ

### 人間《にんげん》もうそをつくと鼻《はな》に変化《へんか》が現《あらわ》れる！

ピノキオはうそをつくと鼻《はな》がのびましたが、私《わたし》たちもうそをつくと鼻《はな》のまわりの体温《たいおん》が少《すこ》し上《あ》がるということがスペインの大学《だいがく》の研究《けんきゅう》で明《あき》らかになりました。これを「ピノキオ効果《こうか》」と言《い》います。いずれにしても人《ひと》を悲《かな》しませるうそは、よくありませんね。

世界の童話

# 71

善悪《ぜんあく》って？

# 金《きん》のおの銀《ぎん》のおの

イソップ

むかしむかし、それは働《はたら》き者《もの》のきこりがおりました。いつものように、おのをふるって木《き》を切《き》っていると、おのの先《さき》がぽろりとはずれ、池《いけ》の中《なか》に落《お》ちてしまいました。「これは困《こま》った。おのがなくては、あがったり[★1]だ。」

きこりは、なんとかおのを取《と》りもどそうと、池《いけ》に住《す》む女神様《めがみさま》にお願《ねが》いしました。

「どうぞ、私《わたし》のおのを探《さが》してください。」

何度《なんど》も池《いけ》に向《む》かってたのみました。すると池《いけ》に水《みず》しぶきがあがり、水《みず》の中《なか》から、池《いけ》の女神様《めがみさま》が現《あらわ》れました。

「あなたが探《さが》しているおのは、これですか。」

そう言《い》って、女神様《めがみさま》はきこりの前《まえ》に、おのを差《さ》し出《だ》しました。ところが、それは金《きん》のおのでした。

「女神様《めがみさま》、こんな立派《りっぱ》なおのは、私《わたし》のものではありません。」

# 池《いけ》から金《きん》のおのを持《も》った女神《めがみ》が現《あらわ》れました

正直《しょうじき》なきこりは、女神《めがみ》が差《さ》し出《だ》した金《きん》のおのは自分《じぶん》のおのではないと言《い》いました。次《つぎ》に銀《ぎん》のおのを見《み》せますが……。

「では、これはどうですか。」

次《つぎ》に女神様《めがみさま》が、池《いけ》の中《なか》から取《と》り出《だ》したおのは、銀《ぎん》のおのでした。

「ちがいます。」と言《い》うと、次《つぎ》に取《と》り出《だ》したのは、きたない鉄《てつ》のおのでした。

「ああ、これです。ありがとうございます。助《たす》かりました。」

お礼《れい》を言《い》って帰《かえ》ろうとすると、女神様《めがみさま》に呼《よ》び止《と》められました。

「金《きん》のおのと銀《ぎん》のおのも、持《も》っていきなさい。あなたは正直《しょうじき》だから、私《わたし》からのほうびです。」

きこりは、女神様《めがみさま》にふかぶかと頭《あたま》を下《さ》げ、ありがたく金《きん》と銀《ぎん》のおのをもらって、家《いえ》に帰《かえ》りました。

翌日《よくじつ》、この話《はなし》を聞《き》いた別《べつ》のきこりが、同《おな》じ池《いけ》に行《い》きました。自分《じぶん》も、金《きん》と銀《ぎん》のおのをもらおうと考《かんが》えたのです。そして、池《いけ》をめがけて、自分《じぶん》の鉄《てつ》のおのを放《ほう》り投《な》げたのです。

「女神様《めがみさま》、わしのおのを探《さが》してください。」

すると、水《みず》しぶきをあげながら、女神様《めがみさま》が出《で》てきました。

「あなたが落《お》としたのは、この金《きん》のおのですか。」

女神様《めがみさま》のその言葉《ことば》を待《ま》っていたきこりは、うれしくてたまらず、金《きん》のおのを受《う》け取《と》ろうとすばやく手《て》をのばしました。ところが、池《いけ》の水《みず》は荒《あ》れくるい、

「うそをつく者《もの》には、このおのはあげられません。」

と言《い》って、女神様《めがみさま》は金《きん》のおのを抱《かか》えながら、池《いけ》の深《ふか》くにもぐってしまいました。欲《よく》をかいたばかりに、仕事道具《しごとどうぐ》まで失《うしな》ってしまった、おろかなこのきこりは、それからはまじめに働《はたら》いたということです。

★1 仕事《しごと》などが、うまくゆかないこと

## 瀧靖之先生の賢い子を育てるコツ

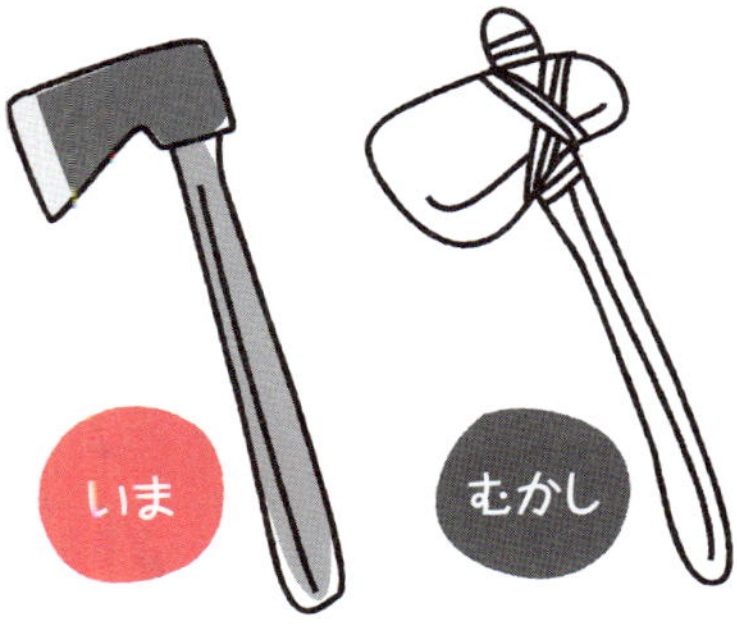


### 道具《どうぐ》の進化《しんか》を見《み》てみよう

おのは木《き》を切《き》ったり、割《わ》ったりするのに使《つか》われる道具《どうぐ》です。大《おお》むかしの時代《じだい》には石《いし》を打《う》ちくだいておのに仕上《しあ》げていたそうです。道具《どうぐ》の歴史《れきし》に興味《きょうみ》を持《も》ったら、博物館《はくぶつかん》などに足《あし》を運《はこ》びましょう。道具《どうぐ》がどんなふうに進化《しんか》したのか知《し》ることができますよ。

世界の昔話

72

善悪《ぜんあく》って？

# アリババと四十人《よんじゅうにん》の盗賊《とうぞく》

むかし、アラビアのある町《まち》に、カシムとアリババというきょうだいが暮《く》らしていました。ある日《ひ》、アリババが森《もり》の奥《おく》で木《き》を切《き》っていると、四十人《よんじゅうにん》の盗賊《とうぞく》が馬《うま》に乗《の》ってやってきました。アリババが木《き》の上《うえ》にのぼって見《み》ているのも知《し》らず、盗賊《とうぞく》の親分《おやぶん》が岩《いわ》に向《む》かってさけびました。

「開《ひら》け、ごま！」

すると、大《おお》きな岩《いわ》がギギギーッと音《おと》をたてて開《ひら》き、盗賊《とうぞく》たちは盗《ぬす》んできたものを運《はこ》びこみました。

「閉《と》じよ、ごま！」

再《ふたた》び親分《おやぶん》がさけぶと、岩《いわ》が閉《し》まり、盗賊《とうぞく》たちは引《ひ》きあげていきました。アリババはさっそく試《ため》してみました。

「開《ひら》け、ごま！」

# 秘密《ひみつ》の呪文《じゅもん》は「開《ひら》け、ごま！」

アリババが「開《ひら》け、ごま！」とさけぶと、岩《いわ》が開《ひら》きました。中《なか》にはたくさんの金貨《きんか》や宝《たから》が隠《かく》されていました。

すると、先《さき》ほどと同《おな》じように岩《いわ》が開《ひら》き、アリババは袋《ふくろ》にたっぷりと金貨《きんか》をつめて帰《かえ》りました。家《いえ》で待《ま》っていたアリババの奥《おく》さんは、とてもおどろいて金貨《きんか》を数《かぞ》えようとしましたが、数《かぞ》えきれません。そこで、カシムの家《いえ》につぼを借《か》りに行《い》きました。疑《うたが》い深《ぶか》いカシムの奥《おく》さんは、つぼの底《そこ》に油《あぶら》をぬって貸《か》しました。

次《つぎ》の日《ひ》、返《かえ》してもらったつぼの底《そこ》に金貨《きんか》が張《は》りついていたので、欲《よく》の深《ふか》いカシムは、さっそくアリババの家《いえ》を訪《たず》ねて問《と》いつめました。そして、呪文《じゅもん》を聞《き》き出《だ》し、自分《じぶん》で岩《いわ》のとびらを開《あ》けたのです。しかし、宝物《たからもの》をたっぷり持《も》って出《で》ようとしたところ、カシムは呪文《じゅもん》を忘《わす》れてしまいました。

「閉《と》じよ、麦《むぎ》！　閉《と》じよ、豆《まめ》！」

と、いろいろ言《い》っているうちに盗賊《とうぞく》がやってきて、カシムは殺《ころ》され、バラバラにされてしまいました。もどらないカシムを探《さが》しに来《き》たアリババは、死体《したい》を見《み》つけて帰《かえ》り、靴屋《くつや》にたのんでぬいあわせ、お墓《はか》にうめました。

ところが、死体《したい》が消《き》えたことを知《し》った盗賊《とうぞく》たちが、靴屋《くつや》からアリババの家《いえ》を聞《き》き出《だ》してしまったのです。アリババの家《いえ》のとびらに目印《めじるし》をつけて帰《かえ》りましたが、それを見《み》つけた召《め》し使《つか》いが、町《まち》じゅうの家《いえ》のとびらに目印《めじるし》を書《か》いて回《まわ》ったので、難《なん》を逃《のが》れました。

次《つぎ》に、盗賊《とうぞく》たちは油売《あぶらう》りに変装《へんそう》してやってきました。アリババはすっかりだまされて、親分《おやぶん》を家《いえ》にあげてもてなしました。しかし、召《め》し使《つか》いは、油《あぶら》のかめに子《こ》分《ぶん》たちが隠《かく》れているのに気《き》づき、熱《あつ》い油《あぶら》をかめに流《なが》してやっつけました。そして、親分《おやぶん》の前《まえ》でおどりを披露《ひろう》し、短剣《たんけん》で親分《おやぶん》の胸《むね》をひとつきにしました。

こうして、アリババ夫婦《ふうふ》は幸《しあわ》せに暮《く》らしました。

## 瀧靖之先生の賢い子を育てるコツ

### 呪文《じゅもん》に出《で》てくるごまは私《わたし》たちが食《た》べる、あのごま!

「開《ひら》け、ごま！」の呪文《じゅもん》に出《で》てくるごまは、ごはんにふりかけたり料理《りょうり》に使《つか》ったりする、あのごまのことです。お話《はなし》の舞台《ぶたい》である中東諸国《ちゅうとうしょこく》は、ごまの産地《さんち》としても有名《ゆうめい》です。どうして呪文《じゅもん》にごまを使《つか》ったのかは不明《ふめい》ですが、中東《ちゅうとう》では身近《みぢか》な食材《しょくざい》なのだそうです。

世界の童話

# 73

善悪《ぜんあく》って？

# ハーメルンの笛《ふえ》吹《ふ》き男《おとこ》

グリム

むかしむかし、ドイツのハーメルンという町《まち》で、とつぜん、ねずみが増《ふ》えて困《こま》っていました。町《まち》じゅうの食《た》べものを食《く》いあらし、犬《いぬ》や猫《ねこ》に悪《わる》さをし、赤《あか》ちゃんまでかじってしまうのです。そこで、町《まち》の人《ひと》は役所《やくしょ》に押《お》しかけ、市長《しちょう》に言《い》いました。

「なんとかしてください。これでは、もう生活《せいかつ》どころじゃありません。」

市長《しちょう》は会議《かいぎ》を開《ひら》いて考《かんが》えましたが、いい知恵《ちえ》が浮《う》かびませんでした。そこへ、ひとりの男《おとこ》が現《あらわ》れて言《い》いました。

「私《わたし》が退治《たいじ》してみせましょう。ただし、成功《せいこう》したら、金貨《きんか》を１０００枚《まい》いただきますよ。」

「１０００枚《まい》どころか、１匹《ぴき》で１枚《まい》あげようではないか。１万匹《まんびき》いたら１万枚《まんまい》だ。だから、ぜひ退治《たいじ》してください。」

市長《しちょう》が約束《やくそく》したので、男《おとこ》は笛《ふえ》を取《と》り出《だ》して吹《ふ》きはじめました。すると、町《まち》のあ

# 子《こ》どもたちは笛《ふえ》吹《ふ》き男《おとこ》のあとをついていきました

約束《やくそく》の金貨《きんか》をもらえなかった男《おとこ》は怒《おこ》って笛《ふえ》を吹《ふ》き、今度《こんど》は町《まち》じゅうの子《こ》どもたちを連《つ》れていってしまいました。

ちこちから、ねずみが寄《よ》ってくるではないですか！　ねずみの数《かず》はどんどんふくれあがり、とうとう町《まち》の広場《ひろば》いっぱいになってしまいました。そして、笛吹《ふえふ》き男《おとこ》が歩《ある》きはじめると、ねずみもぞろぞろついていくのです。とうとう町《まち》のはずれの大《おお》きな川《かわ》までやってきました。そして、ねずみは次《つぎ》から次《つぎ》へと川《かわ》に飛《と》びこんでいったのです。笛吹《ふえふ》き男《おとこ》は、役所《やくしょ》にもどってきました。

「いかがです？　お約束《やくそく》の金貨《きんか》をいただきましょう。」

すると、市長《しちょう》は急《きゅう》にお金《かね》がおしくなって、

「退治《たいじ》したねずみを数《かぞ》えるから持《も》ってきなさい。」

と言《い》いました。男《おとこ》が、

「ねずみは川《かわ》の中《なか》ですから、それは無理《むり》です。」

と言《い》うと、金貨《きんか》を１枚《まい》もやらずに追《お》い返《かえ》してしまいました。

怒《おこ》った男《おとこ》は、また笛《ふえ》を吹《ふ》きはじめました。すると今度《こんど》は、町《まち》じゅうの子《こ》どもたちが集《あつ》まってきました。大人《おとな》たちは必死《ひっし》で止《と》めようとするのですが、体《からだ》がしびれてだれも動《うご》けません。

笛吹《ふえふ》き男《おとこ》を先頭《せんとう》に子《こ》どもたちがぞろぞろと歩《ある》きはじめ、大《おお》きな川《かわ》までやってくると、山《やま》のほうへ登《のぼ》っていきました。そして、全員《ぜんいん》が山《やま》のほら穴《あな》に入《はい》ると、岩《いわ》のとびらがぴたりと閉《し》まったのです。おくれて歩《ある》いていた足《あし》の悪《わる》い男《おとこ》の子《こ》だけが取《と》り残《のこ》されました。

「みんな、ほら穴《あな》に消《き》えちゃった。」

男《おとこ》の子《こ》は泣《な》きながら町《まち》にもどりました。大人《おとな》たちは山《やま》に探《さが》しに行《い》きましたが、笛吹《ふえふ》き男《おとこ》も子《こ》どももどこにもいませんでした。

瀧靖之先生の
賢い子を育てるコツ

### ねずみが登場《とうじょう》するお話《はなし》を探《さが》そう

　このお話《はなし》には「ねずみ」が出《で》てきますが、ほかの世界《せかい》や日本《にほん》の昔話《むかしばなし》にもよく登場《とうじょう》します。それはきっと、ねずみが人々《ひとびと》の生活《せいかつ》になじみ深《ぶか》いものだったからでしょう。みなさんはどんなねずみのお話《はなし》が好《す》きですか？　ねずみが登場《とうじょう》するお話《はなし》を探《さが》してみましょう。

日本の昔話

# 74

善悪《ぜんあく》って？

## おむすびころりん

むかしむかし、山《やま》へ仕事《しごと》に行《い》ったおじいさんが、お昼《ひる》に、おむすびを食《た》べようとしたときのことです。

口《くち》に入《い》れようとしたとたん、おむすびはころがって、穴《あな》の中《なか》に落《お》ちてしまいました。もったいないことをしたと、おむすびが落《お》ちた穴《あな》を、おじいさんがのぞいていると、中《なか》から、ねずみが顔《かお》を出《だ》しました。

「どうもごちそうさまでございました。おいしいおむすびでした。お礼《れい》に、ごちそうさせてください。」

ねずみに言《い》われたとおりに、おじいさんは、ねずみのしっぽにつかまり、目《め》を閉《と》じました。しばらくして目《め》を開《あ》けると、そこはねずみの家《いえ》でした。ねずみたちが、もちつき歌《うた》を歌《うた》いながら、にぎやかにもちをついています。おじいさんもいっしょに歌《うた》おうとすると、

# おむすびはころがって ねずみの家《いえ》に落《お》ちました

おじいさんが落《お》としたおむすびをおいしく食《た》べたねずみたちは、お礼《れい》につきたてのおもちをごちそうしてくれました。

「おじいさん、猫《ねこ》の鳴《な》き声《ごえ》は、禁止《きんし》ですよ。」

と、ねずみが言《い》いました。

おじいさんは、つきたてのおもちをたらふくごちそうになったので、そろそろ帰《かえ》ることにしました。ねずみは、たくさんの宝物《たからもの》がつまった大《おお》きなつづら★1を、おみやげに持《も》たせてくれました。

さて、この話《はなし》を聞《き》いたとなりのおじいさんは、自分《じぶん》も同《おな》じように、いい思《おも》いをしたいものだと、おむすびを持《も》って、山《やま》へ出《で》かけました。ねずみの穴《あな》に、おむすびをころがし入《い》れて待《ま》っていると、ねずみが出《で》てきました。そこで、ねずみのしっぽをにぎり、

「さあ、わしにも、ごちそうしてくれ。」

と、ねずみをせきたて、ねずみの家《いえ》に行《い》きました。

ねずみの家《いえ》では、ねずみたちがもちつきをしていて、やはり、「猫《ねこ》の鳴《な》き声《ごえ》はいやですよ。」と言《い》いました。となりのおじいさんは、ねずみのつづらが全部《ぜんぶ》欲《ほ》しくなりました。猫《ねこ》の鳴《な》きまねをして、ねずみたちを追《お》い払《はら》おうと考《かんが》え、「にゃ～ご！」と、一声《ひとこえ》、大《おお》きく鳴《な》きました。

たちまち、あたりは真《ま》っ暗《くら》になり、ねずみたちはどこかへ消《き》えてしまいました。おじいさんは、つづらを探《さが》しましたが、つづらのありかはわかりません。おまけに帰《かえ》り道《みち》もわからず、真《ま》っ暗《くら》やみの中《なか》をあちこちぶつかりながら、やっと出《で》口《ぐち》にたどりつきました。

欲《よく》をかいたとなりのおじいさんは、傷《きず》だらけになりながら家《いえ》に帰《かえ》りました。

★1 竹《たけ》やひのきの薄皮《うすかわ》で編《あ》んだ容器《ようき》に紙《かみ》を張《は》ったもの

## 瀧靖之先生の賢い子を育てるコツ

### おむすび、おにぎりどっちで呼《よ》ぶ？

みなさんは「にぎりめし」をなんと呼《よ》びますか？　このお話《はなし》のように「おむすび」と呼《よ》ぶのはおもに西日本《にしにほん》の地域《ちいき》で、東日本《ひがしにほん》では「おにぎり」と呼《よ》ぶことが多《おお》いそうです。また、地域《ちいき》によってはどちらの呼《よ》び方《かた》もするそうですからおもしろいですね。

世界の童話

# 75

## 善悪《ぜんあく》って？

# おおかみと少年《しょうねん》

イソップ

むかしむかし、ある村《むら》に、羊飼《ひつじか》いの少年《しょうねん》がいました。少年《しょうねん》の仕事《しごと》は丘《おか》にある牧場《ぼくじょう》で日暮《ひぐ》れまで、おおかみからたくさんの羊《ひつじ》を守《まも》ることでした。でも、おおかみが現《あらわ》れたことは一度《いちど》もありません。少年《しょうねん》は毎日《まいにち》、朝《あさ》から晩《ばん》まで、草《くさ》むらに寝《ね》ころんでは羊《ひつじ》をながめて過《す》ごすだけで、とても退屈《たいくつ》していました。

あるとき、少年《しょうねん》は、おもしろいいたずらを思《おも》いつきました。

「大変《たいへん》だ、大変《たいへん》だー！　おおかみが出《で》たぞー！」

こうさけびながら丘《おか》をかけ下《お》りたのです。すると、あちらの家《いえ》からも、こちらの家《いえ》からも、棒《ぼう》を持《も》った大人《おとな》たちがあわてて飛《と》び出《だ》してきました。

「おおかみだって！」

「どこにいるんだ？」

「羊《ひつじ》は大丈夫《だいじょうぶ》なんだろうね！」

# 「おおかみが出《で》たぞー！」の声《こえ》に大人《おとな》たちは大《おお》さわぎ

羊飼《ひつじか》いの少年《しょうねん》は自分《じぶん》のうそにだまされて大《おお》さわぎする大人《おとな》たちをおもしろがり、何度《なんど》もくり返《かえ》しました。

と、もうはちの巣《す》をつついたような大《おお》さわぎです。少年《しょうねん》を先頭《せんとう》に、みんなで牧《ぼく》場《じょう》にかけ上《あ》がってみましたが、おおかみの姿《すがた》は見《み》あたりません。

「どうやら逃《に》げてしまったな。」

「羊《ひつじ》が無事《ぶじ》でよかった、よかった。」

大人《おとな》たちはそう言《い》って、村《むら》に帰《かえ》っていきました。少年《しょうねん》は、ゆかいでゆかいでたまりませんでした。

それから、少年《しょうねん》は、たびたび、このいたずらをくり返《かえ》しました。

「おおかみが出《だ》たぞーー！」

とさけぶと、大人《おとな》たちが出《で》てきて大《おお》さわぎになるのです。そして、牧場《ぼくじょう》に行《い》ってみると、おおかみの姿《すがた》は見《み》えません。大人《おとな》たちは、だんだん少年《しょうねん》がうそをついているのではないかと思《おも》うようになりました。

そんなある日《ひ》、いつものように少年《しょうねん》が羊《ひつじ》の番《ばん》をしていると、本当《ほんとう》におおかみが現《あらわ》れました。

「おおかみが出《で》たぞーー！」

とさけびながら、少年《しょうねん》は一目散《いちもくさん》に村《むら》をめざしてかけ下《お》りました。でも、大人《おとな》たちはだれも出《で》てきません。大人《おとな》たちは、またいつものように少年《しょうねん》がうそをついていると思《おも》っていたのです。

「ほんとなんだよ！　助《たす》けてくれよう！」

少年《しょうねん》は必死《ひっし》になってさけびながら、家《いえ》のとびらをたたいて回《まわ》りました。でもだれも出《で》てきてくれません。とうとう、羊《ひつじ》は1匹《ぴき》残《のこ》らずおおかみに食《た》べられてしまいました。

## 瀧靖之先生の賢い子を育てるコツ

### 少年《しょうねん》の行動《こうどう》をどう思《おも》ったか話《はな》そう

少年《しょうねん》は何度《なんど》もうそをついたせいで肝心《かんじん》なときにまわりの人《ひと》から信用《しんよう》されず、おおかみに羊《ひつじ》を全部《ぜんぶ》食《た》べられてしまいました。日《ひ》ごろからうそをついていると、たとえそれが本当《ほんとう》でもだれも信《しん》じてくれなくなるのです。少年《しょうねん》の行動《こうどう》をどう思《おも》ったか話《はな》してみましょう。

日本の神話

76

善悪《ぜんあく》って？

# いなばの白《しろ》うさぎ

むかしむかし、海《うみ》の向《む》こうにいなばの国《くに》を見《み》わたせる、おきの島《しま》に１匹《ぴき》の白《しろ》うさぎが住《す》んでいました。

この白《しろ》うさぎは、やわらかい草《くさ》がたくさんある、いなばの国《くに》にわたることを夢《ゆめ》みていました。しかし、いなばの国《くに》へ行《い》くためには、この広《ひろ》い海《うみ》をわたらなくてはなりません。

ある朝《あさ》、白《しろ》うさぎは海《うみ》をながめながら、どうにかしていなばの国《くに》へわたるいい方法《ほうほう》はないかと考《かんが》えていました。

すると、サメが海《うみ》から顔《かお》を出《だ》しました。海《うみ》にたくさんの仲間《なかま》がいるサメを見《み》て、白《しろ》うさぎは何《なに》かをひらめきました。

「うさぎの仲間《なかま》と、サメの仲間《なかま》、どちらが多《おお》いか、数《かず》の比《くら》べっこをしよう。」

と言《い》いました。

# 白《しろ》うさぎはサメをだまして海《うみ》をわたっていきますが……

サメを並《なら》ばせ、飛《と》び石《いし》がわりにぴょんぴょんとんで海《うみ》をわたる白《しろ》うさぎ。最後《さいご》に本当《ほんとう》のことを話《はな》してしまいます。

サメの仲間《なかま》をいなばの国《くに》まで、１列《れつ》に並《なら》ばせて、その上《うえ》を白《しろ》うさぎがとんで数《かず》を数《かぞ》えるというものでした。

翌朝《よくあさ》、サメは約束《やくそく》どおり仲間《なかま》を集《あつ》めました。そして、島《しま》からいなばの国《くに》まで１列《れつ》に並《なら》びました。

もちろん、白《しろ》うさぎは数比《かずくら》べをする気《き》など、はじめからなくサメの背《せ》を使《つか》っていなばの国《くに》にわたろうとしていたのです。

「おいらの夢《ゆめ》は、このいなばの国《くに》にわたることだ。それでおまえさんたちを飛《と》び石《いし》がわりにさせてもらったよ。」

だまされたと知《し》って怒《おこ》ったサメは、仲間《なかま》たちといっしょに白《しろ》うさぎをつかまえると白《しろ》うさぎの皮《かわ》をはぎとってしまいました。

白《しろ》うさぎが、傷《きず》ついた体《からだ》を休《やす》ませていると、そこにおおぜいの神《かみ》たちが通《とお》りかかりました。神《かみ》たちは、傷《きず》を治《なお》すには海水《かいすい》で体《からだ》を洗《あら》い、風《かぜ》にあたり体《からだ》をかわかせばいいと言《い》いました。

白《しろ》うさぎは言《い》われたとおりにしましたが、塩《しお》が傷口《きずぐち》にしみ、痛《いた》みはひどくなるばかりでした。

そこへまた別《べつ》の神《かみ》がやってきました。この神《かみ》は、まず川《かわ》の水《みず》で体《からだ》を洗《あら》い、がま★1の穂綿《ほわた》にくるまって休《やす》むといいと言《い》いました。白《しろ》うさぎが言《い》われたとおりにすると、白《しろ》い毛《け》が生《は》えてきて、体《からだ》はもとどおりになりました。

その後《ご》、白《しろ》うさぎはいなばの国《くに》で幸《しあわ》せに暮《く》らしました。やさしく教《おし》えてくれた神《かみ》は、大国主命《おおくにぬしのみこと》という、意地《いじ》の悪《わる》い神《かみ》たちの弟《おとうと》でした。

★1 薬《くすり》としても使《つか》われた植物《しょくぶつ》

## 瀧靖之先生の賢い子を育てるコツ

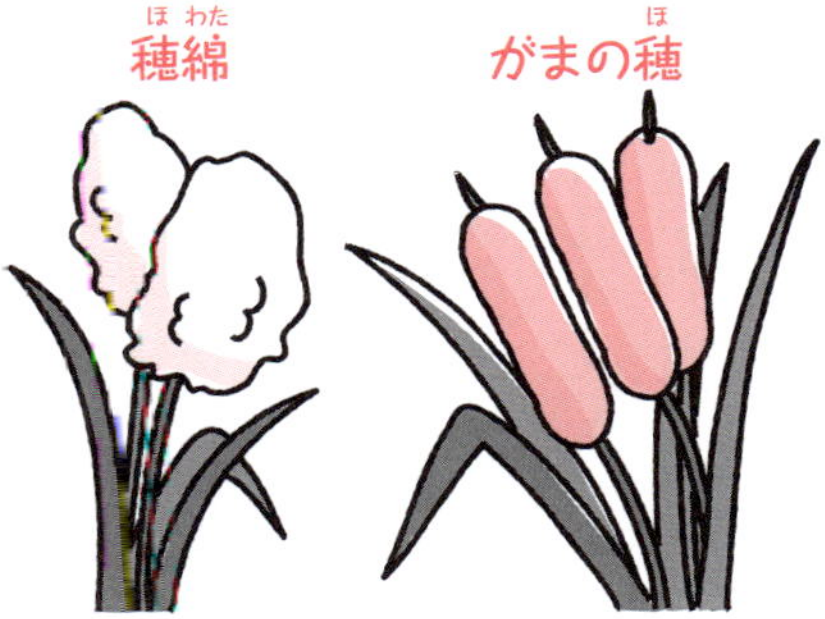


### がまの穂《ほ》ってどんなもの？

白《しろ》うさぎが傷《きず》の治療《ちりょう》に使《つか》ったがまの穂《ほ》とはどんなものでしょう。これは池《いけ》や河原《かわら》など水辺《みずべ》に生《は》えている植物《しょくぶつ》で、見た目《め》はまるでフランクフルトのようです。穂綿《ほわた》はがまのめ花《ばな》が熟《じゅく》して綿毛《わたげ》が密集《みっしゅう》したブラシのようになったもので花《か》粉《ふん》に薬効《やっこう》があるそうです。

世界の童話

77

善悪《ぜんあく》って？

# 赤《あか》い靴《くつ》

アンデルセン

むかしむかし、カーレンという女《おんな》の子《こ》がお母《かあ》さんとふたりで暮《く》らしていましたが、あるとき、お母《かあ》さんが病気《びょうき》で亡《な》くなってしまいました。

「お母《かあ》さん。私《わたし》、これからどうしたらいいの？」

お葬式《そうしき》の日《ひ》、ひとりぼっちになったカーレンが泣《な》いていると、お金持《かねも》ちのおばあさんが馬車《ばしゃ》で通《とお》りかかり、カーレンは、おばあさんの家《いえ》で暮《く》らすことになりました。

今《いま》までの貧乏《びんぼう》な暮《く》らしが、まるでうそのように、すてきな毎日《まいにち》です。とても楽《たの》しく暮《く》らしていました。

ある日《ひ》のこと、教会《きょうかい》にはいていく靴《くつ》を買《か》いに行《い》きました。靴屋《くつや》さんには、とてもすてきな赤《あか》い靴《くつ》がありました。カーレンはその赤《あか》い靴《くつ》が気《き》に入《い》りました。

しかし、教会《きょうかい》にはいていく靴《くつ》は黒《くろ》と決《き》まっています。どうしても赤《あか》い靴《くつ》が欲《ほ》し

# 赤《あか》い靴《くつ》にあやつられ
# おどりつづけるカーレン

どうしても赤《あか》い靴《くつ》が欲《ほ》しかったカーレン。おばあさんにうそをついて買《か》ってもらいましたが……。

かったカーレンは、目《め》の悪《わる》いおばあさんにうそをついて、赤《あか》い靴《くつ》を買《か》ってもらいました。

ある日《ひ》、カーレンは、ダンスパーティーに招《まね》かれました。病気《びょうき》で苦《くる》しんでいるおばあさんの看病《かんびょう》もせず、赤《あか》い靴《くつ》をはいて、パーティーに出《で》かけようとしたとき、赤《あか》い靴《くつ》がひとりでに動《うご》き出《だ》して、おどりはじめたのです。カーレンは赤《あか》い靴《くつ》にあやつられるまま、外《そと》へ飛《と》び出《だ》していきました。

朝《あさ》も昼《ひる》も夜《よる》も、おどりつづけたカーレンは、おどり疲《つか》れてぼろぼろです。でも、赤《あか》い靴《くつ》はダンスをやめてくれません。

フラフラになったカーレンが自分《じぶん》の家《いえ》のそばまでおどりながら来《き》たとき、おばあさんのお葬式《そうしき》をしていました。あのやさしかったおばあさんが死《し》んでしまったのは、自分《じぶん》が看病《かんびょう》をしなかったせいだと思《おも》い、悲《かな》しくなりました。

それでも、やめることはできません。

やがて、首切《くびき》り役人《やくにん》の家《いえ》の前《まえ》に来《き》たとき、カーレンは「私《わたし》の足《あし》を切《き》ってください！」と言《い》いました。

首切《くびき》り役人《やくにん》は、カーレンの足《あし》を赤《あか》い靴《くつ》といっしょに、大《おお》きなおので切《き》りおとしました。そして、木《き》で足《あし》とつえをつくってくれました。

それからカーレンは教会《きょうかい》へ行《い》きました。

「神様《かみさま》、私《わたし》は悪《わる》い娘《むすめ》です。おばあさんにうそをついて赤《あか》い靴《くつ》を買《か》ってもらい、パーティーに行《い》こうとしました。どうか、お許《ゆる》しください。」

すると、あたりがまばゆい光《ひかり》につつまれ、その光《ひかり》の中《なか》に天使《てんし》が立《た》っていました。カーレンは天使《てんし》とともに、天《てん》にのぼっていきました。

瀧靖之先生の
賢い子を育てるコツ

### ダンスの種類《しゅるい》をあげてみよう

赤《あか》い靴《くつ》をはいたカーレンは自分《じぶん》の意志《いし》ではおどりがやめられなくなってしまいました。それはどんなおどりだったのでしょうね。バレエ、フラメンコ、タンゴ、フラなど、ダンスにはたくさんの種類《しゅるい》があります。みなさんはどんなダンスを知《し》っていますか？

日本の名作

78

善悪《ぜんあく》って？

# くもの糸《いと》

芥川龍之介《あくたがわりゅうのすけ》

ある日《ひ》、極楽《ごくらく》にいるお釈迦様《しゃかさま》が散歩《さんぽ》していました。

お釈迦様《しゃかさま》が、ふと蓮池《はすいけ》の底《そこ》をのぞいてみると、池《いけ》の底《そこ》は、極楽《ごくらく》と正反対《せいはんたい》で、たくさんの罪人《ざいにん》たちがおぼれそうな様子《ようす》でもがき苦《くる》しんでいました。

罪人《ざいにん》のなかに、お釈迦様《しゃかさま》の知《し》っている男《おとこ》がいました。

その罪人《ざいにん》はカンダタという男《おとこ》でした。カンダタは数々《かずかず》の悪事《あくじ》を働《はたら》いてきたので地獄《じごく》に落《お》ちるのは当然《とうぜん》のことでしたが、お釈迦様《しゃかさま》はカンダタがひとつだけいいことをしたことを思《おも》い出《だ》しました。

それは、くもを踏《ふ》みかけたときに、「むやみに、命《いのち》を奪《うば》うのはかわいそうだ。」と、助《たす》けたことがあるのです。

命《いのち》の尊《とうと》さがわかるカンダタは、根《ね》っからの悪党《あくとう》ではないかもしれないと思《おも》ったお釈迦様《しゃかさま》は、カンダタを救《すく》ってあげることにしました。

# くもの糸《いと》をのぼって地獄《じごく》から抜《ぬ》け出《だ》せるのか？

天上《てんじょう》からたれさがるくもの糸《いと》をのぼっていくカンダタ。下《した》を見《み》るとほかの罪人《ざいにん》たちもあとを追《お》ってきます。

くもの命《いのち》をとらなかったことに免《めん》じて、天上《てんじょう》から極楽《ごくらく》へと続《つづ》く1本《ぽん》のくもの糸《いと》をカンダタのいる地獄《じごく》へとたらしたのでした。

何気《なにげ》なくカンダタが頭《あたま》を上《あ》げて、空《そら》をながめると、遠《とお》い天上《てんじょう》から、銀色《ぎんいろ》のくもの糸《いと》が、細《ほそ》く光《ひか》りながら、するすると自分《じぶん》の上《うえ》にたれてきたのを見《み》つけました。カンダタは、喜《よろこ》びました。

くもの糸《いと》を両手《りょうて》でしっかりつかみ、のぼりはじめました。しかし地獄《じごく》の底《そこ》から極楽《ごくらく》まではいあがることは簡単《かんたん》ではありません。疲《つか》れたカンダタはひと休《やす》みしたところで、ふと下《した》をふり返《かえ》りました。

すると下《した》のほうでは、くもの糸《いと》を見《み》つけたほかの罪人《ざいにん》たちが、自分《じぶん》たちもここから出《で》られると思《おも》い、カンダタのあとを追《お》うように糸《いと》につかまり、どんどんのぼってくるのが見《み》えました。

この細《ほそ》いくもの糸《いと》が、あんなたくさんの罪人《ざいにん》の重《おも》さにたえられるはずがないとおどろいたカンダタは下《した》に向《む》かってさけびました。

「この糸《いと》はおれのだ。おりろ。おりろ。」

その瞬間《しゅんかん》、くもの糸《いと》はプツリと切《き》れてしまいました。

その様子《ようす》を上《うえ》から見《み》ていたお釈迦様《しゃかさま》は、悲《かな》しそうな表情《ひょうじょう》を浮《う》かべて、また散歩《さんぽ》しはじめました。

人《ひと》を思《おも》いやる気持《きも》ちがなく自分《じぶん》だけ助《たす》かろうとしたカンダタは、ばつを受《う》け、もとの地獄《じごく》へ落《お》ちていきました。

## 瀧靖之先生の賢い子を育てるコツ

### くもの糸《いと》ってじつはすごい！

主人公《しゅじんこう》は「くもの糸《いと》」につかまってはいあがりますが、くもの糸《いと》はどれぐらい強《つよ》いのでしょうか。実験《じっけん》によると、くもの糸《いと》は鋼鉄《こうてつ》より何倍《なんばい》も強《つよ》く、またナイロンのようにのび縮《ちぢ》みするそうです。こんな最強《さいきょう》の天然繊維《てんねんせんい》をつくり出《だ》すくもについて調《しら》べてみましょう。

日本の昔話

# 79

## 善悪《ぜんあく》って？

# 正月神様《しょうがつかみさま》

むかしむかし、あるところにおじいさんとおばあさんが住《す》んでいました。明日《あす》はお正月《しょうがつ》というおおみそかの夜《よる》、雨《あめ》がざあざあ降《ふ》っていました。

おじいさんとおばあさんが、「この雨《あめ》はやみそうにもないなあ。」「お正月《しょうがつ》の神《かみ》様《さま》もきっと困《こま》っていらっしゃるにちがいない。」と話《はな》していると、七人《しちにん》の神様《かみさま》がドヤドヤとかけこんできました。

「おじいさん、おばあさん、★1かさ★2かみのを貸《か》してくれませんか。」

神様《かみさま》たちがそう言《い》うので、おじいさんとおばあさんは家《いえ》じゅうを探《さが》しまわってかさやみのなど、雨《あま》よけになるものをあるだけ差《さ》し出《だ》しました。でも、どうしてもひとり分《ぶん》足《た》りません。そこで、おじいさんは仕事用《しごとよう》のカッパを差《さ》し出《だ》しました。

七人《しちにん》の神様《かみさま》は「ありがたい、ありがたい。」とお礼《れい》を言《い》って喜《よろこ》んで帰《かえ》っていきました。

# おおみそかの夜《よる》、七人《しちにん》の神様《かみさま》が来《き》ました

ずぶぬれでやってきた神様《かみさま》たちに、おじいさんとおばあさんがかさやみの、カッパを貸《か》してあげると、感謝《かんしゃ》して帰《かえ》っていきました。

「今日《きょう》はいいことをしましたね、おじいさん。」

「そうだねえ。」

それから1年《ねん》がたち、また、おおみそかの日《ひ》を迎《むか》えました。おじいさんとおばあさんは、お金《かね》がなくて年越《としこ》しの用意《ようい》ができずに困《こま》っていると、また、同《おな》じ七人《しちにん》の神様《かみさま》がやってきました。

「おじいさん、おばあさん、この前《まえ》は助《たす》かりました。お礼《れい》に何《なに》か差《さ》し上《あ》げたいのですが、何《なに》か欲《ほ》しいものはありますか？」

「せめて年《とし》をこせるだけのお金《かね》とお米《こめ》があるとうれしいのですが。」

おじいさんがそう言《い》うと、神様《かみさま》たちは★3打《う》ち出《で》の小《こ》づちを差《さ》し出《だ》しました。

「この小《こ》づちはなんでも好《す》きなものを出《だ》せるんですよ。」

そして、おじいさんのカッパをもらった神様《かみさま》が、「本当《ほんとう》はほかに欲《ほ》しいものがあるのではないですか？」と聞《き》きました。

おじいさんとおばあさんは、「じつは赤《あか》ちゃんが欲《ほ》しいです。」と答《こた》えました。

「それでは明日《あす》の元旦《がんたん》、ふたりで向《む》かいあって『おめでとうございます。』とあいさつをしなさい。そうすればふたりは若返《わかがえ》り、赤《あか》ちゃんを授《さず》かるでしょう。」

神様《かみさま》はそう言《い》って出《で》ていきました。

新年《しんねん》を迎《むか》えた朝《あさ》、おじいさんとおばあさんは神様《かみさま》に言《い》われたとおりにあいさつをしました。

すると、ふたりは輝《かがや》くばかりの若《わか》い男女《だんじょ》になりました。

赤《あか》ちゃんも授《さず》かって、ふたりは末長《すえなが》く幸《しあわ》せに暮《く》らしました。

★1　雨《あめ》などを防《ふせ》ぐために頭《あたま》にかぶるもの
★2　衣服《いふく》の上《うえ》にまとう雨具《あまぐ》
★3　ふると願《ねが》いがかなうつち

## 瀧靖之先生の賢い子を育てるコツ

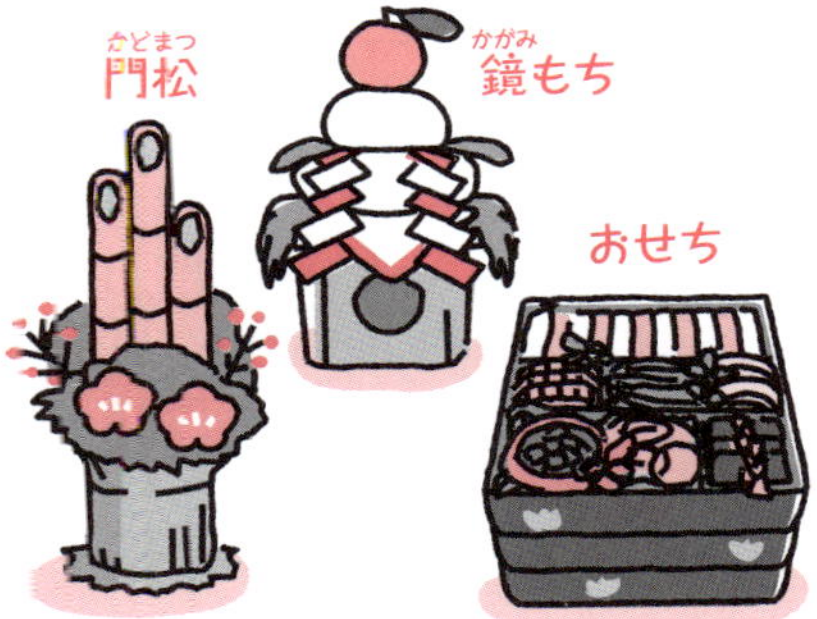


### お正月《しょうがつ》には どんなことをするの？

お正月《しょうがつ》は新《あたら》しい年神様《としがみさま》を迎《むか》えて豊作《ほうさく》や家族《かぞく》の幸《しあわ》せを願《ねが》う行事《ぎょうじ》です。新年《しんねん》を迎《むか》える準備《じゅんび》として、門松《かどまつ》やしめなわを飾《かざ》ったり鏡《かがみ》もちをお供《そな》えしたり、おせち料理《りょうり》をつくったりします。家族《かぞく》みんなで準備《じゅんび》を楽《たの》しみましょう。

日本の昔話

# 80

## 善悪《ぜんあく》って？

# 節分《せつぶん》の鬼《おに》

むかしむかし、あるところに貧《まず》しい夫婦《ふうふ》が住《す》んでいました。ふたりは、朝早《あさはや》くから夕方《ゆうがた》おそくまで畑仕事《はたけしごと》に精《せい》を出《だ》していましたが、働《はたら》いても働《はたら》いても暮《く》らしはいっこうによくなりませんでした。

ある年《とし》の冬《ふゆ》。もうすぐ節分《せつぶん》というころ、夫婦《ふうふ》はこんな話《はなし》をしていました。

「節分《せつぶん》には、今《いま》までずっと『福《ふく》は内《うち》、鬼《おに》は外《そと》』って言《い》って豆《まめ》をまいてきたねえ。」

「ええ、世《よ》の中《なか》はみんな『福《ふく》は内《うち》、鬼《おに》は外《そと》』って言《い》いますからねえ。」

「でも、ちっともいいことが起《お》こらない。それどころか、食《た》べものに困《こま》ることだってある。福《ふく》の神《かみ》に見放《みはな》されているんじゃないかなあ。それで近《ちか》ごろは、鬼《おに》の気持《きも》ちになって考《かんが》えてみることがある。」

「鬼《おに》の気持《きも》ち、ですか。」

「みんながみんな『鬼《おに》は外《そと》、福《ふく》は内《うち》』って言《い》って『鬼《おに》の目玉《めだま》ぶっつぶせ』って鬼《おに》に

# 家《いえ》に招《まね》かれて
# 鬼《おに》たちは大喜《おおよろこ》び

節分《せつぶん》の日《ひ》、鬼《おに》たちはいつも追《お》い出《だ》されてばかりでしたが、夫婦《ふうふ》に料理《りょうり》やお酒《さけ》でもてなしてもらい、楽《たの》しいひとときを過《す》ごしました。

向かって豆《まめ》を投《な》げたら、そりゃ鬼《おに》だっていやだろうと思《おも》って。」

「そう言《い》われてみれば、そうですね。」

「私《わたし》たちも『貧乏者《びんぼうもの》』って目《め》で見《み》られることがあるけれど、いやな気持《きも》ちになる。鬼《おに》も豆《まめ》をぶつけられてきらわれて、いやなんじゃないかと思《おも》って。今年《ことし》は似《に》た者《もの》同士《どうし》、鬼《おに》にやさしくしたいと思《おも》うんだ。」

「そうですね。では節分《せつぶん》に鬼《おに》を呼《よ》びましょうか。」

さて、いよいよ節分《せつぶん》の夜《よる》。あちこちの家《いえ》で豆《まめ》まきが始《はじ》まりました。

「鬼《おに》は〜外《そと》！　福《ふく》は〜内《うち》！」

そんななか、夫婦《ふうふ》の家《いえ》では、

「鬼《おに》は〜内《うち》！　福《ふく》は〜外《そと》！」

豆《まめ》をぶつけられて逃《に》げまわっていた鬼《おに》たちは、この声《こえ》を聞《き》いてぞくぞくと夫婦《ふうふ》の家《いえ》にやってきました。

夫婦《ふうふ》は貧《まず》しいながらも料理《りょうり》とお酒《さけ》で鬼《おに》たちをもてなしました。鬼《おに》たちは喜《よろこ》んで酒《さけ》をくみ交《か》わし、翌朝《よくあさ》に帰《かえ》っていきました。そのとき、鬼《おに》のひとりが言《い》いました。

「こんなに楽《たの》しい節分《せつぶん》は今《いま》までなかった。お礼《れい》に万病《まんびょう》に効《き》く痛《いた》み止《ど》めの薬《くすり》のつくり方《かた》を教《おし》えてあげよう。」

夫婦《ふうふ》は鬼《おに》に教《おそ》わったとおりに薬《くすり》をつくりました。痛《いた》みで苦《くる》しんでいる人《ひと》に飲《の》ませたところ、すぐに治《なお》ってしまったのでうわさになりました。薬《くすり》は飛《と》ぶように売《う》れて、夫婦《ふうふ》はあっという間《ま》にお金持《かねも》ちになりました。

それからというもの、夫婦《ふうふ》はお金持《かねも》ちになれたのは鬼《おに》のおかげだと感謝《かんしゃ》して「鬼《おに》は～内《うち》、福《ふく》は～外《そと》！」と豆《まめ》まきをしているそうです。

## 瀧靖之先生の賢い子を育てるコツ

### 相手《あいて》の立場《たちば》になって考《かんが》えてみよう

このお話《はなし》の夫婦《ふうふ》はみんながきらう鬼《おに》の立場《たちば》になって物事《ものごと》を考《かんが》え、鬼《おに》たちのやさしい意外《いがい》な一面《いちめん》を知《し》ることができました。けんかをしたときなど、いっぽうからだけでなく相手《あいて》の立場《たちば》からも見《み》つめる目《め》を持《も》てるといいですね。

伝記

81

天才《てんさい》って？

# 暮《く》らしを便利《べんり》にした発明王《はつめいおう》――エジソン（1847～1931年《ねん》）

今《いま》から170年《ねん》ほど前《まえ》、エジソンはアメリカのオハイオ州《しゅう》で生《う》まれました。エジソンは、とても知《し》りたがりの変《か》わった子《こ》どもだと思《おも》われていました。どうやってがちょうが生《う》まれてくるのか知《し》りたくて、鳥小屋《とりごや》で何時間《なんじかん》も卵《たまご》を抱《だ》いてかがんでいました。どうして火《ひ》が燃《も》えるのか知《し》りたくて、ものおき小屋《ごや》のわらに火《ひ》をつけ火事《かじ》を起《お》こしてしまったこともありました。

小学生《しょうがくせい》になると、先生《せんせい》に質問《しつもん》ばかりしました。

「どうして1たす1は2なの？　どうしてABC《エービーシー》はあるの？　どうやれば風《かぜ》は見《み》えるの？　どうしてりんごは赤《あか》いの？　どうして？　どうして？」

次《つぎ》から次《つぎ》に出《で》てくる質問《しつもん》にうまく答《こた》えられない先生《せんせい》は、かんかんに怒《おこ》り、とうとうエジソンは知恵《ちえ》おくれだと決《き》めつけてしまいました。

でも、エジソンのお母《かあ》さんは、エジソンがいろいろなことに興味《きょうみ》がある賢《かしこ》い子《こ》

# 好奇心《こうきしん》が強《つよ》く、なんでも知《し》りたがったエジソン

「どうして？」と質問《しつもん》ばかりするエジソン。学校《がっこう》をとちゅうでやめて、お母《かあ》さんに勉強《べんきょう》を教《おし》えてもらっていました。

どもだとわかっていました。そこで学校《がっこう》はやめて、家《いえ》でお母《かあ》さんがたくさんの質《しつ》問《もん》に答《こた》えて、じっくり勉強《べんきょう》を教《おし》えることにしました。

エジソンはたくさんの本《ほん》を読《よ》みました。そして、家《いえ》の地下《ちか》につくった実験室《じっけんしつ》で科学実験《かがくじっけん》の本《ほん》を見《み》てたくさん実験《じっけん》を行《おこな》い、発明《はつめい》に夢中《むちゅう》になっていったのです。

「よーし、どんな人《ひと》にも役立《やくだ》つ発明《はつめい》をするぞ！」

大人《おとな》になったエジソンは発明《はつめい》のための研究所《けんきゅうじょ》をつくり、だれも考《かんが》えつかなかったものを次々《つぎつぎ》に発明《はつめい》しました。火事《かじ》を知《し》らせる火災報知器《かさいほうちき》、遠《とお》くでもよく聞《き》こえる電話《でんわ》、音楽《おんがく》を流《なが》す蓄音機《ちくおんき》などの発明《はつめい》は、みんなの暮《く》らしを便利《べんり》にしました。

エジソンは白熱電球《はくねつでんきゅう》の発明《はつめい》にも取《と》り組《く》みました。むかしは夜《よる》の明《あ》かりにろうそくやランプを使《つか》っていましたが、すぐに消《き》えてしまうのでとても不便《ふべん》で、暗《くら》くなるとみんな早《はや》く寝《ね》てしまう生活《せいかつ》でした。

「どんな材料《ざいりょう》を使《つか》ったら、ずっと明《あか》るく照《て》らせる電球《でんきゅう》ができるだろうか。」

さまざまな材料《ざいりょう》で実験《じっけん》を続《つづ》けたエジソンは、ついにすばらしい材料《ざいりょう》を見《み》つけました。それは日本《にほん》の京都《きょうと》の竹《たけ》です。竹《たけ》を使《つか》った電球《でんきゅう》は１０００時間以上《じかんいじょう》も輝《かがや》きつづけたのです。この便利《べんり》な電球《でんきゅう》のおかげで夜《よる》もゆっくり過《す》ごせるようになりました。

その後《ご》もエジソンは、「人《ひと》の役《やく》に立《た》つ発明《はつめい》」を考《かんが》えつづけました。★1電球《でんきゅう》ソケット、★2活動写真《かつどうしゃしん》、★3蓄電池《ちくでんち》などを発明《はつめい》し、電車《でんしゃ》や飛行機《ひこうき》の研究《けんきゅう》もしました。エジソンが生《う》み出《だ》した発明《はつめい》や工夫《くふう》は、なんと1000以上《いじょう》もあります。人々《ひとびと》はエジソンのことを「天才《てんさい》」とたたえ、「発明王《はつめいおう》」と呼《よ》んで心《こころ》からほめました。

それにこたえるように、エジソンはこんな言葉《ことば》を残《のこ》しています。

「天才《てんさい》とは1パーセントのひらめきと99パーセントの努力《どりょく》である。」

★1 電球《でんきゅう》をつなげる部品《ぶひん》

★2 映画《えいが》の古《ふる》い呼《よ》び方《かた》

★3 電気《でんき》をためておく電池《でんち》

### 瀧靖之先生の
### 賢い子を育てるコツ

### 電球《でんきゅう》はどうやって光《ひか》るか実験《じっけん》してみよう

電球《でんきゅう》はエジソンの発明《はつめい》でもっとも身近《みぢか》なもののひとつです。電球《でんきゅう》はどうやったら光《ひか》るか問《と》いかけながら、豆電球《まめでんきゅう》と電池《でんち》をつなぐ簡単《かんたん》な「実験《じっけん》」をやってみるだけでも、ワクワクする気持《きも》ちや好奇心《こうきしん》がめばえます。

伝記

# 82

## 天才《てんさい》って？

# 世《せ》界《かい》一《いち》有《ゆう》名《めい》な絵《え》をかいた——レオナルド・ダ・ヴィンチ（1452～1519年《ねん》）

レオナルド・ダ・ヴィンチは、イタリアのヴィンチ村《むら》で生《う》まれました。

小《ちい》さいころから絵《え》をかくことが好《す》きでした。父親《ちちおや》は息子《むすこ》のデッサン★1を画家《がか》ヴェロッキオに見《み》せたところ、その才能《さいのう》におどろき、自分《じぶん》の工房《こうぼう》へ弟子入《でしい》りするようにすすめました。

こうして14才《さい》のときに本格的《ほんかくてき》に絵画《かいが》の修業《しょぎょう》をスタートすることになりました。ヴェロッキオも絵画《かいが》や彫刻《ちょうこく》など、複数《ふくすう》の分野《ぶんや》で活《かつ》やくした人《ひと》でした。そのため、いろいろな技術《ぎじゅつ》と知識《ちしき》を学《まな》ぶことができました。

ある日《ひ》、ヴェロッキオは自分《じぶん》がかいていた絵《え》の一部分《いちぶぶん》をダ・ヴィンチにかかせることにしました。ダ・ヴィンチのかいた絵《え》を見《み》たヴェロッキオは、あまりの出《で》来《き》のよさに自信《じしん》をなくしてしまい、絵《え》がかけなくなってしまったとも言《い》われています。

# 見《み》る人《ひと》をひきつける ダ・ヴィンチの絵《え》

ダ・ヴィンチが何年《なんねん》もかけてかいた『モナ・リザ』は、だれもが認《みと》める世界《せかい》でいちばん有名《ゆうめい》な絵《え》です。

ダ・ヴィンチは1枚《まい》の絵《え》をかくのにたくさんのスケッチをかいて、いくつもの構想《こうそう》を考《かんが》えていました。しかし、完成《かんせい》が見《み》えてしまうと、とちゅうでかくのをやめてしまうこともありました。また、かくスピードもおそかったので、未完成《みかんせい》の作品《さくひん》も多《おお》くあります。

修道院《しゅうどういん》の食堂《しょくどう》の壁《かべ》にかいた『最後《さいご》の晩餐《ばんさん》』は、縦約《たてやく》4メートル、横約《よこやく》9メートルもある大《おお》きな作品《さくひん》です。しかし、壁《かべ》にかいたため、絵《え》の具《ぐ》がはがれてしまい、何度《なんど》も修復《しゅうふく》されました。

さらに有名《ゆうめい》な『モナ・リザ』。この絵《え》は何年《なんねん》にもわたってかきました。『モナ・リザ』のモデルは、フィレンツェのお金持《かねも》ちの商人《しょうにん》の妻《つま》だと言《い》われています。自分《じぶん》の理想《りそう》をかいたとも言《い》われ、ダ・ヴィンチはこの絵《え》を生涯《しょうがい》、放《はな》さず手《て》もとに置《お》いていました。

またダ・ヴィンチは、絵画《かいが》や彫刻《ちょうこく》だけでなく、あらゆる分野《ぶんや》で研究《けんきゅう》をして、その成果《せいか》をノートにまとめていました。それらはおどろくべきものでした。「空《そら》を飛《と》びたい！」というあこがれから、パラシュートで飛《と》び降《お》りたり、鳥《とり》と同《おな》じように「両腕《りょううで》に翼《つばさ》をつけると飛《と》べるかも」と考《かんが》え、鳥《とり》と人間《にんげん》の体《からだ》の研究《けんきゅう》や実験《じっけん》をしました。

ほかにもヘリコプターや潜水艦《せんすいかん》、自動車《じどうしゃ》やロボットなどのアイデアが書《か》きとめられていました。これは実際《じっさい》に開発《かいはつ》されるよりもずいぶん前《まえ》のことです。現在《げんざい》の技術《ぎじゅつ》や理論《りろん》に通《つう》じるアイデアも多《おお》くあったのです。芸術《げいじゅつ》から少《すこ》しはなれた分野《ぶんや》でも才能《さいのう》を発揮《はっき》し、どれもすぐれていて多才《たさい》な人物《じんぶつ》でした。

★1 絵《え》をかく前《まえ》の下書《したが》き

## 瀧靖之先生の賢い子を育てるコツ

### 『モナ・リザ』を見《み》て感想《かんそう》を言《い》いあおう

世界《せかい》でもっとも有名《ゆうめい》な絵《え》と言《い》われる『モナ・リザ』は、パリのルーブル美術館《びじゅつかん》に展示《てんじ》されています。なぞめいた貴《き》婦人《ふじん》のほほえみは、何百年《なんびゃくねん》以《い》上《じょう》にもわたって見《み》る人《ひと》をとりこにしてきました。ぜひ画集《がしゅう》などで見《み》て、感想《かんそう》を言《い》いあってください。

伝記

# 83

## 天才《てんさい》って？

# 多《おお》くの名曲《めいきょく》を残《のこ》した作曲家《さっきょくか》――モーツァルト（1756〜1791年《ねん》）

モーツァルトは、オーストリアのザルツブルクに生《う》まれました。姉《あね》ナンネルはモーツァルトの誕生《たんじょう》を喜《よろこ》び、とてもなかのよいきょうだいでした。父親《ちちおや》のレオポルトは音楽家《おんがくか》だったので、友人《ゆうじん》たちが楽器《がっき》を抱《かか》えて訪《たず》ねてくることも多《おお》く、毎《まい》日《にち》、音楽《おんがく》を聴《き》きながら育《そだ》ちました。

レオポルトがモーツァルトに指導《しどう》を始《はじ》めると、めきめきと上達《じょうたつ》し5才《さい》ではじめて曲《きょく》をつくりました。

モーツァルトの楽譜《がくふ》にはほとんど書《か》き直《なお》したあとがなかったそうです。試行錯《しこうさく》誤《ご》しながらつくるのではなく、頭《あたま》の中《なか》で曲《きょく》をすべて完成《かんせい》させて譜面《ふめん》に起《お》こしていたと言《い》われています。しかも同時《どうじ》に2曲《きょく》つくったり、会話《かいわ》をしながら曲《きょく》を書《か》いたりしていたそうです。

６才《さい》のときにウィーンの宮殿《きゅうでん》で演奏《えんそう》することになり、女帝《じょてい》マリア・テレジアが

# 幼《おさな》いうちから天才《てんさい》ぶりを発揮《はっき》！

目隠《めかく》ししてもまちがえずにピアノを弾《ひ》くことができた、子《こ》ども時代《じだい》のモーツァルト。並《なみ》はずれた才能《さいのう》の持《も》ち主《ぬし》でした。

「なんて、お上手《じょうず》なの！　ピアノの上《うえ》に布《ぬの》をかけても演奏《えんそう》できるかしら？」

と言《い》って、布《ぬの》で鍵盤《けんばん》を隠《かく》してしまいました。しかし、モーツァルトは、上手《じょうず》に演奏《えんそう》をして、まわりの人《ひと》たちをおどろかせました。またピアノを演奏《えんそう》するときに目隠《めかく》しをして弾《ひ》いてみせたこともあり、「神童《しんどう》」として、評判《ひょうばん》となっていました。

13才《さい》になると、作曲《さっきょく》の勉強《べんきょう》のために、レオポルトとイタリア各地《かくち》を旅行《りょこう》しました。モーツァルトは機会《きかい》があるごとに才能《さいのう》を発揮《はっき》し、演奏《えんそう》がすばらしいと評判《ひょうばん》になりました。

システィーナ礼拝堂《れいはいどう》を訪《おとず》れたときは、はじめて聴《き》いた九声合唱曲《きゅうせいがっしょうきょく》『ミゼレーレ』を記憶《きおく》だけをたよりに楽譜《がくふ》を書《か》き起《お》こしたそうです。この曲《きょく》は複雑《ふくざつ》な曲《きょく》でそれまでだれにも再現《さいげん》することはできませんでした。しかも聴《き》いただけで九声《きゅうせい》を分《わ》けて楽譜《がくふ》にするのは、人並《ひとなみ》はずれた才能《さいのう》によるものだと言《い》われています。

ウィーンへ移《うつ》り住《す》んだモーツァルトは、コンスタンツェと結婚《けっこん》し、幸《しあわ》せな結婚《けっこん》生活《せいかつ》を送《おく》りはじめました。

モーツァルトはピアニストとしてだけではなく、作曲家《さっきょくか》としても大人気《だいにんき》でした。そんななかつくったのがオペラ『フィガロの結婚《けっこん》』です。ウィーンでの初演《しょえん》は好評《こうひょう》でした。さらにそのあとプラハで上演《じょうえん》し、ウィーン以上《いじょう》に大成功《だいせいこう》をおさめました。

しかし32才《さい》になり、今《いま》までのように作品《さくひん》が売《う》れなくなり、生活《せいかつ》は貧《まず》しくなってしまいました。仕事《しごと》はすっかり減《へ》ってしまい、病弱《びょうじゃく》なコンスタンツェを抱《かか》えながら、モーツァルトも体調《たいちょう》が悪《わる》くなっていきました。作曲《さっきょく》を依頼《いらい》されていた★1『レクイエム』を書《か》いている最中《さいちゅう》に体調《たいちょう》をくずし、35才《さい》で亡《な》くなりました。

★1 亡《な》くなった人《ひと》にささげる曲《きょく》

## 瀧靖之先生の賢い子を育てるコツ

### なんでもいいので 好《す》きなことを続《つづ》けよう

音楽《おんがく》が好《す》きだったモーツァルトは、毎日《まいにち》レッスンを受《う》けて才能《さいのう》をのばしました。好《す》きなことに集中《しゅうちゅう》して取《と》り組むことで、すばらしい結果《けっか》を生《う》み出《だ》すことにつながります。音楽《おんがく》に限《かぎ》らずなんでもいいので、好《す》きなことを続《つづ》けてみましょう。

伝記

# 84

天才《てんさい》って？

## 夢《ゆめ》あふれるマンガを生《う》み出《だ》した——手塚《てづか》治虫《おさむ》（1928〜1989年《ねん》）

手塚《てづか》治虫《おさむ》は、７００以上《いじょう》のマンガと約《やく》60のアニメをつくりあげ、日本《にほん》のマンガを世界《せかい》に広《ひろ》めたマンガ家《か》で、「マンガの神様《かみさま》」と呼《よ》ばれています。

治虫《おさむ》は90年《ねん》ほど前《まえ》、大阪府豊中市《おおさかふとよなかし》で生《う》まれ、兵庫県宝塚市《ひょうごけんたからづかし》で育《そだ》ちました。

子《こ》どものころは、お母《かあ》さんからさまざまなものがたりを聞《き》かせてもらいました。お父《とう》さんはマンガが大好《だいす》きで、治虫《おさむ》にも自由《じゆう》に読《よ》ませてくれました。治虫《おさむ》は小学生《しょうがくせい》のころからマンガをかいて、友達《ともだち》を楽《たの》しませていたそうです。

また昆虫《こんちゅう》や宇宙《うちゅう》の星《ほし》など、科学《かがく》が大好《だいす》きでした。治虫《おさむ》の本名《ほんみょう》は〝治《おさむ》〟です。大《だい》好《す》きな昆虫《こんちゅう》のオサムシから〝虫《むし》〟という字《じ》をもらい、中学生《ちゅうがくせい》のときからマンガをかくときのペンネームを治虫《おさむ》にしたのです。

★1 旧制中学校《きゅうせいちゅうがっこう》のときのことです。治虫《おさむ》は両手《りょうて》がひどい皮《ひ》ふ病《びょう》になりました。治虫《おさむ》はその治療《ちりょう》を受《う》けたことから、人《ひと》を助《たす》けるお医者《いしゃ》さんになりたいと思《おも》い、旧制中《きゅうせいちゅう》

# 世界《せかい》じゅうにファンがいる マンガの神様《かみさま》

治虫《おさむ》はマンガをかきながら、医者《いしゃ》もめざしていました。治虫《おさむ》の作品《さくひん》には大学《だいがく》で学《まな》んだ医学《いがく》の知識《ちしき》が生《い》かされています。

学校《がっこう》を卒業《そつぎょう》すると大阪大学医学専門部《おおさかだいがくいがくせんもんぶ》に入学《にゅうがく》しました。

治虫《おさむ》はいっしょうけんめい医学《いがく》を勉強《べんきょう》しましたが、じつは大好《だいす》きなマンガもかきつづけていました。そして出版社《しゅっぱんしゃ》に認《みと》められ、なんと17才《さい》の若《わか》さで学生《がくせい》マンガ家《か》としてデビューし、『新宝島《しんたからじま》』という長編《ちょうへん》マンガが大評判《だいひょうばん》になったのです。

治虫《おさむ》は医師《いし》の資格《しかく》もとりましたが、「好《す》きな道《みち》に進《すす》むといいですよ。」と言《い》うお母《かあ》さんたちのおうえんもあり、マンガ家《か》の道《みち》に進《すす》むことに決《き》めました。むかしのマンガは簡単《かんたん》な絵《え》の、笑《わら》い話《ばなし》のようなものばかりでしたが、治虫《おさむ》のマンガには映《えい》画《が》のようなものがたりがあり、絵《え》も生《い》き生《い》きとえがかれていました。読《よ》む人《ひと》は次《つぎ》がどうなるのか知《し》りたくてワクワクしました。登場人物《とうじょうじんぶつ》はみんなの人気者《にんきもの》になりました。人間《にんげん》のようなロボットの『鉄腕《てつわん》アトム』、『ジャングル大帝《たいてい》』のライオンの子《こ》レオ、どんな病気《びょうき》もけがも治《なお》す医者《いしゃ》の『ブラック・ジャック』。治虫《おさむ》は大好《だいす》きな科学《かがく》や、医学部《いがくぶ》で学《まな》んだことをマンガの中《なか》に生《い》かしてかきました。

また、治虫《おさむ》は子《こ》どものころにアメリカのディズニー映画《えいが》を見《み》て感激《かんげき》し、自分《じぶん》のマンガもアニメ映画《えいが》にするのが夢《ゆめ》でした。治虫《おさむ》は自分《じぶん》の手《て》でさまざまな工夫《くふう》をし、日本《にほん》ではじめてのテレビアニメ『鉄腕《てつわん》アトム』をつくりました。『鉄腕《てつわん》アトム』はアメリカなど数十《すうじゅっ》か国《こく》で大人気《だいにんき》になりました。治虫《おさむ》はこう言《い》いました。

「マンガは世界共通《せかいきょうつう》の言葉《ことば》であり、世界《せかい》じゅうのあらゆる文化《ぶんか》の橋《はし》わたしをしている。」

夢《ゆめ》あふれるたくさんのマンガやアニメをつくりあげた手塚治虫《てづかおさむ》は、1989年《ねん》に60才《さい》で亡《な》くなりましたが、その作品《さくひん》は今《いま》も、世界《せかい》じゅうの人々《ひとびと》に愛《あい》されています。

★1 明治時代《めいじじだい》から1947年《ねん》まであった小学校《しょうがっこう》の次《つぎ》に行《い》く男子《だんし》の学校《がっこう》

瀧靖之先生の賢い子を育てるコツ

### 治虫《おさむ》のマンガやアニメを親子《おやこ》いっしょに楽《たの》しもう

手塚治虫《てづかおさむ》のマンガやアニメには、子《こ》どもと大人《おとな》がいっしょに楽《たの》しめる作品《さくひん》がたくさんあります。テーマは生命《せいめい》、科学《かがく》、自然《しぜん》、歴史《れきし》、宗教《しゅうきょう》などさまざまな分野《ぶんや》にわたり、手《て》塚作品《づかさくひん》の鑑賞《かんしょう》は広《ひろ》い視野《しや》を育《そだ》てるきっかけになります。

伝記

# 85

## 知恵《ちえ》って？

# とんちが得意《とくい》なおぼうさん ——一休《いっきゅう》（1394～1481年《ねん》）

むかし、京都《きょうと》のあるお寺《てら》に、一休《いっきゅう》というとても賢《かしこ》い★1小僧《こぞう》さんがいました。一休《いっきゅう》はまだ小《ちい》さな子《こ》どもでしたが、だれよりもとんち★2が得意《とくい》でした。おしょうさんも町《まち》の大人《おとな》も、一休《いっきゅう》のとんちにはとてもかないません。

ある日《ひ》のこと、一休《いっきゅう》はおしょうさんにたのまれました。

「町《まち》のお屋敷《やしき》までお使《つか》いに行《い》ってきてくれないか。」

「はい、おしょうさま。行《い》ってまいります！」

元気《げんき》に返事《へんじ》をして、一休《いっきゅう》は町《まち》へ出《で》かけていきました。

一休《いっきゅう》が町《まち》にやってくると、お屋敷《やしき》の前《まえ》にある橋《はし》のたもとにたくさんの人《ひと》が集《あつ》まっていました。どの人《ひと》もみんな困《こま》った顔《かお》をしています。

「あれれ？　どうしたんですか？」

「ああ、一休《いっきゅう》。みんな橋《はし》をわたれなくて困《こま》っているんだよ。」

# どんな難《むずか》しい問題《もんだい》も
# とんちで見事《みごと》に解決《かいけつ》！

『このはしわたるべからず』という立《た》て札《ふだ》を横目《よこめ》に見《み》ながら、堂々《どうどう》と笑顔《えがお》で橋《はし》の真《ま》ん中《なか》を歩《ある》く一休《いっきゅう》。

「橋《はし》をわたらなければ、お屋敷《やしき》に行《い》けない。用事《ようじ》があるのに、どうしよう。」

橋《はし》の横《よこ》には立《た》て札《ふだ》が立《た》っていて、こう書《か》いてありました。

『このはしわたるべからず』

この立《た》て札《ふだ》は、お屋敷《やしき》の主人《しゅじん》が立《た》てたものでした。お屋敷《やしき》に行《い》くには1本《ぽん》しかないこの橋《はし》をわたらなければなりません。お屋敷《やしき》の主人《しゅじん》は大変意地悪《たいへんいじわる》で、いつも町《まち》の人々《ひとびと》を困《こま》らせてはおもしろがっていたのです。

「うーん、お屋敷《やしき》に行《い》くにはどうしたらいいのかなぁ。」

一休《いっきゅう》は少《すこ》しのあいだ、じっと考《かんが》えていましたが……、

「よーし、わかった！　こうすればいいんだ！」

と言《い》うと、橋《はし》の真《ま》ん中《なか》を堂々《どうどう》と歩《ある》いてわたりはじめました。みんなはびっくり、心配《しんぱい》そうに一休《いっきゅう》を見守《みまも》っていました。

「あーあ、お屋敷《やしき》のご主人《しゅじん》にきつくしかられるだろうなぁ。」

一休《いっきゅう》は橋《はし》をわたりきり、お屋敷《やしき》の門《もん》をトントンたたいて声《こえ》をかけました。

「ごめんください！　おしょうさまのお使《つか》いで参《まい》りました。」

お屋敷《やしき》の中《なか》から出《で》てきた主人《しゅじん》はこわい顔《かお》で一休《いっきゅう》をにらみつけ、どなりました。

「こら！　立《た》て札《ふだ》を見《み》なかったのか!!」

一休《いっきゅう》は少《すこ》しもこわがらず、すました顔《かお》で答《こた》えました。

「立《た》て札《ふだ》には『このはしわたるべからず』と書《か》いてありました。だからはしっこではなく、真《ま》ん中《なか》をわたってきました。」

「うーん、なるほど。これはまいった！」

一休《いっきゅう》のとんちには、お屋敷《やしき》の主人《しゅじん》も思《おも》わず感心《かんしん》してしまいました。

★1　お寺《てら》で修行《しゅぎょう》する男《おとこ》の子《こ》
★2　すばやく働《はたら》くいい知恵《ちえ》

## 瀧靖之先生の賢い子を育てるコツ

### 困難《こんなん》を解決《かいけつ》する知恵《ちえ》とユーモアを知《し》ろう

一休《いっきゅう》は庶民《しょみん》に寄《よ》りそい生《い》きた室町《むろまち》時代《じだい》の僧侶《そうりょ》です。江戸《えど》時代《じだい》にも人柄《ひとがら》をしのぶとんち話《ばなし》の本《ほん》がつくられ、知恵《ちえ》とユーモアで困難《こんなん》に立《た》ち向《む》かうおもしろさが今《いま》に伝《つた》えられています。自分《じぶん》ならどう解決《かいけつ》するかいっしょに考《かんが》えてみてください。

世界の昔話

# 86

知恵《ちえ》って？

# 三匹《さんびき》の子《こ》ぶた

むかしむかし、あるところに、お母《かあ》さんぶたと子《こ》ぶたが三匹《さんびき》いました。ある日《ひ》、お母《かあ》さんぶたが子《こ》ぶたたちに言《い》いました。

「みんな大《おお》きくなったんだから、自分《じぶん》で家《いえ》を建《た》てて暮《く》らしなさい。」

1番目《ばんめ》の子《こ》ぶたは、わらの家《いえ》を建《た》てました。そこへ、おなかをすかせたおおかみがやってきて言《い》いました。

「子《こ》ぶたくん、中《なか》に入《い》れておくれ。」

子《こ》ぶたが断《ことわ》ると、おおかみはピューッと一息《ひといき》で家《いえ》を吹《ふ》き飛《と》ばし、子《こ》ぶたを食《た》べてしまいました。

2番目《ばんめ》の子《こ》ぶたは、小枝《こえだ》で家《いえ》を建《た》てました。またもや、おおかみがやってきて、家《いえ》を吹《ふ》き飛《と》ばし、子《こ》ぶたを食《た》べてしまいました。

3番目《ばんめ》の子《こ》ぶたは、レンガでがっしりとした家《いえ》を建《た》てました。今度《こんど》は、おおか

# おおかみがいくら吹《ふ》いても レンガの家《いえ》は大丈夫《だいじょうぶ》！

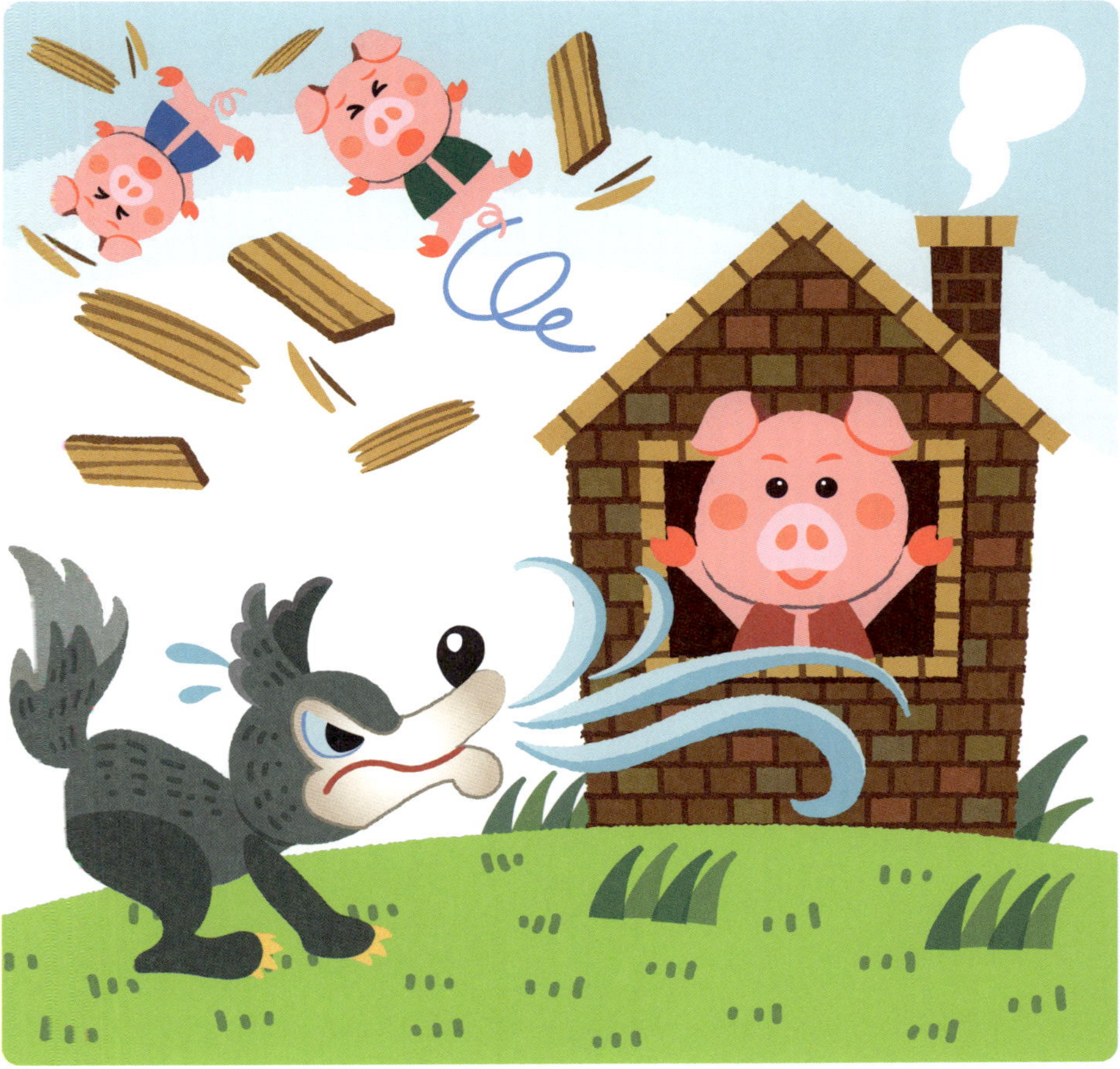

わらや小枝《こえだ》の家《いえ》はおおかみに吹《ふ》き飛《と》ばされましたが、レンガでつくったがっしりとした家《いえ》はびくともしませんでした。

みがいくら吹《ふ》いてもびくともしません。そこでおおかみは、

「明日《あす》、朝《あさ》6時《じ》に、うまいかぶをとりに行《い》こう。」

と誘《さそ》いました。子《こ》ぶたは、翌朝《よくあさ》5時《じ》に起《お》きて、先《さき》にかぶをとってきました。くやしがったおおかみは、今度《こんど》は、

「明日《あす》、朝《あさ》5時《じ》に、りんごをとりに行《い》こう。」

と誘《さそ》いました。子《こ》ぶたが朝《あさ》4時《じ》に起《お》きて、りんごの木《き》にのぼっていると、おおかみがやってきました。困《こま》った子《こ》ぶたは、

「とっても、おいしいりんごだよ。ほら、ひとつあげるよ。」

と言《い》って、りんごを遠《とお》くへ放《ほう》り、おおかみが拾《ひろ》いに行《い》っているあいだに逃《に》げ帰《かえ》ってきました。くやしがったおおかみは、

「明日《あす》、朝《あさ》4時《じ》に市場《いちば》に行《い》こう。」

と誘《さそ》いました。今度《こんど》は子《こ》ぶたは朝《あさ》3時《じ》に起《お》きて、市場《いちば》に出《で》かけ、バターをつくるたるを買《か》い、帰《かえ》り道《みち》を急《いそ》いでいました。そうしたら、向《む》こうからおおかみが歩《ある》いてくるではありませんか！　子《こ》ぶたはあわててたるの中《なか》に隠《かく》れ、ごろりごろりところがりました。

「うひゃー！　助《たす》けてくれー！」

おおかみが必死《ひっし》でたるをよけて、子《こ》ぶたの家《いえ》にたどり着《つ》くと、

「あのたるには、ぼくが入《はい》っていたんだよ。」

と子《こ》ぶたが笑《わら》いました。頭《あたま》にきたおおかみが屋根《やね》にのぼったから、さあ大変《たいへん》。子《こ》ぶたは急《いそ》いでだんろに火《ひ》をたき、大《おお》きな鍋《なべ》をかけて、お湯《ゆ》をわかしました。そこへ、えんとつからおおかみが落《お》ちてきてドッボーン！　それから3番目《ばんめ》の子《こ》ぶたは、のんびり暮《く》らしました。

## 瀧靖之先生の賢い子を育てるコツ

### このものがたりが教《おし》えてくれること

子《こ》ぶたたちはそれぞれ、わら、小枝《こえだ》、レンガを使《つか》って家《いえ》をつくりました。つくるのにいちばん大変《たいへん》だったのはレンガの家《いえ》でしたが、おおかみから守《まも》ってくれたのはこの家《いえ》でした。時間《じかん》がかかってもものごとはじっくり取《と》り組《く》むことが大切《たいせつ》なのですね。

世界の童話

# 87

## 知恵《ちえ》って？

# 北風《きたかぜ》と太陽《たいよう》

イソップ

ポカポカと太陽《たいよう》のやわらかい日《ひ》が差《さ》す暖《あたた》かい日《ひ》でした。野原《のはら》にはちょうちょうが舞《ま》い、森《もり》では小鳥《ことり》たちが鳴《な》いていました。ところが、急《きゅう》に黒《くろ》い雲《くも》がムクムクと現《あらわ》れたかと思《おも》うと、寒《さむ》い北風《きたかぜ》がピューピュー吹《ふ》き出《だ》しました。太陽《たいよう》はすっかり雲《くも》に隠《かく》されてしまいました。

「どうだ、おれ様《さま》の力《ちから》はすごいだろう。」

北風《きたかぜ》がいばります。でも、太陽《たいよう》も負《ま》けてはいません。

「何《なに》を言《い》うんだ。ぼくのほうが強《つよ》いに決《き》まっている。」

「では、今日《きょう》こそ力比《ちからくら》べをしようではないか。」

いつものようにふたりが言《い》いあっていると、そこへ、コートを着《き》た旅人《たびびと》がやってきました。

「あのコートを脱《ぬ》がせたほうが勝《か》ちだ。」

# 強《つよ》いのはどっち？
# 北風《きたかぜ》と太陽《たいよう》が対決《たいけつ》

北風《きたかぜ》と太陽《たいよう》は、旅人《たびびと》のコートをどちらが脱《ぬ》がせることができるか競《きそ》いました。どちらも自信《じしん》たっぷりですが……。

「おれ様《さま》に任《まか》せておけ！」

北風《きたかぜ》はそう言《い》うや、思《おも》いきりピューピューと吹《ふ》き始《はじ》めました。

「力《ちから》ならだれにも負《ま》けないぞ。帽子《ぼうし》だって、コートだって吹《ふ》き飛《と》ばしてやるからな。」

ところが、旅人《たびびと》は寒《さむ》さのあまり、コートのえりを立《た》て、帽子《ぼうし》をしっかりかぶり直《なお》しました。さらに北風《きたかぜ》がピューピュー吹《ふ》くと、

「今日《きょう》は、どうして、こんなに寒《さむ》いんだ。」

と言《い》って、コートを前《まえ》よりしっかり体《からだ》に引《ひ》き寄《よ》せたのです。とうとう北風《きたかぜ》は息《いき》がきれてしまいました。

「次《つぎ》は、ぼくの番《ばん》だね。」

太陽《たいよう》は、ポカポカとおだやかな日差《ひざ》しを送《おく》りはじめました。すると、旅人《たびびと》はコートのえりを下《お》ろして、空《そら》を見上《みあ》げました。

「やあ、ずいぶん、いい天気《てんき》になってきたな。」

旅人《たびびと》は歩《ある》いているうちに汗《あせ》が出《で》てきました。そこで、帽子《ぼうし》を取《と》っておでこの汗《あせ》をふき、次《つぎ》にコートのボタンをはずしました。

「ありゃりゃ……。」

北風《きたかぜ》が目《め》を丸《まる》くしていると、太陽《たいよう》はもっと強《つよ》い日差《ひざ》しを送《おく》りつづけます。すると、旅人《たびびと》はついにコートを脱《ぬ》いでしまいました。

「どうだい？　まだまだ脱《ぬ》がせることはできるけど、ここで終《お》わり。ぼくの勝《か》ちだね。」

北風《きたかぜ》と太陽《たいよう》の力比《ちからくら》べは、太陽《たいよう》の勝《か》ちでした。北風《きたかぜ》のように、力任《ちからまか》せにやろうとしても、うまくいかないことのほうが多《おお》いのです。

## 瀧靖之先生の賢い子を育てるコツ

### 2500年《ねん》以上《いじょう》も前《まえ》から伝《つた》わる教《おし》え

このものがたりはギリシャ人《じん》のイソップが2500年《ねん》以上《いじょう》も前《まえ》につくったと言《い》われています。ずいぶんとむかしから伝《つた》わっているのですね。北風《きたかぜ》のように力任《ちからまか》せにやろうとしても、うまくいかないことがあると教《おし》えてくれています。

世界の童話

# 88

## 知恵《ちえ》って？

# ヘンゼルとグレーテル

グリム

むかしむかし、森《もり》のはずれに、貧《まず》しいきこりの夫婦《ふうふ》と、ヘンゼルとグレーテルという男《おとこ》の子《こ》と女《おんな》の子《こ》のきょうだいが住《す》んでいました。

ある夜《よる》、お父《とう》さんが深《ふか》いため息《いき》をついて、こう言《い》いました。

「もう食《た》べるものがなくなってしまった。」

すると、まま母《はは》で、ふたりを邪魔《じゃま》に思《おも》っていたお母《かあ》さんは、

「明日《あす》、ふたりとも森《もり》に捨《す》ててしまいましょう。」

と言《い》いました。子《こ》どもたちは、こっそりこの会話《かいわ》を聞《き》いていました。

次《つぎ》の日《ひ》の朝《あさ》、夫婦《ふうふ》は子《こ》どもたちを連《つ》れて森《もり》に入《はい》り、迎《むか》えに来《く》るからとうそをついて、そのまま帰《かえ》ってしまいました。待《ま》ちくたびれて眠《ねむ》ってしまったヘンゼルとグレーテルが目《め》を覚《さ》ますと、もうあたりは真《ま》っ暗《くら》です。こわがるグレーテルにヘンゼルが言《い》いました。

# ふたりがたどり着《つ》いたのは
# お菓子《かし》の家《いえ》でした

森《もり》の中《なか》をさまよい歩《ある》いたヘンゼルとグレーテルは、お菓子《かし》でできた家《いえ》にたどり着《つ》きました。そこは魔女《まじょ》の家《いえ》でした。

「大丈夫《だいじょうぶ》。ここまで来《く》るときに、パンくずをちぎってまいてきたんだ。それを目《め》印《じるし》に帰《かえ》れるよ。」

しかし、パンくずは鳥《とり》たちに食《た》べられてしまい、あとかたもありません。

しかたなく、ふたりは森《もり》の中《なか》をさまよい歩《ある》き、ようやく一軒《いっけん》の家《いえ》を見《み》つけました。屋根《やね》はケーキ、壁《かべ》はパン、窓《まど》は氷砂糖《こおりざとう》……。それは、大好《だいす》きなお菓子《かし》の家《いえ》だったのです。おなかがペコペコだったふたりは夢中《むちゅう》で食《た》べはじめました。すると、おばあさんが出《で》てきました。

「おやまあ、かわいい子《こ》どもたちだね。家《いえ》に入《はい》ってお休《やす》みなさい。」

おばあさんは親切《しんせつ》にしてくれましたが、じつは魔女《まじょ》だったのです。

翌朝《よくあさ》になると、ヘンゼルをおりに閉《と》じこめ、グレーテルを召《め》し使《つか》いのようにこき使《つか》いました。ヘンゼルを太《ふと》らせて、食《た》べてしまおうと思《おも》ったのです。おばあさんは、毎日《まいにち》、ヘンゼルがどのくらい太《ふと》ったか様子《ようす》を見《み》に来《き》ました。ヘンゼルは指《ゆび》のかわりに、食《た》べ残《のこ》しの細《ほそ》い骨《ほね》をさわらせ、目《め》の悪《わる》いおばあさんをだましていました。しかし、おばあさんはとうとうかんしゃくを起《お》こしました。

「ええい、いつまでたっても太《ふと》らない子《こ》だね。もう食《た》べてしまおう。」

そう言《い》うと、グレーテルにかまど★2の火加減《ひかげん》を見《み》るように言《い》いました。でも、賢《かしこ》いグレーテルはわからないふりをし、「こうやって見《み》るんだよ。」と、かまどをのぞきこんだおばあさんを、火《ひ》の中《なか》につき落《お》としてしまいました。そして、ふたりは、おばあさんの宝物《たからもの》を持《も》って逃《に》げ出《だ》しました。

家《いえ》に帰《かえ》ると意地《いじ》の悪《わる》いお母《かあ》さんはいなくなっていたので、お父《とう》さんと三人《さんにん》でいつまでもなかよく暮《く》らしたのでした。

★1 激《はげ》しく怒《おこ》り出《だ》すこと

★2 火《ひ》を起《お》こして、煮炊《にた》きするところ

## 瀧靖之先生の賢い子を育てるコツ

### 甘《あま》い誘惑《ゆうわく》には気《き》をつけよう

ヘンゼルとグレーテルがおたがいを思《おも》いやり知恵《ちえ》をふりしぼって立《た》ち向《む》かったので、魔女《まじょ》から無事《ぶじ》に逃《に》げ出《だ》すことができました。お菓子《かし》でできた家《いえ》はとても魅力的《みりょくてき》ですが、甘《あま》い誘惑《ゆうわく》には気《き》をつけたほうがいいということですね。

世界の童話

# 89

## 知恵《ちえ》って？

# おおかみと七匹《しちひき》の子《こ》やぎ

グリム

むかしむかし、あるところに、お母《かあ》さんやぎと七匹《しちひき》の子《こ》やぎたちがいました。ある日《ひ》、お母《かあ》さんやぎがお使《つか》いに行《い》くので、子《こ》やぎたちを呼《よ》んで言《い》いました。

「みんな、おおかみに気《き》をつけるのよ。けっしてドアを開《あ》けないように。おおかみは、がらがら声《ごえ》で、足《あし》が真《ま》っ黒《くろ》だから、すぐにわかりますからね。」

お母《かあ》さんやぎが出《で》かけてしばらくすると、おおかみがやってきて、ドアをたたきました。

トントントン。

「お母《かあ》さんですよ。開《あ》けておくれ。」

「お母《かあ》さんの声《こえ》は、そんながらがら声《ごえ》じゃないよ。おまえはおおかみだな！」

子《こ》やぎたちがドアを開《あ》けないので、おおかみは★1白《はく》ぼくを食《た》べて、いい声《こえ》になり、またやってきました。

# ずる賢《がしこ》いおおかみは
# お母《かあ》さんのふりをします

最初《さいしょ》はだまされなかったのですが、白《しろ》い足《あし》を見《み》てお母《かあ》さんだと思《おも》ってドアを開《あ》けると、そこにいたのは……。

トントントン。

「お母《かあ》さんですよ。開《あ》けておくれ。」

子《こ》やぎたちがドアの下《した》のすき間《ま》からのぞいて見《み》ると、足《あし》は真《ま》っ黒《くろ》でした。

「お母《かあ》さんの足《あし》はそんな真《ま》っ黒《くろ》じゃないやい。おまえはおおかみだ。」

おおかみは粉《こな》ひき屋《や》に行《い》って、足《あし》に白《しろ》い粉《こな》をつけ、またやってきました。

トントントン。

「お母《かあ》さんですよ。開《あ》けておくれ。」

「あ、きれいな声《こえ》に白《しろ》い足《あし》。お母《かあ》さんだ、お母《かあ》さんだ！」

だまされた子《こ》やぎたちがドアを開《あ》けると、おおかみが飛《と》びこんできて、逃《に》げる子《こ》やぎたちを次々《つぎつぎ》に飲《の》みこんでしまいました。しかし、いちばん下《した》の子《こ》やぎだけは時計《とけい》の中《なか》に隠《かく》れていたので、おおかみは見《み》つけることができませんでした。

お母《かあ》さんやぎが帰《かえ》ってくると、七匹目《しちひきめ》の子《こ》やぎが時計《とけい》から出《で》てきてわけを話《はな》しました。びっくりしたお母《かあ》さんやぎが森《もり》に行《い》ってみると、おなかがいっぱいになったおおかみは、ぐうぐう寝《ね》ています。そして、おなかがもぞもぞと動《うご》いていました。

「私《わたし》の子《こ》どもたちは、まだ生《い》きているんだわ！」

お母《かあ》さんやぎは、はさみでおおかみのおなかを切《き》り開《ひら》きました。すると、六匹《ろっぴき》の子《こ》やぎがぴょんぴょん飛《と》び出《だ》してきたのです。みんなでおなかの中《なか》に石《いし》ころをつめこみ、お母《かあ》さんやぎが針《はり》と糸《いと》でぬいあわせました。目《め》が覚《さ》めたおおかみは水《みず》を飲《の》もうとして池《いけ》に落《お》ち、二度《にど》と浮《う》かんできませんでした。

★1 白《しろ》い粉《こな》をかためたもの。これを食《た》べると声《こえ》がよくなると言《い》われていた

## 瀧靖之先生の賢い子を育てるコツ

### 知《し》らない人《ひと》が来《き》たときどうしたらいいのかな？

お母《かあ》さんに「けっしてドアを開《あ》けないように。」と言《い》われていたのに、子《こ》やぎたちはおおかみにまんまとだまされてドアを開《あ》けてしまいました。みなさんの家《いえ》に知《し》らない人《ひと》が来《き》たとき、どうしますか？　どうするのがよいか親《おや》子《こ》で話《はな》しあってみましょう。

日本の昔話

# 90

知恵《ちえ》って？

## うば捨《す》て山《やま》

むかし、たいそう横暴《おうぼう》な殿様《とのさま》がいました。殿様《とのさま》は年寄《としよ》りをきらい、役立《やくた》たずだと決《き》めつけ、60才《さい》をこえた年寄《としよ》りをみな、山《やま》へ捨《す》ててくるようにという、「うば捨《す》て」のおふれ★1を出《だ》しました。

ある若者《わかもの》には、60才《さい》をこえた母親《ははおや》がいました。山《やま》へ捨《す》てに行《い》かなければなりません。おふれをやぶると、重《おも》いばつを受《う》けることになります。若者《わかもの》はいやいやながら、母親《ははおや》をおんぶして、山《やま》へ向《む》かいました。

山《やま》の奥深《おくふか》くへ進《すす》んでいく道《みち》のとちゅうで、母親《ははおや》は、木《き》の枝《えだ》を折《お》っていきます。

若者《わかもの》がわけを聞《き》くと、

「おまえが、帰《かえ》り道《みち》を迷《まよ》わないように、印《しるし》をつけたんじゃよ。」

と、言《い》いました。それを聞《き》いた若者《わかもの》は、

「こんなにやさしい、息子思《むすこおも》いの母親《ははおや》を捨《す》てようとしていたなんて、自分《じぶん》は、な

# 若者《わかもの》は母親《ははおや》を山《やま》に連《つ》れていきました

殿様《とのさま》のおふれに従《したが》い、若者《わかもの》は母親《ははおや》を背負《せお》って山《やま》へ向《む》かいましたが、とちゅうでひき返《かえ》し、いっしょに家《いえ》にもどりました。

んとおろかなことをしようとしていたんだろう。」と、思《おも》い、母親《ははおや》をおんぶしたまま、来《き》た道《みち》をひき返《かえ》し、家《いえ》にもどりました。けれども、母親《ははおや》の姿《すがた》が、人目《ひとめ》にふれてはなりません。若者《わかもの》は、母親《ははおや》を屋根裏《やねうら》に隠《かく》すことにしました。

屋根裏《やねうら》にいる母親《ははおや》に、こっそりごはんを運《はこ》び、人《ひと》に知《し》られることなく1年《ねん》が過《す》ぎました。そんなある日《ひ》、殿様《とのさま》から、「灰《はい》で、なわをなって★2持《も》ってくるように」というおふれが出《で》ました。若者《わかもの》が母親《ははおや》に相談《そうだん》すると、

「わらでかたくなわをなって、塩水《しおみず》につけ、板《いた》の上《うえ》で燃《も》やすといい。わけないことさ。」

そうしてできたものを、若者《わかもの》が殿様《とのさま》に献上《けんじょう》すると、たいそうほめてくれました。

さて殿様《とのさま》は、また無茶《むちゃ》なおふれを出《だ》したので、今度《こんど》も若者《わかもの》は母親《ははおや》に相談《そうだん》しました。これもまた、母親《ははおや》にとっては、わけもないことでした。殿様《とのさま》のおふれどおりのものを若者《わかもの》が持《も》っていくと、

「これまた、見事《みごと》じゃ。しかも、またしてもおまえか。ほうびをとらせよう。何《なに》が望《のぞ》みじゃ。」

若者《わかもの》は、ことの一部始終《いちぶしじゅう》を、正直《しょうじき》に殿様《とのさま》に打《う》ち明《あ》け、

「ほうびは何《なに》もいりません。そのかわり、母親《ははおや》といっしょに暮《く》らすことをお許《ゆる》しください。」

と、お願《ねが》いしました。

若者《わかもの》の話《はなし》を聞《き》いて、殿様《とのさま》は、年寄《としよ》りの知恵《ちえ》にたいそう感心《かんしん》し、若者《わかもの》の願《ねが》いを認《みと》め、山《やま》に捨《す》てた年寄《としよ》りを呼《よ》びもどし、うば捨《す》てのおふれをやめました。そうして、年《とし》をとっても幸《しあわ》せに暮《く》らせる国《くに》をつくりました。

★1 殿様《とのさま》からの命令《めいれい》

★2 わらや糸《いと》などを何本《なんぼん》もねじってからみあわせること

## 瀧靖之先生の賢い子を育てるコツ

### お年寄《としよ》りを尊敬《そんけい》し大切《たいせつ》にしよう

この『うば捨《す》て山《やま》』のように、お年寄《としよ》りを置《お》き去《ざ》りにするならわしは、南米《なんべい》、北欧《ほくおう》、アフリカ、オーストラリアなど、世界各地《せかいかくち》の先住民族《せんじゅうみんぞく》のあいだにもあったようだと言《い》われています。みなさんは、おじいさんやおばあさんを大切《たいせつ》にしていますか？

伝記

# 91

知恵《ちえ》って？

## 知恵《ちえ》と努力《どりょく》で天下《てんか》を統一《とういつ》——豊臣秀吉《とよとみひでよし》（1537～1598年《ねん》）

秀吉《ひでよし》は、尾張《おわり》の国《くに》（今《いま》の愛知県《あいちけん》）に生《う》まれました。子《こ》どものころの名前《なまえ》は、日吉丸《ひよしまる》。目《め》がぎょろっとして、さるのような顔《かお》をしていました。体《からだ》は小《ちい》さいけれど、すばしっこく、よく知恵《ちえ》が働《はたら》く子《こ》でした。

お父《とう》さんは足軽《あしがる》★1をしていましたが、けがをして農民《のうみん》になったと言《い》われています。家《いえ》は貧《まず》しく、8才《さい》のときに、お寺《てら》へ預《あず》けられました。そのあと、鍛冶屋《かじや》★2に働《はたら》きに出《だ》されますが、武士《ぶし》になりたくて、いろいろな土地《とち》をわたり歩《ある》きました。

そして、17才《さい》のとき、織田信長《おだのぶなが》に仕《つか》えることになります。信長《のぶなが》には「さる」と呼《よ》ばれていました。

冬《ふゆ》の寒《さむ》い日《ひ》、こんなことがありました。

「殿《との》、このぞうりを、どうぞおはきください。」

秀吉《ひでよし》は、信長《のぶなが》の足《あし》が冷《ひ》えないようにと、自分《じぶん》のふところであたためていたぞう

# 人《ひと》の心《こころ》をたくみに つかんで大出世《だいしゅっせ》！

雪《ゆき》が降《ふ》る寒《さむ》い日《ひ》、信長《のぶなが》のために気《き》をきかせ自分《じぶん》のふところであたためていたぞうりを差《さ》し出《だ》した秀吉《ひでよし》。

りを差《さ》し出《だ》しました。

「むむ。ぞうりがあたたかい。さる、おぬしはよく気《き》がつくやつじゃ。」

また、あるとき、雨《あめ》が降《ふ》りつづいたため、城《しろ》の石垣《いしがき》がくずれ、修理《しゅうり》が必要《ひつよう》になりました。なかなか工事《こうじ》がはかどらなかったので、秀吉《ひでよし》が信長《のぶなが》に言《い》いました。

「私《わたし》に任《まか》せてもらえれば、3日《みっか》で仕上《しあ》げてみせます。」

工事《こうじ》の責任者《せきにんしゃ》になった秀吉《ひでよし》は、働《はたら》く人《ひと》をいくつかの班《はん》に分《わ》け、工事《こうじ》を割《わ》りあて、早《はや》くできた班《はん》には、ほうびをあげることにしました。

すると、ほうびが欲《ほ》しくて、みんながんばり、約束《やくそく》どおりに3日《みっか》で修理《しゅうり》が終《お》わったのです。

これらの話《はなし》が伝《つた》わっているように、秀吉《ひでよし》は、よく気《き》がきき、頭《あたま》の回転《かいてん》が早《はや》く、しぜんに人《ひと》の心《こころ》をつかむのが上手《じょうず》でした。主君《しゅくん》の信長《のぶなが》にも、とても気《き》に入《い》られていました。

秀吉《ひでよし》も、信長《のぶなが》のために全力《ぜんりょく》をつくし、たくさん手柄《てがら》をたて、どんどん出世《しゅっせ》していきます。36才《さい》のとき、近江《おうみ》の国《くに》（今《いま》の滋賀県《しがけん》）の長浜城《ながはまじょう》をあたえられました。ついに城《しろ》のあるじとなったのです。

ところが1582年《ねん》、「本能寺《ほんのうじ》の変《へん》」という大事件《だいじけん》が起《お》こります。信長《のぶなが》が、家《か》臣《しん》の明智光秀《あけちみつひで》に裏切《うらぎ》られ、殺《ころ》されてしまったのです。

秀吉《ひでよし》は、光秀《みつひで》をたおし、信長《のぶなが》のかたきをとりました。そして、その勢《いきお》いのまま、次々《つぎつぎ》と各地《かくち》を支配下《しはいか》におさめ、ついに天下《てんか》を統一《とういつ》。戦国時代《せんごくじだい》を終《お》わらせたのでした。豪華《ごうか》な大坂城《おおさかじょう》を築《きず》き、その権力《けんりょく》をほこりました。

★1 いちばん身分《みぶん》の低《ひく》い武士《ぶし》

★2 鉄《てつ》などを熱《ねっ》してたたき、いろいろな道具《どうぐ》をつくる人《ひと》。またはその家《いえ》

## 瀧靖之先生の賢い子を育てるコツ

### どうしたら人《ひと》の心《こころ》をつかめるのかな？

秀吉《ひでよし》は、低《ひく》い身分《みぶん》から天下《てんか》を統一《とういつ》した、日本《にほん》でもっとも出世《しゅっせ》した人物《じんぶつ》のひとりです。最大《さいだい》の武器《ぶき》は人《ひと》の心《こころ》をつかむのがうまい「人《ひと》たらし」だったことと言《い》われています。秀吉《ひでよし》はどのように人《ひと》の心《こころ》をつかんだのか考《かんが》えてみましょう。

伝記

# 92

## 知恵《ちえ》って？

# 三本《さんぼん》の矢《や》の教《おし》えを説《と》いた武将《ぶしょう》
## ——毛利元就《もうりもとなり》（1497～1571年《ねん》）

戦国時代《せんごくじだい》に、ずば抜《ぬ》けた知恵《ちえ》で中国地方《ちゅうごくちほう》をおさめた毛利元就《もうりもとなり》という武将《ぶしょう》がいました。幼《おさな》いころから頭《あたま》がよくて、★1うつけ者《もの》と呼《よ》ばれることもありましたが、その賢《かしこ》さで年老《としお》いてもなお戦場《せんじょう》で指揮《しき》をとったと言《い》われています。

そして、三本《さんぼん》の矢《や》を使《つか》って息子《むすこ》たちに協力《きょうりょく》する大切《たいせつ》さを教《おし》えました。これを「三本《さんぼん》の矢《や》の教《おし》え」と言《い》います。

元就《もとなり》は１４９７年《ねん》、安芸《あき》の国《くに》（現在《げんざい》の広島県《ひろしまけん》）に生《う》まれました。父《ちち》は安芸《あき》の国人《こくじん》領主《りょうしゅ》・毛利弘元《もうりひろもと》、子《こ》どものころの名《な》は松寿丸《しょうじゅまる》と言《い》いました。

元就《もとなり》が幼《おさな》いときの毛利家《もうりけ》は、勢力争《せいりょくあらそ》いに巻《ま》きこまれていました。父《ちち》の死後《しご》、家臣《かしん》に土地《とち》を横取《よこど》りされたあげく城《しろ》から追《お》い出《だ》されてしまうなど、苦労《くろう》ばかりしていました。生活《せいかつ》はとても貧《まず》しく、まわりの人《ひと》から「こじき若様《わかさま》」と呼《よ》ばれるほどでした。

# 一本《いっぽん》は簡単《かんたん》に折《お》れるが
# 三本《さんぼん》はなかなか折《お》れない

元就《もとなり》は矢《や》を使《つか》って、ひとりでは難《むずか》しいことも力《ちから》を合《あ》わせればできることを教《おし》え、きょうだいで協力《きょうりょく》するように言《い》いました。

そんな元就《もとなり》を助《たす》けたのは、父《ちち》の2番目《ばんめ》の奥《おく》さんだった杉大方《すぎのおおかた》です。杉大方《すぎのおおかた》は元《もと》就《なり》を大切《たいせつ》に育《そだ》ててくれました。

元就《もとなり》は21才《さい》のときに、「有田中井手《ありたなかいで》の戦《たたか》い」に参戦《さんせん》します。はじめての戦《たたか》いだったにもかかわらず、敵《てき》の大将《たいしょう》を討《う》ち死《じ》にさせるなど大活《だいかつ》やくをしました。この戦《たたか》いをきっかけに、毛利家《もうりけ》は勢力《せいりょく》を大《おお》きくしていきます。

元就《もとなり》はその後《ご》の戦《たたか》いでも勝《か》ちつづけ、家臣《かしん》の信頼《しんらい》を集《あつ》めていきました。

結婚《けっこん》して、27才《さい》で長男《ちょうなん》の隆元《たかもと》が生《う》まれました。

元就《もとなり》は正式《せいしき》な妻《つま》とのあいだに三人《さんにん》の息子《むすこ》に恵《めぐ》まれましたが、妻《つま》の実家《じっか》には次男《じなん》を、水軍《すいぐん》で有名《ゆうめい》な小早川家《こばやかわけ》には三男《さんなん》を養子《ようし》に出《だ》して、勢力《せいりょく》を広《ひろ》げていきました。

そして毛利家《もうりけ》を一気《いっき》に押《お》しあげたのが、60才《さい》近《ちか》くのときに戦《たたか》った「厳島《いつくしま》の戦《たたか》い」です。この戦《たたか》いで、元就《もとなり》は中国地方《ちゅうごくちほう》を支配《しはい》する大名《だいみょう》になりました。

それから数年後《すうねんご》。長男《ちょうなん》の隆元《たかもと》をあととりにしましたが、このとき十四《じゅうよん》か条《じょう》の教《おし》えをつくり、兄弟《きょうだい》が力《ちから》を合《あ》わせていくよう呼《よ》びかけたと言《い》われています。その教《きょう》訓状《くんじょう》が「三本《さんぼん》の矢《や》の教《おし》え」の逸話《いつわ》のもととなりました。

その逸話《いつわ》とはどんなものだったのかと言《い》うと、晩年《ばんねん》、病気《びょうき》で寝《ね》ていた元就《もとなり》は三《さん》人《にん》の息子《むすこ》たちを呼《よ》び寄《よ》せ、まず一本《いっぽん》の矢《や》を折《お》ってみせました。次《つぎ》に三本《さんぼん》の矢《や》をまとめて折《お》ろうとしますが、なかなか折《お》れませんでした。

「一本《いっぽん》の矢《や》では簡単《かんたん》に折《お》れるが、三本《さんぼん》まとめると簡単《かんたん》には折《お》れなくなる。おまえたち三人《さんにん》も、力《ちから》を合《あ》わせて毛利家《もうりけ》を守《まも》ってほしい。」

元就《もとなり》は力《ちから》を合《あ》わせる大切《たいせつ》さを三本《さんぼん》の矢《や》にたとえて話《はな》し聞《き》かせ、息子《むすこ》たちも必《かなら》ずこの教《おし》えに従《したが》うことをちかったということです。

★1 常識《じょうしき》はずれ

## 瀧靖之先生の賢い子を育てるコツ

### 歴史《れきし》マンガを読《よ》んでみよう

毛利元就《もうりもとなり》は戦国時代《せんごくじだい》の武将《ぶしょう》です。この時代《じだい》、日本各地《にほんかくち》にはほかにどのような武将《ぶしょう》がいたのでしょうか。親子《おやこ》で調《しら》べたりするほか、歴史《れきし》マンガを読《よ》んでみるのもよいでしょう。まずは好《す》きな時代《じだい》を読《よ》むだけでもかまいません。

世界の童話

93

努力《どりょく》って？

# うさぎとかめ

イソップ

うさぎは、仲間《なかま》を集《あつ》めて足《あし》を自慢《じまん》していました。

「ぼくほど足《あし》の速《はや》い者《もの》はいないだろう？　それに、この足《あし》は、なんてかっこいいんだ。」

ぴょんぴょんぴょんぴょんと飛《と》んでみせていると、かめが通《とお》りかかりました。のこのこのこ……。

「おいおい、かめくん。君《きみ》はなんて歩《ある》くのがおそいんだ。君《きみ》ほど足《あし》のおそい者《もの》はいないだろうね。」

「そんなことはありませんよ、うさぎさん。競走《きょうそう》してみないとわからないじゃないですか。」

「それなら、向《む》こうの山《やま》のてっぺんまで競走《きょうそう》しようじゃないか。」

「もちろん、いいですとも。」

# 足《あし》の速《はや》いうさぎと のろまなかめが競走《きょうそう》

うさぎは自分《じぶん》が勝《か》つに決《き》まっていると思《おも》い、つい眠《ねむ》ってしまいました。かめはそのあいだに追《お》い抜《ぬ》いていきました。

こうして、うさぎとかめの競走《きょうそう》が始《はじ》まりました。

よーい、どん！　うさぎは、ぴょんぴょんぴょんと飛《と》び出《だ》して、あっという間《ま》に山《やま》のとちゅうまでやってきました。後《うし》ろをふり返《かえ》ると、山《やま》のふもとをかめが、のこのこのこ……。

「やれやれ、かめくんは、まだあんなところを歩《ある》いているよ。どうせ、ぼくが勝《か》つに決《き》まってるんだ。ここで、ひと休《やす》みするか。」

うさぎはごろんと横《よこ》になりました。そのうち、だんだん眠《ねむ》くなり、しまいには、ぐうぐう、いびきをかいて眠《ねむ》ってしまいました。

かめは、そのあいだも休《やす》まずに、のこのこのこと歩《ある》きつづけ、うさぎの横《よこ》を通《とお》り過《す》ぎていきました。

「やや、ずいぶん眠《ねむ》ってしまったぞ。かめくんは、どこにいるんだ？」

ようやく目《め》を覚《さ》ましたうさぎは、あたりをきょろきょろ見《み》まわしましたが、かめの姿《すがた》はありません。

あわてて、山《やま》のてっぺんのゴールをめざして走《はし》り出《だ》しました。

「ふう、ふう、ふう……。」

うさぎがゴールに着《つ》くと、かめが笑《わら》っています。

「あらあら、うさぎさん、どうしたんですか？　これは、ぼくの勝《か》ちですね。」

かめはとっくにゴールインしていたのです。仲間《なかま》のみんなは、うさぎを見《み》て大《おお》笑《わら》い。

「うさぎくん、力《ちから》があるからって油断《ゆだん》していたらだめだよ。」

「こつこつと努力《どりょく》するものが最後《さいご》には勝《か》つのさ。」

## 瀧靖之先生の 賢い子を育てるコツ

### 最後《さいご》まであきらめずにがんばることが大事《だいじ》

足《あし》の速《はや》いうさぎが当然《とうぜん》勝《か》つと思《おも》いきや、油断《ゆだん》をしたばかりにかめに負《ま》けてしまいます。このお話《はなし》は「相手《あいて》を見下《みくだ》して思《おも》いあがってはいけない」ことや、「こつこつとがんばればやがていいことがある」とあきらめないことの大《たい》切《せつ》さを教《おし》えてくれます。

世界の童話

# 94

## 努力《どりょく》って？

# アリとキリギリス

イソップ

ある夏《なつ》の晴《は》れた日《ひ》、キリギリスは、チョウチョウやミツバチたちを招《まね》いて、音《おん》楽会《がくかい》を開《ひら》いていました。すると、窓《まど》の外《そと》から何《なに》か声《こえ》が聞《き》こえてきます。

「よいしょ、こらしょ。」

「ふう、ふう、ふう。」

キリギリスが窓《まど》から顔《かお》を出《だ》して見《み》ると、アリたちが汗《あせ》をたらたら流《なが》しながら、大《おお》きな荷物《にもつ》を背負《せお》って歩《ある》いていました。

「こんな暑《あつ》い日《ひ》に何《なに》してるんだい？」

「冬《ふゆ》に備《そな》えて、食《た》べものを運《はこ》んでいるんだよ。」

「そんな先《さき》のことを今《いま》から心配《しんぱい》しているのか。ごくろうさんだね。」

キリギリスは夏《なつ》のあいだじゅう、音楽会《おんがくかい》を開《ひら》いて楽《たの》しんでいました。

秋《あき》になると、コオロギやスズムシたちも招《まね》き、ごちそうも用意《ようい》して、歌《うた》ってお

# 楽《たの》しそうなキリギリスとこつこつ働《はたら》くアリたち

キリギリスは夏《なつ》のあいだ音楽会《おんがくかい》を開《ひら》いて楽《たの》しく過《す》ごしましたが、アリたちは冬《ふゆ》に備《そな》えて食《た》べものを集《あつ》めていました。

どって遊《あそ》んでいました。そのあいだも、アリたちは、

「よいしょ、こらしょ。」

と冬《ふゆ》に備《そな》え、食《た》べものを運《はこ》んでいます。

「おーい、アリさんたち。君《きみ》たちも、たまにはパーティーに参加《さんか》しないかい？」

「いえいえ、キリギリスさん。あなたこそ、今《いま》のうちに食《た》べものを集《あつ》めておかないと大変《たいへん》なことになりますよ。」

秋《あき》も深《ふか》まり、虫《むし》たちはすっかり姿《すがた》を消《け》しました。しかし、キリギリスはひとりになっても遊《あそ》んでいます。

やがて、木枯《こが》らしが吹《ふ》き出《だ》しました。さすがのキリギリスもあわてて食《た》べものを探《さが》しまわるようになりましたが、草《くさ》は枯《か》れ、木《こ》の葉《は》は落《お》ち、あたり一面《いちめん》、食《た》べるものは何《なに》もありません。

そのうち、雪《ゆき》がちらちら降《ふ》ってきました。おなかをすかせて歩《ある》きまわったために、すっかり疲《つか》れてしまったキリギリスが、一軒《いっけん》の家《いえ》を見《み》つけました。窓《まど》から暖《あたた》かそうな光《ひかり》がもれています。近《ちか》づいてのぞいてみると、あのアリたちの家《いえ》でした。だんろには火《ひ》がこうこうと燃《も》え、テーブルの上《うえ》には、おいしそうなごちそう

がたくさん並《なら》んでいます。

キリギリスは、思《おも》いきってドアをたたいてみました。

「食《た》べるものが何《なに》もないんです。どうか、少《すこ》しだけでも分《わ》けていただけませんか。」

キリギリスはばかにしていたアリたちに、深々《ふかぶか》と頭《あたま》を下《さ》げました。

かわいそうに思《おも》ったアリたちは、食《た》べものを分《わ》けてあげました。

### 瀧靖之先生の賢い子を育てるコツ

### アリとキリギリス、どっちのように生《い》きる？

将来《しょうらい》のことを考《かんが》え計画的《けいかくてき》に毎日《まいにち》せっせと働《はたら》くアリと、先《さき》のことは考《かんが》えずその日《ひ》を楽《たの》しく過《す》ごせればそれでいいキリギリス。両者《りょうしゃ》まったく正反対《せいはんたい》ですね！ 自分《じぶん》だったらアリのように生《い》きたいですか？ それともキリギリスのように生《い》きたいですか？

伝記

# 95

## 努力《どりょく》って？

# 世界《せかい》で活《かつ》やくした細菌学者《さいきんがくしゃ》——野口英世《のぐちひでよ》（1876～1928年《ねん》）

千円札《せんえんさつ》にかかれている人《ひと》を知《し》っていますか？　この人《ひと》の名前《なまえ》は野口英世《のぐちひでよ》。世界《せかい》じゅうに知《し》られているお医者《いしゃ》さんで、細菌《さいきん》について研究《けんきゅう》した学者《がくしゃ》です。

野口英世《のぐちひでよ》は今《いま》から140年《ねん》ほど前《まえ》、福島県《ふくしまけん》の貧《まず》しい農家《のうか》で生《う》まれました。やさしいお母《かあ》さんにとてもかわいがられていましたが、1才《さい》のときに大変《たいへん》なことが起《お》こりました。少《すこ》し目《め》をはなしたすきに、火《ひ》が燃《も》えさかるいろりに落《お》ち、左手《ひだりて》に大《おお》やけどをして、指《ゆび》がてのひらにくっついてしまったのです。

お母《かあ》さんは、大《おお》やけどをさせてしまったことを大変《たいへん》くやみました。そして、左《ひだり》手《て》が不自由《ふじゆう》になった英世《ひでよ》は畑《はたけ》をたがやすことが難《むずか》しいと考《かんが》え、しっかり勉強《べんきょう》して将来《しょうらい》の道《みち》を見《み》つけてほしいと願《ねが》いました。

むかしは、学校《がっこう》に入学《にゅうがく》できるのはお金持《かねも》ちの家《いえ》の子《こ》どもだけでした。お母《かあ》さんは必死《ひっし》に働《はたら》いて英世《ひでよ》を小学校《しょうがっこう》へ入学《にゅうがく》させました。貧《まず》しくて、左手《ひだりて》が不自由《ふじゆう》な英世《ひでよ》

# 黄熱病《おうねつびょう》の研究《けんきゅう》に生涯《しょうがい》をささげた英世《ひでよ》

手《て》の大《おお》やけどを乗《の》りこえ、世界的《せかいてき》な細菌学者《さいきんがくしゃ》になった英世《ひでよ》。けがや病気《びょうき》で苦《くる》しむ多《おお》くの人々《ひとびと》を救《すく》いました。

はみんなにからかわれ、いじめられました。けれど英世《ひでよ》は、お母《かあ》さんのはげましにこたえて、いっしょうけんめい勉強《べんきょう》して、いつも1番《ばん》でした。10才《さい》のころには、先生《せんせい》のかわりになって、自分《じぶん》より小《ちい》さい子《こ》に勉強《べんきょう》を教《おし》えるほどでした。すると学校《がっこう》の先生《せんせい》が、成績《せいせき》のよい英世《ひでよ》をもっと上《うえ》の学校《がっこう》に進《すす》ませてあげたいと考《かんが》え、学費《がくひ》を出《だ》してくれることになりました。さらにうれしいことに、左手《ひだりて》のことで英世《ひでよ》が悲《かな》しい思《おも》いをしてきたことを知《し》った友達《ともだち》が、みんなでお金《かね》を集《あつ》めてくれ、左手《ひだりて》を治《なお》す手術《しゅじゅつ》を受《う》けることができたのです。英世《ひでよ》は決心《けっしん》しました。

「自分《じぶん》のように、けがや病気《びょうき》で苦《くる》しむ人《ひと》を救《すく》うことができる医師《いし》になろう！」

目標《もくひょう》を決《き》めた英世《ひでよ》は、それまで以上《いじょう》にがんばって勉強《べんきょう》しました。そして20才《さい》のとき、医師《いし》になる試験《しけん》に見事合格《みごとごうかく》したのです。

医師《いし》になった英世《ひでよ》はふるさとをはなれ、東京《とうきょう》の研究所《けんきゅうじょ》で働《はたら》いたあと、遠《とお》いアメリカにわたりました。そして夜《よる》も寝《ね》ないで蛇《へび》の毒《どく》や病気《びょうき》を起《お》こす細菌《さいきん》の研究《けんきゅう》を続《つづ》け、いつしか世界《せかい》じゅうから注目《ちゅうもく》されるようになりました。英世《ひでよ》の研究《けんきゅう》のおかげで、病気《びょうき》に苦《くる》しむおおぜいの人《ひと》の命《いのち》が助《たす》かるようになったからです。

英世《ひでよ》は、40才《さい》のころから黄熱病《おうねつびょう》の研究《けんきゅう》に打《う》ちこみました。黄熱病《おうねつびょう》は、人《ひと》が蚊《か》にさされてウイルスが体《からだ》の中《なか》に入《はい》ると、高熱《こうねつ》が出《で》て体《からだ》が黄色《きいろ》くなり死《し》んでしまうおそろしい病気《びょうき》です。英世《ひでよ》は研究《けんきゅう》のために黄熱病《おうねつびょう》が流行《りゅうこう》している国々《くにぐに》を訪《おとず》れました。しかし、アフリカのガーナを訪《おとず》れていたとき、自分《じぶん》も黄熱病《おうねつびょう》にかかり、そのまま亡《な》くなってしまったのです。51才《さい》でした。アメリカにあるお墓《はか》には、英世《ひでよ》の研究《けんきゅう》と努力《どりょく》をたたえるこんな言葉《ことば》が刻《きざ》まれています。

「科学《かがく》のために一身《いっしん》をささげ、人類《じんるい》のために生《い》き、人類《じんるい》のために死《し》んだ。」

## 瀧靖之先生の賢い子を育てるコツ

### 英世《ひでよ》の記念館《きねんかん》で楽《たの》しく学《まな》ぼう

英世《ひでよ》の故郷《こきょう》、福島県猪苗代《ふくしまけんいなわしろ》町《まち》に野口英世記念館《のぐちひでよきねんかん》があります。ここには、英世《ひでよ》の生涯《しょうがい》と業績《ぎょうせき》などが展示《てんじ》されています。英世《ひでよ》が生涯《しょうがい》をかけて研究《けんきゅう》した細菌《さいきん》にまつわる体験型《たいけんがた》ゲームもあります。楽《たの》しみながら科学《かがく》に触《ふ》れられますよ。

伝記

# 96

努力《どりょく》って？

## 空《そら》を飛《と》ぶ夢《ゆめ》をかなえた——ライト兄弟《きょうだい》（ウィルバー　1867〜1912年《ねん》、オーヴィル　1871〜1948年《ねん》）

今《いま》から150年《ねん》ほど前《まえ》、ライト兄弟《きょうだい》はアメリカで生《う》まれました。兄《あに》はウィルバー、4つ下《した》の弟《おとうと》はオーヴィルといいます。

兄《あに》が11才《さい》、弟《おとうと》が7才《さい》のある晩《ばん》のこと。旅行《りょこう》から帰《かえ》ってきたお父《とう》さんは、ふたりにすてきなおみやげをくれました。おもちゃのヘリコプターです。空中《くうちゅう》を飛《と》ぶおもちゃが不思議《ふしぎ》で、楽《たの》しくて、ふたりは夢中《むちゅう》になりました。

お父《とう》さんとお母《かあ》さんはいつも言《い》っていました。

「不思議《ふしぎ》だなと感《かん》じることは、どんどん自分《じぶん》で調《しら》べてみなさい。」

機械《きかい》づくりや実験《じっけん》が大好《だいす》きだった兄弟《きょうだい》は、おもちゃのヘリコプターがどんな材《ざい》料《りょう》でできていて、どうやって飛《と》ぶのか調《しら》べました。そのうち自分《じぶん》たちで同《おな》じものをつくって遊《あそ》びました。空《そら》を飛《と》ぶおもちゃを見《み》ながら、兄弟《きょうだい》は語《かた》りあいました。

「本物《ほんもの》なら乗《の》って飛《と》べるのになぁ。」

# 空《そら》を飛《と》びたいという長年《ながねん》の夢《ゆめ》を実現《じつげん》！

ライト兄弟《きょうだい》は、何度《なんど》も失敗《しっぱい》を経験《けいけん》しながら、ついにエンジンをのせた世界初《せかいはつ》の動力飛行機《どうりょくひこうき》で飛《と》ぶことに成功《せいこう》しました。

「いつか空《そら》を飛《と》びたいなぁ。」

大人《おとな》になったライト兄弟《きょうだい》は、印刷所《いんさつじょ》や自転車店《じてんしゃてん》をしながら、飛行機《ひこうき》をつくる研究《けんきゅう》をしていました。空《そら》を飛《と》ぶ夢《ゆめ》をあきらめていなかったのです。

「あんなに重《おも》いものが飛《と》べるわけがないじゃないか！」

みんなはばかにしましたが、兄弟《きょうだい》はそんなことは気《き》にしません。空《そら》を飛《と》ぶ夢《ゆめ》に向《む》かって研究《けんきゅう》を続《つづ》け、翼《つばさ》の形《かたち》や材料《ざいりょう》を工夫《くふう》し、こつこつと実験《じっけん》をくり返《かえ》しました。勇気《ゆうき》を出《だ》してきけんなことも乗《の》りこえ、操縦《そうじゅう》も勉強《べんきょう》しました。

はじめにできた飛行機《ひこうき》は風《かぜ》を受《う》けて飛《と》ぶグライダー★1でした。でも、それは操縦《そうじゅう》ができず、地面《じめん》から2メートルくらい浮《う》いただけですぐに落《お》ちてしまいました。

次《つぎ》に完成《かんせい》したのは、操縦《そうじゅう》ができるグライダーでした。これは190メートルも飛《と》ぶことができ、当時《とうじ》の世界記録《せかいきろく》でした。

けれど、ライト兄弟《きょうだい》はこれで満足《まんぞく》しませんでした。ふたりがつくりたかったのは、人《ひと》を乗《の》せてずっと遠《とお》くまで飛《と》べる、エンジンがついた動力飛行機《どうりょくひこうき》です。

でも、そのころは空《そら》を飛《と》んで遠《とお》くまで行《い》くことなど、だれも想像《そうぞう》できませんでした。しかも実験《じっけん》はなかなかうまくいきません。みんなはライト兄弟《きょうだい》に向《む》かって、口々《くちぐち》にきびしく言《い》いました。

「空《そら》を飛《と》んで遠《とお》くに行《い》くなんて無理《むり》だよ。変《か》わり者《もの》のお遊《あそ》びさ！」

しかし１９０５年《ねん》。ついに世界最初《せかいさいしょ》の実用的《じつようてき》な動力飛行機《どうりょくひこうき》「ライトフライヤー３号《ごう》」が完成《かんせい》しました。これまでにないほど遠《とお》くまで、長《なが》い時間飛《じかんと》ぶことに大成功《たいせいこう》。飛《と》んだ距離《きょり》は39キロメートル、時間《じかん》は38分《ふん》３秒《びょう》でした。

ライト兄弟《きょうだい》の努力《どりょく》と冒険心《ぼうけんしん》が新《あたら》しい「空《そら》を飛《と》ぶ時代《じだい》」をつくったのです。

★1 空気《くうき》の流《なが》れで飛《と》ぶ、エンジンもプロペラもない飛行機《ひこうき》

## 瀧靖之先生の賢い子を育てるコツ

### 紙飛行機《かみひこうき》など身近《みぢか》なものを飛《と》ばしてみよう

ライト兄弟《きょうだい》が父《ちち》にもらったおもちゃのヘリコプターのように、ちょっとしたきっかけが興味《きょうみ》につながり大《おお》きな夢《ゆめ》を育《はぐく》むことがあります。紙飛行機《かみひこうき》を折《お》るのも、ゴム動力飛行機《どうりょくひこうき》をつくって飛《と》ばすのも科学《かがく》への入《い》り口《ぐち》になります。

伝記

97

努力《どりょく》って？

# 一生《いっしょう》をかけて虫《むし》を研究《けんきゅう》 ——ファーブル（1823〜1915年《ねん》）

『ファーブル昆虫記《こんちゅうき》』で知《し》られるジャン＝アンリ・ファーブル。彼《かれ》は自然《しぜん》を愛《あい》し、虫《むし》を愛《あい》し、一生《いっしょう》を通《つう》じていろいろな虫《むし》を観察《かんさつ》して「虫《むし》の詩人《しじん》」とも呼《よ》ばれました。

今《いま》から195年《ねん》ほど前《まえ》、ファーブルは南《みなみ》フランスの小《ちい》さな村《むら》で生《う》まれました。家《いえ》は貧《まず》しく、3才《さい》のころから小学校《しょうがっこう》へ入学《にゅうがく》するまで、山村《さんそん》のおじいさんの家《いえ》で暮《く》らしました。おじいさんの家《いえ》には畑仕事《はたけしごと》を手伝《てつだ》う人《ひと》やその子《こ》どもたちもいて、とてもにぎやか。好奇心《こうきしん》が人一倍強《ひといちばいつよ》くて、家《いえ》の外《そと》に広《ひろ》がる大自然《だいしぜん》のなかで虫《むし》を観察《かんさつ》することが楽《たの》しみな子《こ》どもでした。

ファーブルは学校《がっこう》を1番《ばん》の成績《せいせき》で卒業《そつぎょう》すると、18才《さい》で小学校《しょうがっこう》の先生《せんせい》になり、その後《ご》は中学校《ちゅうがっこう》、高校《こうこう》の物理《ぶつり》の先生《せんせい》になりました。先生《せんせい》をしながら、大好《だいす》きな虫《むし》の観察《かんさつ》を続《つづ》けていました。

そして、ハチの生活《せいかつ》を研究《けんきゅう》した本《ほん》に出会《であ》い、昆虫学者《こんちゅうがくしゃ》への道《みち》を歩《あゆ》みはじめま

# 小《ち》さいころから
# 虫《むし》を見《み》るのが大好《だいす》き！

アンコロガシの様子《ようす》を観察《かんさつ》するファーブル。子《こ》どものころから、いろいろな虫《むし》の行動《こうどう》を見《み》るのが大好《だいす》きでした。

す。ハチの針《はり》の毒《どく》の働《はたら》きに興味《きょうみ》を持《も》ったファーブルは、自分《じぶん》の目《め》で確《たし》かめるためコブツチスガリのハチの巣《す》を探《さが》しまわり、ハチとゾウムシを家《いえ》に持《も》ち帰《かえ》って観察《かんさつ》したり解剖《かいぼう》をしたりしました。そしてついに事実《じじつ》をつきとめ、この観察結果《かんさつけっか》を雑誌《ざっし》に発表《はっぴょう》すると、すばらしい賞《しょう》をもらいました。ファーブルの努力《どりょく》と才能《さいのう》が認《みと》められたのです。

44才《さい》で高校《こうこう》の先生《せんせい》をやめたファーブルは、虫《むし》の観察《かんさつ》にじっくり取《と》り組《く》めるところを探《さが》して、何度《なんど》か引《ひ》っこしをします。

そして、55才《さい》でセリニャンという村《むら》に引《ひ》っこして土地《とち》を買《か》いました。そこには広《ひろ》い庭《にわ》があり、草《くさ》や花《はな》など自然《しぜん》がいっぱいです。観察《かんさつ》のために世界《せかい》じゅうからさまざまな植物《しょくぶつ》を取《と》り寄《よ》せて植《う》えたりもしました。セミやコオロギなどいろいろな生《い》きものがたくさんすみ、ファーブルは大好《だいす》きな虫《むし》の観察《かんさつ》や研究《けんきゅう》に打《う》ちこみました。

そして１８７９年《ねん》、『昆虫記《こんちゅうき》』の第《だい》１巻《かん》が出版《しゅっぱん》されました。最初《さいしょ》の本《ほん》には、大好《だいす》きなフンコロガシのことを書《か》きました。

その後《ご》もこつこつと書《か》きつづけ、以降《いこう》、約《やく》30年《ねん》にわたって全《ぜん》10巻《かん》が出版《しゅっぱん》されました。第《だい》11巻《かん》にも取《と》りかかっていましたが、91才《さい》のとき、家族《かぞく》らの力《ちから》を借《か》りて庭《にわ》をまわったのが最後《さいご》となりました。

その年《とし》の10月《がつ》、病気《びょうき》のため永眠《えいみん》。

ファーブルは生涯《しょうがい》で十人《じゅうにん》の子《こ》どもに恵《めぐ》まれました。彼《かれ》の研究《けんきゅう》は、家族《かぞく》の愛《あい》と協力《きょうりょく》に支《ささ》えられてきました。

お葬式《そうしき》にはたくさんの人《ひと》がかけつけただけでなく、虫《むし》たちも姿《すがた》を現《あらわ》し、それはまるでお別《わか》れのあいさつに来《き》たようだったということです。

瀧靖之先生の
賢い子を育てるコツ

### 虫《むし》めがねを持《も》って外《そと》に出《で》かけよう

ファーブルに興味《きょうみ》を持《も》ったら、彼《かれ》のように虫《むし》めがねを持《も》って親子《おやこ》で野原《のはら》や公園《こうえん》へ出《で》かけてみましょう。どんな虫《むし》がいるか？　どんな植物《しょくぶつ》が生《は》えているか？　じっくり観察《かんさつ》してみましょう。もちろん『ファーブル昆虫記《こんちゅうき》』を読《よ》むのもおすすめです。

伝記

# 98

努力《どりょく》って？

## 三重苦《さんじゅうく》を乗《の》りこえた奇跡《きせき》の人《ひと》——ヘレン・ケラー（1880～1968年《ねん》）

目《め》が見《み》えない。耳《みみ》が聞《き》こえない。話《はな》せない。この三《みっ》つの苦《くる》しみを乗《の》りこえ、世界《せかい》じゅうの体《からだ》が不自由《ふじゆう》な人《ひと》をおうえんしたヘレン・ケラーという女性《じょせい》がいました。

ヘレン・ケラーは今《いま》から140年《ねん》ほど前《まえ》、アメリカの豊《ゆた》かな家庭《かてい》に生《う》まれました。ところが1才《さい》7か月《げつ》のとき、高《たか》い熱《ねつ》が出《で》る重《おも》い病気《びょうき》にかかり、何日《なんにち》も苦《くる》しんで、ようやく熱《ねつ》が下《さ》がったときには、光《ひかり》も音《おと》も失《うしな》っていたのです。

「どうしてこんなことになってしまったんだろう。かわいそうに……。」

お父《とう》さんとお母《かあ》さんはとても悲《かな》しみ、ヘレンを守《まも》り育《そだ》てました。でもヘレンには、お父《とう》さんやお母《かあ》さんの顔《かお》が見《み》えず、声《こえ》が聞《き》こえません。言葉《ことば》がわからず、自分《じぶん》が感《かん》じたことを人《ひと》に話《はな》すことができません。ヘレンはどうしていいかわからず、かんしゃくを起《お》こし、暴《あば》れてものをこわし、人《ひと》にかみつき、手足《てあし》をバタバタさせてうなり声《ごえ》をあげ、食事《しょくじ》は手《て》づかみで食《た》べるようになってしまいました。

# サリバン先生《せんせい》と出会《であ》い
# ヘレンの世界《せかい》が豊《ゆた》かに！

井戸《いど》の水《みず》をヘレンの手《て》にかけ、それが「水《みず》」であることを教《おし》えるサリバン先生《せんせい》。ヘレンははじめて言葉《ことば》を知《し》ったのです。

ヘレンが7才《さい》になるころ、サリバン先生《せんせい》という家庭教師《かていきょうし》がやってきました。はじめのうち、ヘレンはサリバン先生《せんせい》に心《こころ》を開《ひら》きませんでした。

ある日《ひ》のこと、サリバン先生《せんせい》が庭《にわ》の井戸《いど》の水《みず》をヘレンの手《て》にかけました。そして、ヘレンのぬれたてのひらに「み、ず」と指《ゆび》で文字《もじ》を書《か》きました。

「み、ず？　みず……、ああ、これは水《みず》というものなのね！」

ヘレンははじめて言葉《ことば》を知《し》り、さまざまなものには「名前《なまえ》」があるとわかったのです。人形《にんぎょう》、紙《かみ》、帽子《ぼうし》、本《ほん》……。ヘレンはサリバン先生《せんせい》と手《て》をにぎりあい、指《ゆび》の形《かたち》で言葉《ことば》を伝《つた》えあう手話《しゅわ》で、たくさんのことを覚《おぼ》えました。

サリバン先生《せんせい》はヘレンに手話《しゅわ》で伝《つた》えました。

「自分《じぶん》をかわいそうと思《おも》ってはいけません。自信《じしん》を持《も》って生《い》きていきましょう。私《わたし》はヘレンのことが大好《だいす》きですよ。」

それからのヘレンは、いつもサリバン先生《せんせい》といっしょにがんばりました。点字《てんじ》でたくさんの本《ほん》を読《よ》みました。声《こえ》を出《だ》す訓練《くんれん》もしました。そしてついに、20才《さい》になったヘレンは名門《めいもん》のハーバード大学《だいがく》に入学《にゅうがく》したのです。

大学《だいがく》を卒業《そつぎょう》したヘレンは、勉強《べんきょう》したことを人々《ひとびと》の役《やく》に立《た》てたいと考《かんが》え、目《め》の不《ふ》自由《じゆう》な人《ひと》たちのために力《ちから》になろうと決心《けっしん》しました。

あちこちの町《まち》に出《で》かけて、自分《じぶん》のこれまでの苦《くる》しみやがんばってきたことを話《はな》し、体《からだ》の不自由《ふじゆう》な人《ひと》たちのために、みんなに協力《きょうりょく》してほしいとたのみました。

「どんな人《ひと》も幸《しあわ》せになれます。体《からだ》が不自由《ふじゆう》な人《ひと》たちも勉強《べんきょう》や仕事《しごと》ができます。」

やがて世界《せかい》じゅうの人々《ひとびと》がヘレンの話《はなし》を聞《き》きたいと思《おも》うようになりました。話《はなし》を聞《き》いた人々《ひとびと》は、みんな心《こころ》を動《うご》かし、ヘレンを「奇跡《きせき》の人《ひと》」と呼《よ》びました。

## 瀧靖之先生の賢い子を育てるコツ

### 町《まち》で見《み》かけたら いっしょに考《かんが》えてみよう

駅《えき》や電車《でんしゃ》の中《なか》などで、点字《てんじ》ブロック、車《くるま》いす用《よう》スロープ、優先席《ゆうせんせき》などを探《さが》してみましょう。そして、それらが設置《せっち》されている理由《りゆう》をいっしょに考《かんが》えてみてください。パラリンピックなどの観戦《かんせん》も、社会福祉《しゃかいふくし》への理解《りかい》を深《ふか》めるいい機会《きかい》です。

伝記

# 99

## 努力《どりょく》って？

# ラジウムを発見《はっけん》した科学者《かがくしゃ》——キュリー夫人《ふじん》（1867〜1934年《ねん》）

キュリー夫人《ふじん》ことマリー・キュリーは★1放射能《ほうしゃのう》の研究《けんきゅう》と★2ラジウムの発見《はっけん》で、２度《ど》のノーベル賞《しょう》を受賞《じゅしょう》した女性科学者《じょせいかがくしゃ》です。人々《ひとびと》の幸《しあわ》せを願《ねが》って研究《けんきゅう》を続《つづ》けた人《ひと》で、その発見《はっけん》は治療《ちりょう》に役立《やくだ》ち「人類《じんるい》の恩人《おんじん》」とも言《い》われています。

マリーは１８６７年《ねん》11月7日《がつなのか》、ポーランドのワルシャワで生《う》まれました。５人《にん》きょうだいの末《すえ》っ子《こ》で、とても頭《あたま》がよく、宿題《しゅくだい》をさっさと終《お》わらせては大好《だいす》きな本《ほん》を読《よ》んでいる少女《しょうじょ》でした。パリのソルボンヌ大学《だいがく》で物理学《ぶつりがく》と数学《すうがく》を学《まな》んだのち、27才《さい》のときにフランス人科学者《じんかがくしゃ》ピエール・キュリーと出会《であ》い、結婚《けっこん》。キュリー夫人《ふじん》となりました。

長女《ちょうじょ》イレーヌの誕生後《たんじょうご》、夫《おっと》ピエールといっしょに放射線《ほうしゃせん》を出《だ》す物質《ぶっしつ》の研究《けんきゅう》を始《はじ》めました。そして31才《さい》で、ピッチブレンドという鉱物《こうぶつ》にふくまれるふたつの★3放射性元素《ほうしゃせいげんそ》を発見《はっけん》します。ひとつは祖国《そこく》ポーランドにちなんだ「ポロニウム」、もう

# 実験《じっけん》をくり返《かえ》し ついに発見《はっけん》に成功《せいこう》！

貧《まず》しい生活《せいかつ》を送《おく》りながら、マリーとピエールは研究《けんきゅう》を続《つづ》けました。そして、ラジウムの発見《はっけん》に成功《せいこう》したのです。

ひとつは「ラジウム」と名《な》づけました。さらにピッチブレンドからラジウムを取《と》り出《だ》す研究《けんきゅう》を進《すす》め、３年《ねん》以上《いじょう》かけてやっと０・１グラムの取《と》り出《だ》しに成功《せいこう》しました。ラジウムは、暗《くら》い小屋《こや》の実験室《じっけんしつ》で青白《あおじろ》く光《ひか》っていました。

「なんと美《うつく》しい光《ひかり》でしょう。」

ふたりはいつまでも見《み》つめていました。

これらの放射能《ほうしゃのう》の研究《けんきゅう》で、キュリー夫妻《ふさい》は１９０３年《ねん》にノーベル物理学賞《ぶつりがくしょう》を受《じゅ》賞《しょう》しました。ラジウムは皮《ひ》ふ病《びょう》やがんなどの治療《ちりょう》に役立《やくだ》つことがわかり、ラジウムの取《と》り出《だ》し方《かた》を一般公開《いっぱんこうかい》しました。マリーは自分《じぶん》の利益《りえき》よりも人々《ひとびと》の幸《しあわ》せをいつも考《かんが》えていたのです。

次女《じじょ》エーヴが生《う》まれ、子育《こそだ》てと研究《けんきゅう》で充実《じゅうじつ》した日々《ひび》を送《おく》るマリーにピエールの死《し》というとつぜんの悲劇《ひげき》がおそいました。悲《かな》しみにくれたマリーでしたが、やがて、ソルボンヌ大学《だいがく》で初《はつ》の女性講師《じょせいこうし》になり、２年後《ねんご》には教授《きょうじゅ》になりました。

マリーはその後《ご》も研究《けんきゅう》を続《つづ》け、１９１１年《ねん》、純粋《じゅんすい》な「金属《きんぞく》ラジウム」を取《と》り出《だ》すことに成功《せいこう》してノーベル化学賞《かがくしょう》を受《う》けました。ひとりの人《ひと》が２度《ど》も受賞《じゅしょう》するのははじめてのことでした。

1914年《ねん》に第一次世界大戦《だいいちじせかいたいせん》が起《お》きると、マリーはレントゲン装置《そうち》を車《くるま》に積《つ》んで戦地《せんち》をかけまわりました。放射線《ほうしゃせん》を利用《りよう》するレントゲンは体《からだ》の傷《きず》や病気《びょうき》を映《うつ》し出《だ》します。レントゲン車《しゃ》「プチ・キュリー」は人命救助《じんめいきゅうじょ》に大変役《たいへんやく》に立《た》ちました。

それから20年後《ねんご》、マリーは放射能《ほうしゃのう》の研究《けんきゅう》を続《つづ》けたことにより白血病《はっけつびょう》にかかってしまいました。ふたりの娘《むすめ》に見守《みまも》られて66年《ねん》の生涯《しょうがい》を静《しず》かに閉《と》じました。

★1 放射線《ほうしゃせん》（光《ひかり》の仲間《なかま》）を出《だ》す能力《のうりょく》

★2 金属《きんぞく》のひとつ

★3 放射能《ほうしゃのう》を持《も》つもととなるもの

### 瀧靖之先生の賢い子を育てるコツ

## 打《う》ちこめる何《なに》かを見《み》つけよう

キュリー夫人《ふじん》は、自分《じぶん》の得《とく》は考《かんが》えず人々《ひとびと》の幸《しあわ》せだけを願《ねが》い、生涯《しょうがい》にわたり研究《けんきゅう》を続《つづ》け大発見《だいはっけん》をしました。いっしょうけんめいに打《う》ちこめる何《なに》かを見《み》つけることは、脳《のう》の発達《はったつ》にもとても重要《じゅうよう》です。音楽《おんがく》やスポーツなど、好《す》きなことならなんでもOK《オーケー》です。

伝記

# 100

努力《どりょく》って？

## 歩《ある》いて日本地図《にほんちず》をつくった人《ひと》——伊能忠敬《いのうただたか》（1745〜1818年《ねん》）

みなさんは日本《にほん》の地図《ちず》を見《み》たことがありますか？ 今《いま》から２２０年《ねん》ほど前《まえ》の江《え》戸《ど》時代《じだい》、日本各地《にほんかくち》を歩《ある》いて測量《そくりょう》し、現在《げんざい》の地図《ちず》のように正確《せいかく》な日本地図《にほんちず》をつくった人《ひと》がいました。それが伊能忠敬《いのうただたか》です。

忠敬《ただたか》は１７４５年《ねん》、上総《かずさ》の国《くに》（現在《げんざい》の千葉県《ちばけん》）に生《う》まれました。幼《おさな》いころの名前《なまえ》を三治郎《さんじろう》といいました。

算数《さんすう》や医学《いがく》を学《まな》んだあと、大人《おとな》になってからは名主《なぬし》として村《むら》を取《と》りまとめる仕《し》事《ごと》をしていました。賢《かしこ》くて、大《だい》ききんのときには困《こま》っている人々《ひとびと》を助《たす》け、村《むら》からひとりの死者《ししゃ》も出《だ》さなかったそうです。

忠敬《ただたか》は50才《さい》で、19才年下《さいとしした》の学者《がくしゃ》、高橋至時《たかはしよしとき》の弟子《でし》になり、天文学《てんもんがく》の勉強《べんきょう》を始《はじ》めます。学《まな》ぶうちに地球《ちきゅう》の大《おお》きさを知《し》りたくなった忠敬《ただたか》は、歩《ある》いて距離《きょり》をはかって緯度《いど》１度分《どぶん》の長《なが》さを知《し》ろうとしました。

# 地球《ちきゅう》1周分《しゅうぶん》の距離《きょり》を歩《ある》き 正確《せいかく》な地図《ちず》を作成《さくせい》

忠敬《ただたか》は、55才《さい》で測量《そくりょう》の旅《たび》に出発《しゅっぱつ》します。そして、日本《にほん》の各《かく》地《ち》を歩《ある》いて距離《きょり》をはかり、地図《ちず》の作成《さくせい》に取《と》り組《く》みました。

1800年《ねん》に江戸幕府《えどばくふ》から許可《きょか》がおりると、忠敬《ただたか》は55才《さい》で東北《とうほく》と蝦夷地《えぞち》（北海道《ほっかいどう》）の測量《そくりょう》に出発《しゅっぱつ》しました。測量方法《そくりょうほうほう》は一定《いってい》の歩幅《ほはば》（69センチメートル）で歩《ある》いて距離《きょり》を計算《けいさん》しました。毎日《まいにち》、約《やく》40キロメートルを移動《いどう》していました。

その翌年《よくとし》には東日本《ひがしにほん》の太平洋側《たいへいようがわ》を測量《そくりょう》しました。そして東日本海側《ひがしにほんかいがわ》の測量《そくりょう》が終《お》わった3回目《かいめ》の測量《そくりょう》のあと、最初《さいしょ》の目的《もくてき》だった緯度《いど》1度分《どぶん》の長《なが》さを計算《けいさん》し、28・2里《り》（110・75キロメートル）と割《わ》り出《だ》しました。のちに至時《よしとき》が西洋《せいよう》の天文学書《てんもんがくしょ》で数値《すうち》を調《しら》べると、ぴたりと一致《いっち》。ふたりはとても喜《よろこ》んだそうです。

測量《そくりょう》はすべてが順調《じゅんちょう》だったわけではありません。東海《とうかい》・北陸地方《ほくりくちほう》の測量《そくりょう》をしたときに、現地《げんち》の役人《やくにん》ともめごとになったこともありました。

これまでの東日本《ひがしにほん》の測量《そくりょう》をまとめた『日本東半部沿海地図《にほんとうはんぶえんかいちず》』を作成《さくせい》しているときに、忠敬《ただたか》に悲《かな》しい出来事《できごと》が起《お》こりました。先生《せんせい》の至時《よしとき》が亡《な》くなったのです。忠敬《ただたか》が59才《さい》のときでした。

その後《ご》、幕府《ばくふ》の命令《めいれい》で近畿《きんき》・中国《ちゅうごく》、四国《しこく》、九州地方《きゅうしゅうちほう》の測量《そくりょう》をしました。忠敬《ただたか》が70才《さい》になった1815年《ねん》には、伊豆諸島《いずしょとう》の測量《そくりょう》を弟子《でし》に任《まか》せ、忠敬自身《ただたかじしん》は江戸府内《えどふない》の測量《そくりょう》を始《はじ》めました。

晩年《ばんねん》の忠敬《ただたか》は日本初《にほんはつ》の実測図《じっそくず》、『大日本沿海輿地全図《だいにほんえんかいよちぜんず》』の作成《さくせい》にとりかかりました。でも、完成《かんせい》する前《まえ》に73才《さい》で亡《な》くなってしまいます。そして彼《かれ》亡《な》きあとは弟《で》子《し》たちが引《ひ》きつぎ、地図《ちず》が完成《かんせい》したのは3年後《ねんご》の1821年《ねん》のことでした。10回《かい》にわたる測量《そくりょう》が終了《しゅうりょう》するまでに忠敬《ただたか》が歩《ある》いた距離《きょり》は、通算《つうさん》4万キロメートルと言《い》われています。これは地球《ちきゅう》1周分《しゅうぶん》の距離《きょり》にあたります。

## 瀧靖之先生の 賢い子を育てるコツ

### 忠敬《ただたか》の地図《ちず》と現代《げんだい》の地図《ちず》を比《くら》べてみよう

伊能忠敬《いのうただたか》がつくった地図《ちず》はどのようなものだったのでしょう。現代《げんだい》の地図《ちず》とどのようにちがうのか、見比《みくら》べてみるとおもしろいですよ。地図《ちず》に興味《きょうみ》を持《も》ったら、日本《にほん》の地《ち》理《り》を調《しら》べたり、自分《じぶん》の住《す》んでいる場所《ばしょ》を探《さが》してみましょう。

東北大学 加齢医学研究所
教授・医学博士

瀧《たき》 靖之《やすゆき》

1970年生まれ。医師、医学博士。東北大学大学院医学系研究科博士課程修了。東北大学加齢医学研究所機能画像医学研究分野教授。東日本大震災後の被災地の健康調査や医療支援を行うために設立された東北大学東北メディカル・メガバンク機構教授。脳の発達、加齢のメカニズムを明らかにする世界最先端の脳画像研究を行う。読影や解析をした脳MRIはこれまでに16万人にのぼる。著書・監修書に『脳の専門家が選んだ「賢い子」を育てる100のおはなし』『脳の専門家が選んだ「賢い子」を育てることばのえじてん』（ともに宝島社）ほか。

**STAFF**

| | |
|---|---|
| 編集 | 中村直子、中村瑠李子、星野由香里 |
| 装丁 | 小口翔平、岩永香穂（tobufune） |
| 執筆協力 | 井出巳姫子、石井かつこ、石上ゆかり、宮本幸枝 |
| イラスト | ながのまみ（表紙ほか）、笹山敦子、アベクニコ |
| 写真 | 村上昭浩 |
| DTP | オフィス・ストラーダ |

**脳の専門家が選んだ**
**「賢い子」を育てる100のものがたり**

2018年7月11日　第1刷発行
2023年5月23日　第3刷発行

| | |
|---|---|
| 監修 | 瀧 靖之 |
| 発行人 | 蓮見清一 |
| 発行所 | 株式会社宝島社<br>〒102－8388<br>東京都千代田区一番町25番地<br>営業　03(3234)4621<br>編集　03(3239)0927<br>https://tkj.jp |
| 印刷・製本 | サンケイ総合印刷株式会社 |


ISBN978-4-8002-8522-5